恋をした優等生の悪魔的な変貌について

Chatoran

チャトラン

Ruby collection

Contents

人物紹介
エルマー・グラント
商家の出身で成績優秀な監督生だが、貴族の子息が大半を占める学院で平民という出自から不当な扱いを受けてきた。貴族の学生たちからアスターに嘘の告白をするように脅され…？
ジーン・アスター
王国の英雄である辺境伯の長男にして、赤い髪と動物の性質を受け継ぐサヌス人の血を引く男。脅威となる存在故に、混血や獣の息子と虐げられてきた。学院では問題児としてその名を轟かせている。

アビゲイル
伯爵家の次男で才色兼備な人気者として監督生のトップに君臨。平民であるエルマーを目の敵にしている。
ショーン
アビゲイルの取り巻きの一人。勉強はイマイチながらも体格に恵まれるが、その心の中は複雑で…？
トルーマン
厳格な先生として周囲から恐れられているが、意欲のある生徒は心から応援してくれる。エルマーにある部屋の管理を任せている。
リアム
容姿端麗ながら商人としての実力も兼ね備えたエルマー自慢の兄。唯一の短所は重度なブラコンであること。

恋をした優等生の悪魔的な変貌について

1. ことの始まり

夏の気配が息を潜め、秋が色濃くなる時期。

最終学年の初め。紅葉したハナミズキの下で真紅の長い髪が風に揺れる様子を、僕は口を閉じることも忘れてただ呆然《ぼうぜん》と眺めていた。

「ウン。いいぜ。付き合ってやるよ」

「え」

——なんだって？　この男、今なんて言ったんだ？

爛々《らんらん》と光る黄金色の瞳《ひとみ》がキュッと細まる。

「……なんだよ。お前が告白してきたんだろ」

「は、いや、……え？」

敗走を決め込もうとして引けきった僕の腰を、しなやかな腕がつかまえた。

ふわりと香る甘い香りに頭がクラクラする。

「ほら、好きって言って」

「ス、スキ……？」

好きってなんだっけ？

男が腰を折ったせいで目の前に近づいた美しい顔にグルグル目が回った。

人より多少出来がいいと自負している脳みそも、肝心な時に限って使い物にならない。こんな風だからガリ勉だの何だの揶揄《からか》われるんだ。

「うんうん。……もっと大きな声で？」

チラ、と黄金の瞳が梢《こずえ》の向こうを見た。

その先にあるものを知っている僕は、彼の言葉に従うほかない。

「す、好き！」

「……誰が、誰を好き？」

「ぼ、僕は、ジーン・アスターが好き‼」

もうやけっぱちだった。ギュッと目を瞑《つぶ》って、下手《へた》くそに遠吠《とおぼ》えする仔狼《こおおかみ》みたいに空に向かって叫んでやった。心臓がドッドッと、全力疾走した後みたいに暴れていた。

この学校に入学して四年目。こんなに大きな声を出したのは初めてのことだった。

「……わあ、ヤッタ。俺たち両想いだ。これからよろしく、エルマー」

あ、名前、知ってるんだ。

そんなことに気を取られているうちに、力強い腕に引き寄せられて体が密着した。戸惑《とまど》ってついた手は、彼の逞《たくま》しい胸板を弱々しく押さえるばかり。てんで役に立たない。体が反り返り、骨張った指に顎《あご》を持ち上げられる。それから、それから……。

「ギ、ギャ————！！！！」

どこからか聞こえてきたひどい悲鳴をバックに、僕たちはロマンチックなキスをした。

紅葉した木々に囲まれた秋の中庭。

よく晴れた午後のことだった。

……どうしてこんなことに？


「ナア、お前、あの〝混ざり物〟に告白して来いよ」

〝混ざり物〟。

ヒドイ言葉に堪《たま》らず眉《まゆ》を顰《ひそ》めた。

咄嗟《とっさ》に喉《のど》から飛び出してきそうになる言葉を辛うじて飲み込む。いらないことは言うものじゃない。

この三年間で嫌になる程学んだことだ。

「俺たち親切で言ってるんだぜ。お前みたいな成金にはアイツがお似合いだ。エルマー・グラント」

こちらを見下ろすようにニヤニヤ笑うショーンを無視して、その後ろで黙ったままの彼を見た。

彼がこの嫌みなグループのリーダー、アビゲイル。伯爵家の次男で、僕のことを蛇蝎《だかつ》のごとく嫌っている男だ。

貴族らしい金髪の髪と鮮やかなスカイブルーの瞳。紅を引いたように上品な薄い唇。

華やかな容姿も手伝って、ファンクラブなんかを持っている学校の人気者である。

それもただのファンクラブじゃない。とびきり陰湿なファンクラブだ。アビゲイルを少しでも揶揄ったり、バカにしたりしようものなら徹底的に虐《いじ》めぬく。たとえ故意でなくとも廊下でアビゲイルに肩をぶつけてしまったが最後、それはすなわち平穏な学生生活の終わりを意味する。アビゲイルもそれに何も言わないいんだから、どうしようもない。

なんて女々しい人たちだろうと思う。女子校にでも転校したほうがいいんじゃないか。

……いいや、今のは女性差別的な発言だったな。撤回しよう。

世の女性の方々がこのアビゲイルのファンたちよりよっぽど気持ちのいい復讐《ふくしゅう》をしてくれるはずだ。少なくとも、僕にとって最も身近な女性である母さんはそういう人である。家族を貶《おとし》める人間がいれば、彼女は潑剌《はつらつ》とした笑顔でこう言うだろう。

『私の目の前から消えてくださる？　あなたの顔を見ていると吐き気がするの』

「……四六時中、本に齧《かじ》り付いているせいでまともに喋《しゃべ》ることもできなくなったのか？」

プライドの高そうな眉間《みけん》に細やかなシワを寄せて。アビゲイルがポツリ落としたジョークに、意識が現実へと戻ってきた。どれだけ勇敢な母さんに思いを巡らせたところで、僕の性格は変わらない。周りに屯《たむろ》していた取り巻き連中がゲラゲラ笑う。その真ん中で、拳《こぶし》を握りしめて俯《うつむ》いているのが僕なのだ。老人みたいなグレーの髪に、長い前髪。メガネ。痩《や》せた体。母さんみたいには到底なれっこない根暗な奴《やつ》。

「ほら、グラント。アビゲイルが聞いてるだろ。返事をしろよ」

この男はショーン。彼は子爵家の次男。アビゲイルの幼馴染《おさななじ》みらしい。

ちょっとしゃくれてるけど、気取ったヘアスタイルと恵まれた体格のおかげでなかなかの顔に見える。そして、バカな代わりに腕っ節が強い。脳みそに行くはずだった栄養が全部筋肉に行っちゃったんだと思う。そのせいで僕なんかの内心でデカブツショーンとバカにされている哀れな男だ。

「お前みたいな愚図がどうやって〝ラムサス〟に入学したんだ？」

「ショーン。そんなわかりきったこと聞いてやるなよ」

天使のようなブルーが冷酷に僕を見た。頭の天辺《てっぺん》から爪先までを一瞥《いちべつ》してフンと鼻で笑うその視線に、僕の体が凍りつく。アビゲイルの嘲笑《ちょうしょう》たった一つ。そのたった一つが、他のどんな悪口よりも、僕の心に痛みを残すことを彼は知らない。いいや、知った上で、この三年間僕の憧《あこが》れを踏みつけにして笑っているのかも。

視線がついアビゲイルの首元に向いた。上品なゴールドのネクタイがよく似合っている。まるで初めから彼のためだけに作られたみたいだ。

「こんな奴にラムサスに入れる才能なんてないさ。裏金でも払ったんだろ」

「ハハ、違いない」

〝ラムサス〟というのは、僕たちの今いる此処《ここ》、国立ラムサス魔法学院の通称だ。

全寮制の寄宿学校。王国屈指のエリートたちが集まる、名門の名に恥じないハイレベルな学舎《まなびや》である。

『ラムサスでドベの生徒だって、そこらの学校にポイと放り込めば欠伸《あくび》をしながらでも一位を取ってくる』というのは教授たちの見解だった。ちなみに真偽は不明。優秀な学者揃《ぞろ》いの彼らも、ラムサスで教鞭《きょうべん》をとっていることを誇りに思うくらいに高名な学校であることは確かだ。

反対にラムサスでは、地元じゃ天才扱いされる秀才も落ちこぼれになりうる。同じ年頃の少年たちに冷笑されて、すごすご地元に帰っていく生徒も少なくない。

別に悪いことじゃないはずだ。ライオンの尻尾《しっぽ》になるよりも犬の頭になるがまし、なんて言葉もあるのだし。ただ、エリートだなんだと言ったところで、ここで学ぶ生徒たちが年若い男子生徒であることに変わりはない。人間関係の過酷さや陰湿さなんて、他の学校と同じ。身分の差が大きいせいで、それより悪いくらいだ。

『学ぶものはみな平等である』なんて校訓は、上辺だけの言葉だと誰もが知っていた。なんせ全員賢い青年たちなので。大人の発する耳に心地好《よ》い言葉を鵜《う》呑《の》みにするおバカさんはいない。

ラムサスは駆け引きと裏読みの連続。実力と権力のないものから潰《つぶ》されていく。この学校に入学するということは、まるで弱肉強食のジャングルにポイと放り込まれるようなもの。舐《な》められたら終わり。実力と家柄に大した自信のない人間が目立ってしまっても終わり。今の僕みたいに。

「……愚鈍な平民のくせに」

アビゲイルが美しい顔をひどく不愉快そうに歪《ゆが》めて吐き捨てた。

あの華やかな入学許可証には血文字でこう書いておくべきだと思う。

※平民の方には入学を推奨していません。我が校にはプライドの高いクソ野郎しかいないので。

2. ラムサスの出来損ない監督生

そんな学校の成績上位十名。〝監督生〟は、この学校じゃ王様みたいなものだった。

エリートの中のエリート。

将来の成功が約束された優秀な生徒たち。

成績順位表の、上から十列。

栄誉あるその十列にはいつも輝かしい名前が並んでいた。

高名な学者の子供。上位貴族の嫡男。時期によっては王族の名前だって。

監督生だけが着用を許される特別なネクタイは、いつの時代も生徒たちの憧れだ。十位から二位までは銀色の糸で。そして一位は金色の糸で、特別な刺繍《ししゅう》がほどこされた見事なネクタイ。


「豚に真珠だ。お前なんかに、そのネクタイは相応《ふさわ》しくない。自分でも分かっているだろ？　お前がどれだけ悪目立ちしているか」

アビゲイルが冴え冴《さざ》えとした顔でジロジロ品定めするみたいに僕を見回した。

ピタリと彼の視線が止まるのは、いつも僕の首元。銀糸のネクタイの上。

対するアビゲイルの首元では僕と揃いの、ただし金糸のネクタイが輝いている。

そう。僕とアビゲイルは監督生なのだ。

だけど僕たちには、文字通り天と地ほども差がある。

アビゲイルの方は入学してからずっと一位の座を譲っていない、疑いようもない天才だ。彼自身もその順位を心から誇りに思っている。

対して僕は……ガリ勉で本の虫。実技がカラッキシな十位。十一位との点差は本当に誤差みたいなものだった。なんとか必死で監督生の座にしがみついているだけ。魔法も大して上手《うま》くない。

だから監督生たちには見下され、それを見た他の生徒にも家柄を理由にバカにされている。

家柄も、容姿も。こんなに努力している成績だってアビゲイルには敵《かな》わない。彼を越えたいだなんて大それた夢は早々に捨てた、情けない奴。

「…………」

「……平民が僕を無視するのか」

何も話さない僕に、アビゲイルが眉を顰めた。

平民はラムサスに通えているだけで感謝するべき。他の生徒の迷惑にならないよう、目立たず静かに過ごすべき。まさか平民が、名誉ある監督生の座につくなんてとんでもない。

そんな風に考える人たちが、この学校……いいや。この国には大勢いる。きっとこのアビゲイルもその一人。

僕が貴族だったら、彼と友達になれただろうか。そんな夢ももちろん捨てた。僕は商家の出なので現実主義者なのだ。

「いいや、むしろ商人らしいと感心すべきだろ」

アビゲイルの隣で黙っていたショーンがにやけ顔で手を広げ、大袈裟《おおげさ》に肩をすくめた。それから鼻の穴を膨らませ、さてコイツにどんな残酷なことを言ってやろうかという顔をする。こうなったら彼の言うことは一つだ。

「……お前みたいな奴がいる家と取引するなんて、父上もどうされたんだろう。なあ、俺はお前の図々しさを父上に報告する義務があると思わないか？」

出た。これがショーンのお家芸だ。

「……なあ、どうなんだよ。グラント。お前の親もお前みたいな卑しい奴らか？」

僕の実家、グラント家はなかなかに大きな商家である。

子爵家との取引一つふいになったくらいじゃ、大した痛手にはならない。

だけど、貴族たちの間で、悪い噂《うわさ》を広められたら？

そんな不安さえなければ、僕だってきっと目の前のこのムカつくツラを引っ叩《ぱた》いている。

狭い貴族社会。噂なんてあっという間に広がるはず。結局、人は他人の不幸話が好きだから。下手したら貧乏貴族より金持ちな商家の悪い噂。そんな面白い話に、この国の暇を持て余した貴族たちが食い付かないはずがないのだ。

……きっと家族に迷惑をかける。

「オイ」

バシャリ。

僕の頭上から、桶《おけ》をひっくり返したみたいな水が降ってきた。

髪を、額を、頬を伝って、顎や鼻先から水が滴るのがやけにゆっくり見えた。

ショーンの乾燥した手の中に杖《つえ》が握られているのに気づいて、魔法で水をぶっ掛けられたのだと理解した。

ああ。もう本当に嫌だ。この連中。この学校。この国。何もかもうんざりだ。

「平民のくせに俺を無視するなんていい度胸だよな」

ショーンが僕をせせら笑う。

——お前にアビゲイルへの忠誠心なんてないことはわかってるんだぞ。僕は内心で悪態をついた。

彼がアビゲイルを時々睨《にら》んでいるのを知っている。ショーンは僕を嫌っているアビゲイルを盾に、弱い者いじめをして気を晴らしたいだけなのだ。それに、この間のテストは赤点だったらしいじゃないか。君なんかただの金魚のフンだ。僕が君に負けるところなんて何一つないね。

「聞いてるのか。他の監督生に媚《こび》を売りやがって。下品な平民め」

濡《ぬ》れ鼠《ねずみ》になった僕が黙りこくっているのがおかしいらしい。取り巻きたちのクスクス笑う声が外廊下に響いた。

「……僕に、どうしろって言うんだよ」

つい漏れた小さな声に「え?」「なんだって?」と取り巻きたちが、わざとらしく耳に手を当て茶々を入れる。

「商人の息子《むすこ》なのに、どうして声がそんなに小さいんだい？」

「そんな小さな声じゃ、誰も何も買ってくれないぜ」

取り巻きたちが意地悪を言ってゲラゲラ騒いだ。

キュッと右眉を持ち上げたアビゲイルが、美しい金髪をかきあげながら取り巻きたちを振り返る。

「いいじゃないか。この栄誉あるラムサスで、ニセ宝石の叩《たた》き売《う》りなんて始められたらたまらないだろ」

ドッと笑いが起きる。

派手な行動で握ったはずの主導権を、あっという間に掻《か》っ攫《さら》われたショーンが不服そうに姿勢を崩した。

「……水をかけられても何も言い返さないのか。本当にいけすかない奴だな」

「……」

「おい、顔を下げるなよ。僕の話を聞くときは僕の顔を見ろ」

言われた通り、ゆっくりと顔を上げてアビゲイルを見る。美しい形の唇が満足そうに吊《つ》り上がった。覗《のぞ》く歯まで真珠のように美しい。

ショーンが出しゃばるように身を乗り出す。

「あの〝混ざり物〟に告白してこいって言ったんだ。退屈なんだよ、俺たち。お前たちみたいなみっともない連中がウジウジやってんのを見て腹を抱えて笑いたい気分なんだ。分かるだろ？」

……サッパリ分からないね。

「手紙なんかじゃダメだぞ。ちゃんと直接、告白するんだ。それでどうなったか俺に報告しろ」

「……噂を広めるって話は？」

「もちろん、お前がちゃんと指令をこなせばなかったことにしてやる。俺は誇りある貴族の生まれだからな。約束を違《たが》えたりなんかしない」

「……なあ、おい、行こう」と、僕を冷ややかに睨んだアビゲイルが取り巻きたちを連れて歩き出す。

その内の一人にドンッと肩をぶつけられて、僕は冷たい床に尻餅《しりもち》をついた。

チラ、とこちらを見下ろすアビゲイルと目があったが「フン」と顔を逸《そ》らされる。

足音が遠ざかっていった。

「………………ああ、クソ。最悪だ」

ああ、クソ、最悪だ。これが最近の口癖。文字通り最悪な口癖だと思う。

僕は立ち上がる気にもなれないまま、外廊下の冷たい床で抱えた膝《ひざ》に顔を埋《うず》めた。

季節は秋だ。

歴史ある学舎を彩る木々は赤や黄色に紅葉していた。

頭の天辺から爪先までびしょびしょに濡れたままでいるには寒い季節に、グスグスと鼻を啜《すす》りながら一人きりでうずくまる。

爪先まで小さく丸めると、退屈なデザインのストレートチップの中でグジュと水が動く嫌な音がした。

ここに来てから、楽しかったことなど一度もない。最悪だ。

『学校は楽しいぞー。人生で一番楽しい。一生の友ができる。お前なら上手くいくさ。頑張ってこいよ』

ガハハと明るく笑う父さんを信じた自分がバカだった。

寄宿学校でいじめのターゲットになるって最悪な経験だ。

なんせ一年の大半を学校で過ごすんだから。学校で嫌われたらそれはもう世界中に嫌われてるってことだ。

――なにが人生で一番楽しいだよ。

本当にこれが人生で一番楽しい時期だって言うんなら、今すぐ舌を噛《か》み切《き》って死んでやる。人生なんて糞《くそ》食らえだ。大人の言うことなんてもう信じるもんか。

貴族なんてロクなもんじゃない。あんな奴《やつ》が貴族だなんてこの国は終わりだ。いっそ滅びちまえ。

「……ああ、クソ、最悪だ」

だけどあと一年。この牢獄《ろうごく》みたいな学校であと一年こうして耐えていれば、それで終わりだ。

なるべく何も考えずに、何も起こさずに、ただ一年息を潜めてじっとしていよう。

卒業さえしてしまえば、もう僕とこの学校は無関係。どうでもいい。ぼくは次男だ。家を継ぐ必要もない。こんな学校どころかこんな国ごと、見捨てていつでも出ていけるんだから。

この時の僕は、自分に言い聞かせるようにただそう考えていた。

3．異色の問題児

ジーン・アスター。ラムサス1の変わり者。ミドルネームは問題児。Mr.自由人。頭のイカれたサイコ野郎だ、なんて言う口さがない者もいる。

話したことがないから、彼のひととなりを詳しく知っているわけじゃない。それでも、彼がこの学校にいるどんな貴族とも違うことは明らかだった。

「……ハァ」

「どうした、グラント。ため息なんかついて。祖母《ばあ》さんでも死んだか？　そうか、お前のその白髪は、祖母さん譲りなんだな」

わあ、なんて気のいい利いたジョークなんだろう。ゲラゲラ笑う声を無視して歩く。僕は今それどころじゃないんだ。

よく晴れた昼下がりの学舎《まなびや》。回廊。

石が行儀よく敷き詰められた道の上を幽鬼のような顔をしたままゆらゆら進む。

口の中で「ダイジョウブ、ダイジョウブ」とぶつぶつ譫言《うわごと》みたいに呟《つぶや》く。

――バカにされたり、酷《ひど》く罵《のの》られるだけで済むならいい方だ。悪ければ拳《こぶし》がとんでくる。そうじゃなけりゃ、あの冗談みたいに長い脚で蹴飛《けと》ばされるか。

……昨日のうちに骨接着薬とか、歯生え薬を揃えておくべきだったかな。

ああ、だけど僕がこれから彼にする失礼な行動を考えたら、思う存分殴ってもらうくらいがちょうどいいのかもしれない。

もう秋だと言うのに、ストレスのあまりダラダラ垂れてくる冷や汗が、うなじから背中へヒンヤリと伝っていった。血の気の引いた手を揉《も》む。乾燥した手のひらがカサカサ音を立てた。本当に老人みたいだ。これじゃあ、さっきの悪趣味なジョークに怒ることもできない。

「ああ、まだ死にたくない……」

――たかが告白だろ。どうしてそんなに気に病むのか。

そんなことを聞くのはジーン・アスターを知らない人だけだ。

そして、ジーン・アスターを知らない生徒なんてラムサスには存在しない。

これから僕がすることを知ったら全員が「正気か？」と顔を青くするだろう。

たかが告白、されど告白。絶望的に相手が悪かった。

ジーン・アスターと言えばこの学校……いいや、この国の有名人である。

王国の英雄であるフォスター辺境伯の長男にして、サヌス人の血を引く男。

我が国と隣国の国境沿いに聳《そび》え立つ連峰にはサヌス人と呼ばれる人々が住んでいる。

馬を巧みに操り、高山地帯を渡り歩く。赤い髪と動物の耳や尻尾《しっぽ》を持った、古い血を引く民族だ。

彼らは時には我が国の味方になり、そしてある時には隣国側に付き、自分たちの土地を護ってきた。

保守派の貴族たちが彼らを〝混ざり物〟だ〝獣混じり〟だと蔑《さげす》むのは、彼らの強さを恐れるせいだ。

そして、二十年ほど前。彼らとの友好的な関係を目指して、族長の子供とこの国の貴族が婚姻を結ぶ話が持ち上がった。全員が顔を背ける中、名乗りを上げたのが、国の英雄で王の親友でもあるアスター辺境伯。

その結果、生まれたのがあの男、ジーン・アスター。

……彼自身について有名な話がある。

彼が二年生。つまり同じ歳《とし》の僕も二年生だった頃の話だ。

それまでも彼の陰口を叩く人間はいたけれど、アスター辺境伯の長男である彼に手を出す勇気のある生徒はいなかった。

ある日、四年生の生徒たちが彼を取り囲んでいつもみたいに彼の悪口を言った。混血だとか、獣の息子だとか。低俗な悪口だ。いつも通り、彼は何を言われてもちっとも興味を示さなかった。

それどころか明後日《あさって》の方向を向いて「くだらない」とでも言うみたいに、欠伸《あくび》を噛み殺し損ねたり、爪を見たりなんかしていた。

そんな飄々《ひょうひょう》とした態度に彼を侮った一人の生徒が、愚かにもあのアスター辺境伯を貶《おとし》めるようなことを口走ったのだ。あまりに品のない言葉だったので具体的な描写は避けるが、つまり「獣とまぐわった人間」というようなことを大声で言ったのである。

流石《さすが》に、周りの生徒たちもどよめいた。

何より今まで退屈そうにポリポリ首の裏を掻いていたジーン・アスターの顔色が一変するのが、ハッキリと見えた。

「……嘘《うそ》だろ？　お前、今、なんて言った？」

「呆《あき》れた。ここまでバカだとは」と彼はヘラリと笑った。それからストンと落ちるみたいに表情を消して、彼は俊敏に杖《つえ》を引き抜いた。あまりに怒気に満ちていたせいで、杖ではなくてレイピアを抜き放ったのではないかと空目したほどだった。

そして、その結果は言うまでもない。しつこいようだが、彼は〝英雄の息子〟。魔法の腕が如何程《いかほど》かなんて、賢い人間じゃなくたって簡単に想像できることだ。

その場に居合わせた生徒たちは数分も経《た》たないうちに、顔をウシガエルみたいに腫《は》らした四年生たちがジーン・アスターにズルズル引きずられて行くのを見送る羽目になった。

「おい、アイツ成績最下位じゃなかった……？」

野次馬の一人が呟いた。何かの間違いだろう。

多勢に無勢。それもまだ二年生のはずのジーン・アスターは全くの無傷。顔の原形をとどめていない四年生が「ごべんなさい」と泣かされていたのだ。それを見たジーン・アスターは、「うわ、ブサイク」と綺麗《きれい》な顔を歪《ゆが》めて呟いていた。容赦がない。自分がその上級生をブサイクにしたんだろう。出身は何処《どこ》だ。地獄か。

その後の四年生がどうなったのか。

一晩中拷問魔法をかけられただの。

若い男好きのドワーフが集まる裏街の酒場に裸で投げ込まれただの。

恋人を目の前で寝取られただの。

物騒な噂《うわさ》があちこちで囁《ささや》かれたけど、本当のことを知っている人間は誰もいない。嘘だとしても面白いから、皆が色々噂した。

……火のないところに煙は立たぬ。かくして彼は学校で一番怖がられる乱暴な問題児のレッテルを貼られるようになったのだ。

つまり何が言いたいかというと、ジーン・アスターは怒らせると非常にまずい男なのである。

そして僕は今からそんな人物に失礼を働きにいく。

正直に言おう、彼の粗暴さが苦手だ。彼の美しさも、彼の恵まれた体軀《たいく》も、授業中寝てばかりで何も努力していないのに魔法が上手なところも。悪口を飄々と躱《かわ》す余裕も。家族への侮辱に堂々と怒りを表現できるほどの実力も。

見ているだけで胸を掻きむしりたくなる。

僕の情けないコンプレックスが、泣きたくなるほど刺激されるのだ。

「あっ」

ピタリと足が止まったのは、回廊の連続するアーチの向こうに彼が見えたからだった。

文句を言ってくる貴族連中に「クソ喰らえ」と中指立てるみたいに、伸ばして伸ばして。今では背中の中程まで伸びた波立つ髪を無造作にハーフアップにした後ろ姿。

ああ、やっぱり、彼は僕とは違う。

「……、わっ」

長身の後ろ姿を見つめたまま立ちすくんでいた僕を、その瞬間、突き抜けるような秋風が襲った。

顔を隠していた僕の白い髪がバサバサと旗のように靡《なび》く。

普段、頑《かたく》なに隠している青白い顔が陽光の下に剝《む》き出《だ》しになった。いつもなら必死になって隠すところだけど今ばかりはそんなことは一向に気にならなかった。

風に煽《あお》られ巻き上がる真紅の髪。

脳天から爪先までが、雷に打たれたように痺《しび》れた。

青年が振り返る。

琥珀色《こはくいろ》の肌。鋭いまつ毛が覆う黄金の瞳《ひとみ》。

周りの時が一瞬止まる。

「お前が？」

燦々《さんさん》とした日差しが降り注ぐ中庭の中で、真紅の髪のジーンがそう言って眉《まゆ》を顰《ひそ》める。奇妙な表情だった。

彼の指先でピラッと見覚えのある便箋《びんせん》が揺らされて、そちらに視線が動く。朝方、僕がコッソリ出した手紙だ。

「……あ、はい」

人にまじまじと顔を見られるのは苦手だ。とりわけ美しい人に見られるのは。

だけど彼を呼び出したのは僕である。力の入らない足を叱咤《しった》してふらふらジーンに近づいた。一瞬で、喉《のど》がカラカラに乾くのが分かった。

「ふーん……」

【明日の昼。できたら、西棟の裏庭に来てください。話があります】

「それで？」

彼の目が続きを促す。

……〝それで〟？　それで、どうしよう。

発光しているような金色を見返しているだけで、脳の動きが軋《きし》んで止まる。

どうしよう。言葉が出てこない。

この、失礼にも程がある告白を、どう切り出すべきなんだろう。

「あ……、僕がここに君を呼び出したのは、その。……伝えたいことがあって」

「……ドウゾ」

何かに備えるように彼が眉を寄せる。

グッと唾《つば》を飲み込み損ねた僕の喉から変な音が鳴った。ああ、今の聞こえていなかっただろうか。

彼に笑われるなんて絶対に嫌だ。恥ずかしい。消えてしまいたい。

「あの、僕、き、君のことが……」

好き。

4．悪魔と取引

「君のことが、す、ス、……」

好き。

そのたった二文字がどうしても言えない。唇がはくはくと開いたり閉じたりを繰り返す。意外なことに、ジーン・アスターはそのもどかしい時間を大人《おとな》しく待ってくれていた。

「……あ、ウ。ご、ごめん。やっぱり、やめる」

結局のところ、僕は踏ん切りがつかなかった。僕ってこういう奴《やつ》だ。

僕の人となりを表すならこの三語で事足りる。ガリ勉・気弱・優柔不断。

相手の表情を窺《うかが》う勇気もでないまま、バッと頭を下げる。

——ちょうどその時だ。

二階の廊下からこんな声が聞こえてきた。

大きな話し声だった。楽しくて堪《たま》らないのだろう。ここは人通りの少ない西棟だ。誰が聞いているとも思っていない声量だった。

「なあ、アイツ本当にあの獣混じりに告白すると思うか？」

「まさか。どーせ逃げ出すだろ」

「三日以内にできなかったらお仕置きだっけ？　お仕置きって何すんの？」

「厩舎《きゅうしゃ》にでも呼び出してサ、馬糞《ばふん》に頭から突っ込ませてやろうぜ」

「冴《さ》えてる。観衆もつけよう」

カッと頭に血が昇るのを感じた。

羞恥《しゅうち》と自己嫌悪に襲われる。顔も上げられない。

だって僕に聞こえているのなら、目の前にいるジーン・アスターにも聞こえているはずだった。会話の内容を聞いていれば、関わりのない彼を僕が突然呼び出した理由もわかっただろう。

ああ。きっと軽蔑《けいべつ》された。

「……へえ、なるほど」

そこで初めて、ジーン・アスターの低い声に感情が乗った。

その乾いた笑いが、なんの笑いなのか僕には分からなかった。軽蔑の笑いなのか、呆れの笑いなのか。あんな連中に振り回されてこんな恥知らずなことをする僕が滑稽《こっけい》で笑ったのか。……多分これだ。

「……君に、失礼なことをした」

悪ふざけで呼び出して、〝混血〟だからと言う理由で罰ゲームのように告白して。冷静じゃなかった。どうしてこんなことをしようなんて考えたんだろう。

体に大きな影がかかった。ああ、怒らせたんだ。

僕の脳裏にボコボコにされた四年生の姿が過《よぎ》った。

今すぐ逃げ出してしまいたかったけど、その場に留《とど》まったのが僕の唯一の勇気だった。今日の僕は我ながら最悪。彼にボコボコにされるべき。

僕は襲ってくるだろう痛みに備えて奥歯を噛《か》み締《し》めた。

「わっ」

けれど襲ってきたのは痛みでもなんでもなく。力強くグイッと腕を引っ張られて、深々と頭を下げていた上半身が持ち上げられる浮遊感だけだった。

なに、なんだ？　頭を下げてると顔面が殴りづらいとか、そういうことだろうか。

じゃあ、今度こそ。動揺しながら、またギュッと目を瞑《つぶ》る。

「……いいよ」

僕の痩《や》せた腕を摑《つか》んだまま、ジーンはただ一言そう言い放った。怒っている様子はない。肩透かしなほど、ケロッとした声だった。

——なんだって？

予想外すぎる言葉に、それまで自分を押《お》し潰《つぶ》しそうになっていた罪悪感やら自己嫌悪やらが転んで倒れる。突き放されたみたいな表情で僕は顔を上げた。

それからまたポカンとする。

彼が怒るどころか眉を上げ、楽しそうに笑っていたからだ。

「告白の返事だよ」

「い、い？」

「ウン。いいよ。付き合ってやる」

「付き合う……」

「なに？　お前が告白してきたんだろ」

――そうだ。そうだけど。

「さっきの話、聞いてなかったの……？」

「あんな大声で騒がれたら嫌でも聞こえるわ」

ジーンが、頭の可哀相《かわいそう》な生き物を見るみたいに眉を八の字に歪めた。

「……なに。お前、馬糞まみれになる趣味でもあんの？」

「な、ないよ！」

「ならよかった」

さすがに変態とは付き合えない。

そんなことを言う彼に呆気《あっけ》に取られる。

「なあ、アイツらがどうして俺に告白させたか分かるか？」

「え？」

彼が俺の顔を見て微笑《ほほえ》みながら、内緒話するみたいに言った。

その顔を見ていると頭がクラリとした。

おかしい、貧血だろうか。

「お前が俺にフラれると思ったからだよ」

「あ、ああ。うん」

ポカンとしながらも慌てて頷《うなず》いた。

そうだろう。『退屈だから』と言って笑っていた顔を思い出す。彼は僕がジーン・アスターに手ひどく振られて、あわよくば打《ぶ》たれたりして、泣いたり落ち込んだりする姿を見たいのだ。そんでもって仲間たちと顔を見合わせ、ゲラゲラ腹を抱えて笑いたい。

「俺と実際に付き合い始めたらアイツら、一体どんな顔で驚くと思う？」

ニタリ。悪い顔がそれはもう堂に入っていた。静謐《せいひつ》で美しい形をしていた唇から剝き出しになった白い牙《きば》に視線が釘《くぎ》付けになる。

「……君、アビゲイルたちに何か恨みでもあるの？」

呟《つぶや》くように言った僕の言葉に、ジーン・アスターが鼻白んだと言うように眉を上げて唇を曲げてみせた。案外表情の豊かな男だ。退屈そうな顔しか見たことがなかったから、意外だった。

「いいや？　気に食わねえだけ」

「気に食わない……」

「お前もそうじゃねえの？」

「……まあ」

気に食わないか、気に食うかって言われたらそりゃ気に食わない。散々、痛めつけられたし。もう僕の心は八つ裂きどころかズタボロ。紙屑《かみくず》だ。可愛さ余って憎さ百倍じゃないけど、あの綺麗《きれい》な顔を見ると胃がキリキリする。彼がどうして、僕にここまで残酷になれるのか理解ができない。

俺の返事と表情に何を思ったのだろう。なぜか目を丸めた彼が、楽しげに顔を歪《ゆが》ませて僕の方に腰を曲げた。

「復讐《ふくしゅう》したいとか、思わねえの？」

鼻先にかかった息からはほんのりと甘い嗅《か》ぎタバコの匂いがした。流行に敏感な若者の間で流行《はや》っているやつだ。甘いラズベリーの香りに眩暈《めまい》がする。

「恋人のふりをするのさ。アイツの間抜けヅラを存分に堪能したら、別れたってことにすればいい」

「……すぐに別れたりして、君の評判は大丈夫なの？」

「俺の〝評判〟だって？」

ジーンが笑った。

俺にまだ評判なんてものが？　そんな顔で。

「……」

「やりこめてやりたくねえの？」

突拍子のない話だったけど、正直な話、気が滅入りに滅入っていた僕にはあまりに魅力的な言葉だった。

あの気取り屋たちが呆気に取られている様子を見て、こっちが指差して笑ってやれたらどんなに気分がいいだろう。こんなに甘い提案はない。

まさか、こんなことを思うなんて。今まで僕は自分のことを善良な人間だと思っていたけど。もしかしたらそれは思い違いだったのかもしれない。

「それで？　受けるのか、受けないのか」

こちらを試すように見る彼をハッと見上げる。

こんな提案をする理由も納得できないままだけど、それでも断ることなんてできっこなかった。

「……受け、る。受けます」

「ヨシ、それなら」と楽しそうに両手を擦り合わせる様子を見るに、本当にただの退屈凌《たいくつしの》ぎだったのかもしれない。僕にはとてもじゃないけど理解できないタイプの人間だと思った。

だって彼ときたら、捕まえたとっておきの獲物を、さてどこから料理してやろうかって顔をしているのだ。この場合、獲物は誰だろう。アビゲイル？　……もしかして僕？

「……よし。じゃあ一先《ひとま》ず。ほら、好きって言って」

「え？」

「アイツらに聞こえるように。俺が好きだって叫ぶんだよ。ホラ、早く」

ああ、なるほど。……なるほど？

首を傾《かし》げる僕に「あいつら行っちまうぞ」と男が囁《ささや》いた。脳みそをグルグル混ぜるような低い声だ。

「……あ、え」

混乱の中、僕の脳内では一つ前の授業で読んだ召喚術の本が捲《めく》られていた。確か、人間と契約を取り交わそうとしている時の悪魔は、考える隙を与えないために答えを急《せ》かすんだっけ。

そんなの答えなきゃいい話じゃないか。本を読んでいるときはそう思ったはずなのに、いざ自分がその立場に立ってみればこのザマである。まんまとわけの分からないことを口走ろうとしているんだからどうしようもない。いいや、僕の目の前にいるのは悪魔じゃなくて、悪魔みたいな人間なわけだけど。

「ス、スキ?」

好きってなんだっけ?

パニックだ。何も考えられない。

目の前で三日月形に細まる黄金に目が眩《くら》む。

「うんうん。……もっと大きな声で?」

悪魔……いや、ジーンがチラと学舎《まなびや》の方に視線をやる。

彼らに聞こえるように声を張れってことだろう。

「す、好き……!」

「……誰が、誰を好き?」

「ぼ、僕は、ジーン・アスターが好き!」

「わあ、ヤッタ。これからよろしく、エルマー」

あ、名前、知ってるんだ。

そう思うと同時に、唇の上にそっと親指が置かれた。

回された腕に力が入り、腰がグッと反る。

意志の強そうな凜々《りり》しい眉《まゆ》の下の双眸《そうぼう》が仄暗《ほのぐら》く輝いている。嘘《うそ》みたいに長くて濃い睫毛《まつげ》。しっかりと通った鼻筋。それから、柔らかそうな唇。

美しい顔が傾けられて、チリと彼のピアスが音を立てた。

ああ、流行りの形のピアスだ。さすが、よく似合うな。

呆然自失《ぼうぜんじしつ》の脳内で、目ざとい商人の自分がポツリと呟く。現実逃避だ。

「ん」

優しい秋風が、僕たちを囲む紅葉したハナミズキの葉っぱを揺らしていた。

それはまるで、歌劇のワンシーンみたいなドラマチックなキスに見えたことだろう。

「ギ、ギャ――――！！！！！」

聞くに堪えない悲鳴が聞こえたけれど。あれは、一体誰の声だったんだろうか。

そんなくだらないことに割く脳の容量はもはや僕には残っていなかった。大層ご満悦そうにニヤッと笑う目の前の男の相手で一杯一杯だ。

熱い唇が、〝彼の親指の上から〟そっと離れる。

僕が呆然《ぼうぜん》と立ち尽くしていると、フッと目の前の顔が緩んだ。

「……見蕩《みと》れすぎ」

「は、……？」

言っておく。僕は断じて見蕩れてなんかない。

だけど彼が出す、親しい誰かを揶揄《からか》うような甘やかな響きの声のせいで、自分の顔がカッと赤くなるのが分かった。

悪魔がますます楽しげに笑みを深める。

「本当にキスされると思ったんだろ」

「お、おも……っ」

「マアマア、そんなに残念がるなって」

「残念がってない……」

ケラケラ楽しそうに釣り上がった口の端から牙のような鋭い犬歯が覗《のぞ》いた。

……ああ、なんだか、もう既に選択を誤ったような気がするぞ。

「キスはまた今度な」

「誰がするか……」

「……なんだって？」

「……いいえ。なんでもないです」

悪魔と契約をしてしまった欲深い人間の運命を知っている。

彼らは大抵、散々悪魔に弄《もてあそ》ばれた後、悪魔の思い通りの結末を迎える。

どんなに逆らったって、裏を掻《か》いたと思ったってそれは錯覚だ。

……この場合、僕の行き着く先はどこだろうか。

5．素敵な恋人

【親愛なるエルマー。元気にしているかい。

底意地の悪い貴族どもに嫌みを言われたりしてないかい？

エルマーの可愛さを妬《ねた》んだブスに嫌がらせをされたりは？

兄は心配で夜も眠れません。

いいかい。何か嫌なことをされたらすぐに言うんだよ。貴族相手だからって遠慮することはないんだからね。やりようはいくらでもある。いいね。

……ところで、僕の可愛い弟があのアスター辺境伯のご子息と交際をはじめた、なんて噂《うわさ》を王都で聞いたんだが、もちろん冗談だよね？　父さんは素直な人だから大層喜んでいたけれど。アスター辺境伯は素晴らしい方だと有名だからね。この国の貴族とは思えないほどに。

その、僕はご子息がどういう方か知らないんだが、いらないお世話であることを承知で言わせてくれ。

大丈夫かい？

いや、エルマーを信用していないわけじゃないんだ。君は賢い子だ。だけど少し優しすぎるから……。

嫌なことはされてないかい？

脅されたわけじゃないよね？

家のためにと我慢する必要はないんだよ。あのラムサスに通うばかりか、監督生にまでなったんだ。充分すぎるほど、よくやってくれている。兄としては、君が元気に過ごしてくれているだけで本当に充分だ。

いいね。君に酷《ひど》いことをしたら、アスター家であろうとなんであろうと槍《やり》で串刺《くしざ》しにしてやる覚悟が兄にはあることを、決して忘れないでおくれよ。なんなら今すぐにでも……いや、これ以上はやめておこう……手紙は証拠に残るからね。

追伸　最近、夜が冷えるようになってきたからしっかりと毛布を被《かぶ》って眠ること。
エルマーは寝相がわるいから兄は心配です】

「…………」

蠟燭《ろうそく》の柔らかな光が照らす自室でお手本のように頭を抱えてウ――ッと唸《うな》っているのは僕。手の中で握りつぶされているのがたった今まで読んでいた兄さんからの手紙。

――早すぎる。いくらなんでも早すぎる！

僕は乾燥した細い髪をワシャワシャ搔き回した。

〝付き合い始めて〟まだ一週間だぞ。どうしてこんなにも早く兄さんの耳に入っているんだ。

そもそも、王都で噂になってるってなんだよ。

おかしい。おかしいぞ……。ここまで注目を集めるつもりは……。

ガタンと後ろに椅子を蹴倒《けたお》し立ち上がった。

蠟燭の光に照らされて、影がゆらゆら揺れる室内を円を描くようにグルグル歩き回る。

必死な表情も相まって、なんだか物騒な呪術でも施しているみたいに見えるだろう。現に僕は魔法使いだ。何を呪っているかって、何もかもが上手《うま》くいかない現実を呪っている。あと〝噂〟なんてものを王都まで広げた奴《やつ》と、それからことの発端であるあのデカブツショーンと、それから……。

「なんで……どうしてこんなことに……」

ドサッと、しまいにはベッドに倒れ込んだ。

どうして、なんで。

——いいや。どうしてもなんでもない。

どうしてもなんでもないことは僕にだって分かっていた。原因は一人しかいない。

「うう……」

——全部アイツのせいだ。本当になんなんだ、あの男は。悪魔の胎《はら》から生まれてきたのか。

脳内に憎たらしい顔で高笑いをする悪魔がポンッと浮かんでくる。

とうとう堪《こら》えきれなくなった僕は、枕に顔を突っ込んだまま思いっきり叫んだ。

「ジーン・アスターめ!!!!!」

心配する人がいるといけないので追記しておくけれど、冷静なうちに部屋には防音魔法をかけてある。ゆえにどんなに大きな声で叫んだところで、外でフリフリ歩いている上品を気取った貴族たちが腰を抜かしたりすることはない。残念だけど。

話を戻そう。

「ジーン・アスター……」

きっと今の僕は死人のような顔色をしているだろう。

声に滲《にじ》む怨念《おんねん》は本物である。

このたった一週間で僕の生活は変わってしまった。

僕はすっかりこの学院の有名人になってしまっていた。元から割と有名な方ではあったが、最近は〝割と〟なんて可愛いもんじゃない。輪を掛けて。とんでもなく有名。

もはや僕と僕の新しい恋人の交際を知らない生徒はいない。

それもこれも、全て、ジーン・アスター。何もかもあの愉快犯のせいである。

その説明をするためには時間を、一週間ほど巻き戻す必要がある。どうか、どうかお付き合い願いたい。

――始まりはそう、あの〝告白〟の翌日。午前八時四十五分。

「おはよう、darling《ダーリン》」

寮の扉を開けた僕を、爽《さわ》やかな秋の朝日と共にわざとらしい笑顔が出迎えた。

――い、今なんと言った？　"darling"だって？

男が立ち尽くしたままの僕に首を傾げ、長い脚でスタスタと近づいてくる。

階段を一足飛びに上がり、最後の段差に足をかけ手を差し伸べる。

……長い脚を自慢しているんだろうか。自分の脚と見比べて、憮然《ぶぜん》とした表情をしている僕を彼は邪気のない顔で覗き込み、

「どうした？」

チュ、と頬にキスを落とした。

そう。キスである。

一日の初め、愛《いと》しい人にする挨拶《あいさつ》のキスだ。

僕は動揺を隠すこともできず、哀れな野ネズミみたいにビョンッとその場で飛び上がった。……な、なにを？

ポケットに手を入れた男が身を屈《かが》め、可愛く首を傾《かし》げて笑っている。

「なんだ。寝ぼけてんの？」

周りからは恋人を気遣っている紳士的な彼氏に見えたかもしれない。

目の前の眩《まぶ》しい金色に目を眩《くら》ませながら、僕はようやく気がついた。

……彼、恋人の演技をしてるんだ。僕を好きなふりを。

まさかこの男から行動を起こしてくるとは思わなかった。

それも、朝の迎えだなんて。

まるで「君に夢中です」みたいな顔をして、こちらを見つめてくる男に「ウッ」と目が眩んでタタラを踏む。腹が立つほど容姿がいい。背後に花が見える。何かキラキラしているのは、花妖精《はなようせい》の鱗粉《りんぷん》か何かが舞っているのだろうか。あんなに局所的に？ 瞬きを繰り返す。

おかしいな、僕の知っているジーン・アスターはもっと……。

……いや、案外彼は恋人ができたら毎朝迎えに行くような男だったのかもしれない。意外と恋人には尽くすタイプなのかも。はたまたこのロールプレイを楽しんでオーバーアクションしているだけか。

彼のことを何も知らないなりに、「え、あ、今日デートだったっけ？ 悪い悪い」とか笑いながら、昼過ぎにようやく起きてくるタイプだと思っていた僕は動揺した。そのチャーミングな笑顔でこの世の何もかもを誤魔化《ごまか》せると思っていそうなのに、と彼の色男っぷりにパニックを起こした脳みそがものすごく失礼なことを考える。

「……あ、ごめん。この状況にまだ慣れなくて」

間の抜けた返答にふ、と金色の瞳《ひとみ》が細まった。

「〝付き合い始めた〟ばかりだ。無理ないさ」

おいおい一体何事だ。ガリ勉エルマーと、あのジーン・アスターにどんな接点が？

遠巻きに様子を見ていた周囲の生徒たちが、頬へのキスでざわつき、「付き合い始めた」でどよめいた。

え、なに？ ドッキリ？ そんな感じで、上級生も下級生も貴族も平民も、掃除夫も庭師も関係なく顔を見合わせている。

あまりの混乱に、協調性なんて言葉、生まれてこの方知らないはずのラムサス生に、謎の一体感が生まれつつあった。

静かなのは嵐の目の中心にいる僕たちだけ。

「……おい、グラント」

混乱の中、聞き覚えのある声がして振り返った。

どこか呆然《ぼうぜん》とした表情で立ち尽くすアビゲイルが、僕を信じられないものでも見るような目で見つめていた。なんだか肌艶《はだつや》が悪い。隣のショーンも、あんぐり口を開けている。

「あ……」

一体、何を言えば……。

罰ゲームで告白したのはいいんだけど、付き合うことになった？

僕、実は彼のことが好きだったんだ？

アビゲイルの前に立つと途端に体が強張《こわば》る。真っ白な頭で思考を巡らせているうちに、目の前に大きな背中が立《た》ち塞《ふさ》がった。

「悪いけど後にしてくれるか。俺たち、急いでるんだ」

ジーンの呑気《のんき》な声にアビゲイルの流麗な眉《まゆ》がピクリと痙攣《けいれん》した。ああ、嫌みが飛んでくるぞ。とびきり胸を抉《えぐ》るやつ。そう覚悟したのに、アビゲイルは僕の腰に回された、ジーンの腕を食い入るように見るばかりで何も言わない。

「じゃ行くぞ」

「え？　あ、うん」

その後のことは、正直よく覚えていないのだ。僕も学校もパニックだった。

楽しげに鼻歌を歌っているのは隣の男だけ。

ああ、君は人をおちょくれて……いや、学校中をおちょくることができて、ずいぶん楽しそうだね……。

この男、今この瞬間の為《ため》に。僕との関係を学校中に知らしめる為に、過剰な演技をしたんだな。そんなこと今更気づいたってもう遅い。

普段は、肩をぶつけられて満足に歩くこともできない廊下の人の群れが、まるで神話に残る大魔法使いの海割りのように真っ二つに割れた。

僕と彼が付き合っていることに驚き。そして意外すぎる彼の献身的な恋人っぷりに驚き。

目を見開く者、腕に抱えた教科書をドサドサ床に落とす者、「うそ……」と自分の頬をつねる者、コソコソとものすごい勢いで隣の友人と耳打ちし合う者。

みんなが幻覚でも見ているような顔をしていた。

一方、助演男優である僕の方はというと、全校生徒を欺いているという緊張感から、もう冷や汗が止まらない。

僕みたいな人間には手に余る、大それたことをしている。

ジーンに腰を引かれるままヨタヨタ歩くばかり。

ちなみに震えも止まらない。

実際に奥歯はガタガタ言っているし、深呼吸のしすぎで息を吸ってるんだか吐いてるんだかも分からない。

「朝飯食い過ぎたの?」

「……食べ過ぎてない」

一方、完璧《かんぺき》かつ過剰なロールプレイで全校生徒の度肝を抜いている主演男優はそんなことを言って、ヒーヒーフーフー言っている僕の顔を覗《のぞ》き込《こ》む余裕があるらしかった。

そりゃそうだ。国中から注目されて生きてきた人だもの。こんな視線、屁《へ》でもないんだろう。

――でもね、僕は慣れてないんだ。なんせ商家の息子《むすこ》だ。その上次男だ。気も弱いし、お腹《なか》も弱いし、寝不足だし。

そう混乱のまま、小さな声で文句を連ねた僕に、ジーンが驚いたみたいに眉を上げて、それからケタケタ笑った。

……クソ、何が楽しいんだ、こんちくしょうめ。

6. 退路は断たれた？

けれど文句を言う暇も余裕もない。

あっという間に一限の教室の前にたどり着いてしまった。

ちなみにジーンは同じ授業をとっていない。わざわざ僕の教室の前まで送ってくれたのだ。なんて甲斐甲斐《かいがい》しい彼氏（の振り）なんだろう。ふりでこれなんだから、本当にこの男と付き合った人間はさぞ大切にされるんだろうな。

「それじゃ、またランチタイムに」

チュッ。

頬にキス。

懲りずにピシッっと石化した僕を可愛くて堪《たま》らない相手を見つめるような柔らかい眼差《まなざ》しで見下ろして（演技が上手すぎる）。

ふと一瞬顔を綻《ほころ》ばせ（俳優になるべき）。

おまけとばかりに、髪を優しく撫《な》でて（何処《どこ》からか思わずといった様子の黄色い歓声が聞こえた）。

世紀の色男は長髪を風に靡《なび》かせ颯爽《さっそう》と去っていった。

——僕を混乱の渦に置き去りにして。

「グ、グラント！　なんだアレ！　誰だアレ！！！」

ひっしと飛びつくことで僕の石化を解いたのは、同じ監督生のクラーク。名前の意味する通り高明な学者の息子である。

同じ監督生とは言っても、用がなければ会話を交わすこともない。学者らしい変わり者なので僕を敵視してもいないが、僕を助けることもない。

知り合い以上友達未満の関係の彼が、今は僕の首根っこに飛びつき、スターを見るような目でこちらを見ているのだ。

「……おはよう、クラーク」

僕は顔に飛んできた唾《つば》を無言で拭《ぬぐ》った。

「なんだ今の!?　アスターと、どういう関係だ!?　というか、アスターってあんな奴《やつ》だったか!?　別人!?　見間違い!?」

僕の脳内に昔飼っていたワイアー・フォックス・テリアが浮かんだ。ハフハフと足踏みをして、よだれを垂らし、迫ってくる、ちょっとおバカな奴である。

ちょうどクラークの顔はテリア似だ。僕が彼を憎めないのはそのせいかもしれない。

「なあ、なあって！」

誰もが聞きたくて聞けない言葉を少しの遠慮もなしに聞くことができる恐れ知らずの青年・クラーク。彼は大物になることだろう。

僕の返答を聞かんと、教室のざわつきが水を打ったように静まり返っていた。

「……そんなに騒ぐほどのことじゃ」

「騒ぐほどのことじゃ!?　ヒュー！　あの目を見たかよ！　セクシーな猫みたいな目だ！　お前を誘惑してた！」

セクシーな猫……？

「ちょっと見てないな……」

いいからちょっと落ち着きなよ、クラーク。そうしたら今自分がどんなに興奮しているか分かるはずだ。

ああ、同じようなことを愛犬にも言った覚えがあるな、と遠い目になりつつ返事をする。

「付き合ってんの!?」

付き合ってないけど、付き合っている。

内心では即座にそう答えた。だけどここではなんと答えるのが正解なんだろうと、言葉を選びかねて黙り込む。けれど一瞬で痺《しび》れを切らしたクラークがなんだかんだと騒いで急《せ》かしてくるのだ。

……僕にもジーンみたいによく回る舌があったらな。

僕は引き攣《つ》る口元を手の甲で隠し視線を逸《そ》らせた。上手《うま》い答えが見つからない。下手《へた》なことを言うよりはと、無難な返事をすることにした。

……ひょっとしたらその仕草は、恋人について話すことを恥じらっているように見えたかもしれない。

「……ああ、うん。じ、実はそうなんだ」

「……ッ！　わ――――！！！　グラントとアスターが付き合ってるー！！！！」

「ちょっ！」

――この割れ鐘のようなクラークの叫び声で、僕とジーンのセンセーショナルな交際(仮)は瞬く間に学園中の知るところとなり。

前代未聞の凸凹《でこぼこ》カップルは他の並み居る恋人たちを押さえ、学園のモスト・フェイマス・カップルの座に駆け上ることになったのである。

……ああ、クソ。最悪だ。


「それで、なんで機嫌が悪いんだ？」

「機嫌は、悪くないです」

そして今、学院の話題をさらう噂《うわさ》の恋人たちは、空き教室で密会中だ。ちなみに、全然色っぽい密会とかじゃない。

僕は階段型教室の中段、窓際の椅子にちょこんと腰掛けている。

そのすぐそば。机の端っこに尻《しり》を預けるようにしてもたれているのがジーンだ。

胸ポケットをゴソゴソやっている僕の視線は、自然とすぐそばにある赤い髪に注がれた。無意識に、美しいものを見て昂《たかぶ》った気を鎮めようとしているのである。

「僕たちの……〝交際〟が話題になってるんです」

「……まあ、毎日送り迎えをやってればなあ」

窓の外を見たまま、ジーンが鷹揚《おうよう》に返した。

「学校の中だけの話ならどんなによかったか……！」

嘆いた僕を面白がるような視線が寄越される。ここ最近気づいたのだけれど、彼には人の小さな不幸を面白がる悪癖があるようだ。

僕は胸ポケットから取り出した手紙をペチと机の上に叩《たた》きつけた。……二人きりの密室で彼の不興を買いたくないとどこかで思っているせいか、いまいちサマにならない弱々しい音が出た。

「王都にいる兄さんまで知ってたんだ」

いざ言葉にすると羞恥心《しゅうちしん》が込み上げてきて顔を覆う。だって、だって、まさか、こんな噂が王都にまで広まるなんて。なにより身内に自分の恋愛事情が筒抜けになっている気まずさと言ったら！

しかし指の隙間から窺《うかが》った当人はというと、さほど驚いた様子もない。興味もあまり湧かなかったらしい。乾いた視線をチラッと義理程度に手紙に注いでいる。

そして彼も徐《おもむろ》に、胸ポケットをゴソゴソやった。

「ん」

「……なに、これ」

おざなりに差し出された手紙を僕はおっかなびっくり手に取った。……随分といい封筒だ。

ひっくり返して封蠟《ふうろう》を確認してみる。そこには僕だって知っているアスター家の象徴のライオンと盾の紋章が押されていた。

ジーンが読んだんだろう。既に開けられた形跡がある。なになに……。

「……ヒエ」

ちなみに今のは、手紙の内容に目をとおした僕の喉《のど》から出た音である。

自分じゃ顔色は分からないけど。多分この羊皮紙のほうが僕よりは幾分か血色のいい色をしているに違いない。

――その巻物のように長ーい手紙の内容を要約すると、つまりこうだった。

【親愛なる我が息子　ジーンへ

まさか、お前に恋人ができるとは！

嬉《うれ》しくてたまらないよ！

それもお相手の彼は監督生なのだとか！　きっと素晴らしい才能の持ち主なのだろうね！

……ああ。つい先日、学院の休暇が明けたばかりなのが惜しくて堪らないな。

こんなことを言ったら気が早いと笑われるだろうか。今度、ぜひ、彼を連れてきてくれ。

いいや、恋愛不精のお前が恋人にするくらいだ。最早婚約者と言っていいほど真剣な交際に違いないよな。

なるべく早く会わせてくれよ。

それから是非、私がよろしく言っていたと婚約者殿に伝えてくれ。

親切に。優しくするんだぞ。お前なら問題はないだろうが。

しっかりやれよ。

お前を愛するせっかちな父、ルイス・アスターより】

――こ、婚約者……？　婚約者ってなんだったかな。

昨今、魔法の発達により同性婚なんてものは当たり前になっている。だから僕が彼の婚約者になることも一応おかしくは……いやいや。

人よりは多少優秀なはずの脳みその中で色んな言葉がグルグル回った。ダメだ。やっぱり肝心な時にちっとも使い物にならない。そもそも、恋愛だとかそういうものは僕の専門外なのだ。もっと簡単な問題を持ってきてくれ。宝石の鑑定の仕方だとか、値切りの仕方だとか、交渉の仕方だとか、女性客の煽《おだ》て方だとかそういうものを。

「……」

視線が、前髪のカーテン越しにもう一度最後の一文に落ちる。口元がヒクリと引き攣ったのを感じた。再び差出人のサインを読むと、ことの重大さが否応なしに実感できたのだ。

「お前の父、ルイス・アスター……」

そこには紛れもなく、国の英雄で、王の親友であるお方のお名前が書かれてあった。

「そう。今朝《けさ》届いた。相変わらず耳の早い人だ」

「……な、なんでこんなことに」

「さあ。チョットべたべたしすぎたかもな」

もう少し疑われるかと思ったんだけど。

呑気《のんき》に呟《つぶや》いたジーンがくるりと振り返る。

彼に対する恐怖心も忘れて、僕は睨《にら》むようにその顔を見上げた。つまり、君の過剰な演技のせいじゃないか!!

……できることならそう言いたい。

「……ま、今更どうしようもねえだろ。噂の広がり方は少し予想外だったけど。やることは変わってない」

けれど当の本人は開き直ってしまったらしい。

いやいや、と僕は首を振る。これ以上状況が悪化するのはなんとしても避けたい。

僕はしがない商人なのだ。学校ならまだしも国を騒がせる有名人になるなんて荷が重すぎる。

〝ジーン・アスター〟の恋人になる覚悟が完全に足りていなかった。

既に胃がしくしく泣いているのを感じる。

帰ったら胃薬を煎《せん》じなくては。僕特製マンドラゴラの髭根《ひげね》入り。あれが一番よく効くんだ。

「い、今のうちに態度を変えれば……」

「お前、賢いんだろ。もう少し後先を考えろよ」

呆《あき》れたような目だ。

「……後先？」

フーと、ため息をついたジーンがもたれていた机から立ち上がり机を回った。そして今度は僕の隣の席にドカリと腰掛けた。

「あのな、お前があのアスター家の長男を弄《もてあそ》んだ男として浮名を流したいのなら俺は止めない」

「は？」

「どう見ても俺の方がお前に夢中になってるように見えただろ。その状態で別れたと噂を広めたらどうなると思う？」

この一週間を思い出す。たしかに、僕は彼の行動を受け入れることで精一杯。恋人らしい態度を演じきっていたのはジーンだけだった。

こんな時ばかり回転が早い頭のせいで、ただでさえ悪い顔色が余計に悪くなる。

「つ、つまり別れたと噂を流すにしても、僕が振られたと思われる状況を作った後じゃないと……」

「おまえは世紀のファム・ファタールだな」

オメデトウ、とジーンの口角が吊《つ》り上がった。

額を押さえる。待て、なにもめでたくない。

「ふぁ……」

「いや、男だとオム・ファタールか」

「お……」

悲しき魔物か何かのように言葉にならない呻《うめ》き声《ごえ》を上げることしかできなくなった僕を、アーモンド型の瞳《ひとみ》が同情の目で見下ろした。

「……ほら、お前の態度がつれないせいで」

そ、それは……。

酸っぱいものを食べた時みたいに顔がキュッと縮こまる。人前でキスやらなんやらを返す自分を想像しただけでこんな顔になるんだぞ僕は。仕方がないだろ。

「お前が俺にベタ惚《ほ》れしてる……は無理か。役者がコレだから」

コレ。

今度は「あう」と呻いた。耳が痛い。

だけど、きっとジーンに比べたら誰だって大根役者だ。真実を知っている僕でさえ、本当に僕のことが好きなんじゃないかと錯覚するような演技だったんだから。

「せめてしっかり両思いだと思われない限りは別れないほうが得策だと思うぜ」

「………」

そりゃそうだ。アスター家の長男がたかだか平民の、それも別に美男子でも何でもない、こんな白髪のガリ勉男にフラれたなんて噂が流れたら、とんでもない不名誉だろう。

それに、僕だってもちろん、戯曲のネタにされそうな貴族を弄ぶ悪女………いいや、〝悪男〟として名を馳《は》せるなんてごめんだ。

「まあ、やり遂げる外ないだろうな。父上もこんなに盛り上がってしまったし」

ああ、なんてことだ。

事態は僕の想像よりもずっと悪かった。

周囲の盛り上がりようがこれだ。万が一にでも、僕たちが全員を騙《だま》していたなんてこと知られたらとんでもないことになる。

パタ……と、机に突っ伏した僕の髪を、ジーンがくるくる弄んだ。「うちの犬に似てる」と何処《どこ》かで聞いたような言葉が聞こえてくる。

「まあ、ほら、覚悟決めろ」

「う……」

ああ、なんてことだ。こんな愉快犯男と運命共同体になってしまうなんて。

差し出した手を、〝ガリ勉エルマー〟らしくもなくペチリと叩き落とした僕に、ジーンは目を丸くしたあとケラケラ笑った。気分は悪魔との取引で身を滅ぼす哀れで愚かな物語の商人だ。

「……うう、くそ」

最悪。

「……これから、よろしくお願いします」

「ハイ、よろしくお願いします」

観念したように呻く僕へにっこり、チャーミングな笑顔が向けられる。

僕は彼を怖がっていたことも忘れて、そのにくたらしいほど様になる顔をじっとりと睨んだ。

……なんだよ。君は、嫌じゃないのかよ。

7．教授の頼み

「グラントくん」

占星術の授業終わり。

本を抱えて教室を出ていこうとしていた僕は、占星術の担当であるシャノン教授に呼び止められて「はい？」と振り返った。

「少し」

そう言って神妙な顔で手招きされる。

内心、首を捻《ひね》った。今日の授業でまずいことでもしただろうか。心当たりはないけど。

なんだか面倒ごとの匂いがするぞ。ラムサスで散々揉《も》まれてきたせいで、妙な危機察知能力がついてしまった第六感が、控えめに警告音を鳴らしていた。

しかしラムサスに関わらず、学校で教授の不興を買うことは避けるべきだ。

何より、人のよさそうな（実際にとても人がよい）白髪の老婦人に困ったような顔で呼び止められて、知らぬ存ぜぬできるような太い神経は持ち合わせていなかった。

一瞬で駆け巡った思索をひとまず停止し、僕はコクリと頷《うなず》いて教室の中へと引き返した。

次の授業は幸い休講だし、シャノン教授にはいつもお世話になっている。荷物運びでもなんでも手伝おう。そんな気持ちで「何かご用ですか？」と尋ねたのである。

自分で言うのもなんだが、〝ガリ勉エルマー〟が、先生に呼び出されるなんてことは滅多にない。

教室を出ていく生徒たちが興味深そうに振り返るのを、柔和な笑顔でシャノン教授が見送った。八の字になった白い眉《まゆ》をチラリと見遣《みや》る。……人に聞かれると困る話なんだろうか。

そして、誰もいなくなったのを確認してから「あのね」と恐る恐る話を切り出された。彼女はしきりに両手を揉《も》んでいる。

いつものほほんと笑っているシャノン教授にしては、なんだか落ち着きのない仕草だ。

居住まいを正すように丸まった背中を伸ばして、胸を膨らませて深呼吸して。

……生徒に手伝いを頼むのに、そこまでかしこまる必要があるだろうか。違和感に思わず眉を顰《ひそ》める。

「あのね。その……生徒の私的な事情に首を突っ込むのは教師としてどうなのかしらと思うのだけれど、そのね」

首を傾《かし》げて窺《うかが》うようにこちらを仰ぎ見ながら、小さなご婦人はこう言った。ツイードの上下が上品でとてもよく似合っている。

「あなたが、アスターくんとお付き合いをされているという噂《うわさ》は本当かしら？」

予想外の言葉だった。

……なんだって？　アスターくんとお付き合いしているか？　彼女は今そう言ったのか？

天下のラムサスで教鞭《きょうべん》を執っている人物に、まさかそんなことを聞かれる日がくるとは思いもしていなかった。悪い夢でも見ているんだろうか。

僕は羞恥《しゅうち》で耳が熱くなるのを感じながら、前髪の下で何度も目を瞬《しばたた》かせた。まるで悪夢から覚めようとしているみたいに。

だってエリート校のエリート教師だぞ。全員が全員、とびきり優秀な魔法使いだ。

だからこそ、生徒と教授の距離はあまり近くない。授業終わりの鐘が鳴れば、サッと授業を切り上げて、さっさと各々の研究に戻っていく。生徒の世話をしに教師をやっているんじゃない、優秀な魔法使いを育てる為《ため》にやっているんだ、というハッキリとした態度で。

そんな人たちだからこそプライドの高い生徒たちも、教授を優れた魔法使いとして尊敬している。

そしてそんな人たちだからこそ、僕の衝撃は大きかった。

まさかラムサスの教師がわざわざ生徒を呼び止めて、恋愛事情に首を突っ込んでくるなんて。

彼女の言った通り、それは〝私的な事情〟だ。

「……まずかったでしょうか。やはり僕じゃ釣り合いが……」

頭の中で慎重に選んだ結果、一番に口をついて出てきたのはそんな言葉だった。

やっぱり、僕なんかがアスター辺境伯の長男と交際するなんて、色々まずいのでは?

この二週間、あちこちから不躾《ぶしつけ》な視線を注がれ続けたせいで、何度も考えたことだ。ラムサスに入学してからの僕の精神状態の項目には常に〝疑心暗鬼〟の文字が並んでいた。

シャノン教授がつぶらな瞳をパチリと見開いて「あら」と言葉を漏らす。それから一拍後。彼女は宝石のついた指輪で上品に飾られた手をパタパタと慌てたように振って、弁明した。

「あら、違うわ。いいえ。違います。あなたが釣り合わないなんてこと、決してないわ。グラントくん」

僕のような霞《かす》んだものとは違う。雪のような白髪が美しい、ふくよかで優しげな老婦人は、「誤解させてごめんなさいね」と白粉《おしろい》の塗られた顔に手を当てて、こう続けた。

「あのね。彼——ジーン・アスターさんなのだけれど。実はその、単位がギリギリでね。次のテストで悪い点を取ると、その……まずいことになりそうなの」

僕も老婦人に釣られて深刻な顔になる。——嫌な予感が当たった。面倒ごとに巻き込まれたぞ。内心でそんなことを呟きながら、今できうる限りの穏やかな声を絞り出した。

「まずいこと、と言うと?」

「その……つまり……」

シャノン教授がモゴモゴと唇を動かす。なにをそんなに躊躇《ためら》うことが。禁忌呪文を唱える訳でもなし。恐ろしくなるから早く言ってほしい。

「り、留年……」

8．噂は大抵あてにならない

——なんだって？

「りゅ、留年!?」

「シッ！　声が大きい……」

禁忌呪文を唱えられた方がどんなによかったか！

自分の人生にはついぞ縁のない、まさに悪夢のような言葉に僕は飛び上がって叫んだ。シャノン教授が慌てて窘《たしな》める。

——あの、アスター辺境伯の長男が、留年!?

くらりと眩暈《めまい》がして椅子に座り込んだ。

「ああ、可哀相《かわいそう》に。知らなかったのね」と、優しい老婦人が僕の背中をゆっくりさすってくれる。まるで教室がジーン・アスター被害者の会になったみたいに。僕たちは寄り添い合いながら顔を見合わせた。

「……彼の成績が悪いのは、風の噂で知っていました。だ、だけど……」

まさか留年するほどなんて。

「それは、いくらなんでもまずいんじゃ」

「そうなのよ。とーってもまずいの」

「と」に、思いっきり力を込めて彼女は頷いた。

ラムサスで留年生が出るなんて。数百年の歴史を見ればそりゃ初めてじゃないだろう。それでも、優秀な生徒揃《ぞろ》いのラムサスじゃ、とびきり珍しいことだ。

しかもそれが、あの何かと話題に事欠かないジーン・アスターともなれば尚更《なおさら》。ラムサスの生徒が一致団結して隠したところで、いつか必ず国中の噂になる。そうなれば、あのラムサスが落第生を出したと学院の評判は地に落ち……ああ、なんてことだ。椅子の上でうずくまり、頭を抱えた。

僕が一体なんのためにラムサスでここまで頑張ってきたと思っているんだ。平民だなんだと蔑《さげす》んでくる人たちに、平民でもここまでできるってことを証明する為だ。ラムサスの監督生のまま、ここを卒業する。それが僕の細《ささ》やかな復讐《ふくしゅう》であり夢なのだ。僕の卒業前にラムサスの評判が落ちたんじゃ、努力の意味がなくなってしまうじゃないか！

「それでね、その……あなたにお願いがあるの」

申し訳なさそうに眉を下げて、話を切り出したシャノン教授に、とてもじゃないけど「無理です」なんて突き放すようなことは言えなかった。それがどんなに無理なお願いであっても。

それにシャノン教授も他の教授たちにこの役割を押し付けられたんだろうと思えば尚更。この人がとびきり優しい女性であることは、ラムサスで過ごしてきたこの数年間でよく分かっていた。

気弱な人間を矢面に立たせて、強い人間は呑気《のんき》にアフタヌーンティー。教授さえもラムサスの優勝劣敗な価値観からは逃れられないのだなと渋い顔になる。彼女を責めたところでどうにもならない。

ああ、だけどシャノン教授。このラムサスの優秀な教授陣にさえできなかったその仕事を、僕にこなして見せろだなんて。あまりに酷《ひど》いんじゃありませんか。

「分かり、ました……マダム」

勉強をしろ、なんて言える関係性じゃないんだよ僕たちは。

そう言ってやりたい衝動を抑えながら、なんとか首を縦に振った。

「ああ、ごめんなさいね。あなただけが頼りなのよ」

ああ、なんだってこんなことに。

ガックリ肩を落とした僕を、教授が沢山のお菓子を持たせて教室から送り出した。

クッキーは、僕の好きなお店のものだった。だけどまるで、今夜食べられてしまう子羊にたらふく美味《おい》しいものを食べさせようとしているみたいだ、とそんなことを考えてしまって、僕の気は余計に滅入った。「乱暴されたらすぐに言うのよ」なんて、言葉が聞こえてきたら更に。


大人が若者の責任感と良心を搾取するってどうなんですか。そもそも自分の生徒を理性のない乱暴者みたいに言うのは。グッタリとした気持ちでふらふらと教室から出た。

そんな僕に、廊下の壁に凭《もた》れていた男が一言。

「遅かったな」

弾《はじ》かれたように顔を上げた僕を、いつもと変わらない凪《な》いだ表情の彼が観察するように見つめてきた。ああ、なんだ。もしかして待っていてくれたんだろうか。

「……ごめん、随分待たせたでしょ」

「いや?」

そんなはずない。気の弱いシャロン教授に付き合って、中々教室を出て行かない生徒たちをずーっと待ってからようやく話が始まったんだから。だけどジーンに気にした様子はなかった。ラムサスの廊下は歴史があると言えば聞こえはいいけど、随分古い作りで底冷えして寒いのに。

僕の抱えたクッキー缶を覗《のぞ》き込《こ》んで「なんだこれ」と呟《つぶや》く彼の横顔を見上げた。

「……頂き物。寒かったろう。食べなよ。血糖値を上げなきゃ」

彼は「爺《じい》さんみたいなこと言うな」とボヤキながらも素直にクッキーを一枚摘《つま》み上げ、鋭い歯でザクリと齧《かじ》り付いた。「これで満足か?」という顔に、笑いを溢《こぼ》すと、ジーンの顔にも何故《なぜ》か微《かす》かな笑顔が広がった。

サクサクとクッキーを咀嚼《そしゃく》する長身の男を引き連れて、トコトコ薄暗い廊下を歩き始める。

「そうだ。君、どうして待っていたの?」

「ん? ……いや、たまたま」

廊下の端に、人影が見えた気がしたけれど気のせいだろうか。そういえば最近、誰にも絡まれてないな。……そりゃそうか。四六時中〝恋人〟とベッタリなんだから。

そんなことを考えていると、ポンと自意識過剰な推測が浮かんだ。……まさか。それらを頭から追っ払うように後ろを向いた。指についた食べカスを手のひらでパッパと払う献身的な恋人さんが

「?」と首を傾げる。

「それで、どこに向かってるんだ? 俺たち」

「……図書館」

「図書館?」

ちょうどいい。休講で時間も空いてるし、彼もいるのだ。思いきって切り出した言葉に、案の定、曇った顔を恐る恐る見上げた。僕の考えでは大方、大丈夫だと思う。だけど彼の粗暴な噂をいくつか知っていたので、念のため、奥歯を食いしばっておくことにした。

「……図書館は嫌い?」

「嫌いだな。息苦しくて」

ああ、言いたいことはなんとなく分かるな。

数回訪れたことのある図書館の、独特な雰囲気を思い出して僕は共感した。国の秀才たちが集まる学校の、とくべつ熱心な連中が机に齧りついて勉強しているのだ。聞こえるのは万年筆がガリガリと羊皮紙を削る音と、誰かの咳払《せきばら》い、鼻をすする音、ページを捲《めく》る音。そのくらい。椅子をひくにも気を使わなくちゃならない。僅《わず》かな音でも立てて彼らの集中を乱そうものなら、メガネの奥の鋭い目に全方位からギロリと睨《にら》まれることになる。

「……お気に入りの場所があるんだ。あそこなら、君も気に入るはずだよ」

そう言って、上目遣いに顔を見上げた僕を、ジーンがジッ……と見つめ返した。

なぜ図書館に行くのかを説明したら、あっという間に苦い顔に戻ってしまったけれど。思った通り、殴られたりなんかはしなかった。

「俺の勉強を見ろって？　そう教授が言ったのか？」

「うん」

「……なんだそれ、職務放棄だろ。アイツら何で給料貰《もら》ってんだよ」

——俺が言えたことじゃないけど、と彼が呟く。

顔を顰めながら、ついさっき僕が考えたことと同じことを言うものだから、ちょっと驚いた。ラムサスでは教授の言うことをなんでも聞いて太鼓持ちする生徒が多い。やっぱり変わってる。

「……まあ、その、そういうことだから。しばらく、付き合ってね」

「……」

不本意そうな顔で渋々コクリと頷《うなず》いた彼に、ぎゅっと罪悪感。やっぱり、彼は噂で聞くほど乱暴者なんかじゃない。殴られるかもなんて失礼なことを思ってごめん。シャノン教授の言葉も訂正しておくべきだった。ごめん。大人《おとな》しく僕の隣を歩く彼に、内心でそっと謝った。噂《うわさ》じゃなくて本人を見るべき、なんて頭では分かっているつもりなのに。僕もまだまだ子供だ。

「……クッキー食べる？」

「……なに、お前クッキー嫌いなの？」

そう言いながら、また素直にクッキーを受け取る彼に、僕は「好きだからあげる」と笑った。本当だよ。ここのお店のクッキー、何度も食べたことあるけど、美味しくて好きなんだ。

9. 勉強会

第三図書室は、僕の秘密基地みたいな場所だった。

音楽ホールのように立派な第一図書室でもなく。マニアックな本を求め集まったオタクたちが日々熱いディスカッションを繰り広げている第二図書室でもなく。第三図書室。

「第三図書室なんかあったのか」と呟く彼の言葉の通り、この第三図書室の存在を知っている生徒はほとんどいない。

ただでさえ人通りの少ない西棟の最上階。一番隅。

第一や第二に比べると、ごく小さな部屋。

扉を開けると、午後の日差しで温められた柔らかな空気が僕たちを包んだ。

「お前、なんでこんなとこの鍵《かぎ》持ってんの？」

西から南にかけて、壁がガラス張りになっている縦長の部屋をしげしげと見渡しながら、ジーンが感心したように呟いた。

図書室にあるまじき日当たりのよさだけれど、窓にかけられた特殊な魔法のおかげで、本が日焼けした様子はない。

「毎日通い詰めていたら、管理人さんと仲よくなって」

「毎日？　ここに？」

「うん」

「物好きだな……」

「商人だからね。物好きだよ」

珍しいものは好きだ。珍しい場所も。

此処《ここ》は広い学舎《まなびや》の一番端っこにあるから来るのが大変だけど、その分人の気配がなくて静かだった。居心地もいい。

僕が最終学年までこの学校に通い続けられたのは、いざという時に逃げ込めるこの避難場所があったおかげだ。

「管理人の教授があまりこっちに来られないから、今はもうほとんど僕だけの秘密基地。植物たちの世話をすることだけが条件」

沢山の観葉植物たちや、モビール。なぞの標本たちを眺めていたジーンが振り返る。

「管理人は誰なんだ？」

「トルーマン教授だよ」

「……ちょっと待て。お前さっき仲よくなったって言わなかったか？　〝仲よくなった〟？　あのトルーマンと？」

部屋の出入り口の辺りの植物に、霧吹きで水をかけてやりながら「ウン」と頷く。

「おかしい？」

そんなことを白々しく尋ねておいて、僕の口元はおかしさに緩んでいた。

だって、おかしいに決まっている。

トルーマン教授といえば、この学校でも有名な教授だ。何で有名って、ものすごく厳しいことで。授業中に隣の友人にほんのひと言囁《ささや》きかけるだけで、あの鷹《たか》のような目で睨みつけられて、反省文を命じられる。とは言っても、無駄を嫌うトルーマン教授曰《いわ》く「反省文なんていうのは非合理的」らしいので、課されるのは反省文と銘打ったレポートだ。トルーマン教授の命じたテーマについて、三十枚は書かされる。

ちなみに彼は図書室の番人でもある。反省文のための調べ物の最中に居眠りをして本にコーヒーを溢した生徒が懲罰室に引《ひ》き摺《ず》り込まれるところを目撃した生徒が数名いるらしい。なんでもレポート百枚の刑に処されるとかそうじゃないとか。レポート百枚。想像しただけで身の毛がよだつ話である。

そんなわけで、トルーマン教授を見かけただけで子犬のように震えて逃げ出す生徒もいるくらい。廊下でトルーマン教授を見かけた時は、使い魔を飛ばして「トルーマンが来るぞ！」と後方の生徒に知らせることが恒例になっていたりもする。悲しいかな、これはラムサスで唯一見られるチームワークのよさと言ってもいい。

「何をどうやったらあのトルーマンに気に入られるんだ？」

ますます興味をそそられたらしい彼が、ガタリと椅子に腰掛けて肘《ひじ》をつきながら僕に尋ねた。まるで未知の魔法生物でも前にしたみたいな顔だ。

「さっき答えたよ。ここに通い詰めたから」

「……そもそもどうやってこんなところを知ったんだよ」

「そりゃ、本のためだよ」

「……お前の家にだっていくらでも本はあっただろ」

ムッとしてみせる。別に怒ってはいない。

「……商品を子供にベタベタ触らせるほど、グラント商会の商品管理は杜撰《ずさん》な印象があるってこと？」

「いいや」

僕の声が曇ったのを聞いて、ジーンが即座に否定した。

「ならよかった。……やんちゃな子供だったから、家にある本なんて全く読まなかったんだ」

こいつが？　本を読まない？　嘘《うそ》だろ。子供の頃から本が友達ですってタイプにしか見えないぞ。

ジーンがそんな顔をした。

思っていたんだけど、彼は存外分かりやすい。考えていることがすぐ顔に出る。

本棚の前で指を振っていくつかの教本を選定しながら、視界の端で僕の腕の中に積み上がっていく本に顰《しか》めっ面《つら》している彼に苦笑いする。

「ここを見つけた一年生の頃は、まだ勉強に悩んでいた時期だったから。おすすめの本を沢山教えていただいたんだ。たしかにトルーマン教授は他の教授に比べて少し厳しいけど、生徒の勉強意欲は心から応援してくれる。いい方だよ」

「……お前、もう噂なんか立たなくたって、充分魔性の男だよ」

あのトルーマンをたらし込んだんだから。難易度Sランクだ。トルーマンに比べたら、修道士を落とす方がまだ楽だぞ。

そんなことを呟くジーンについ吹き出す。

トルーマン教授を鉄の男か何かだと思っているんだろうか。

「さあ、人がいないとはいってもここは図書室だ。勉強を始めよう」

そう言った僕に、ジーンはゆっくりと頷いた。

「はは、そんなに驚く話じゃなかっただろ」

彼の様子がおかしくってつい笑いを溢す。

するとジーンが右眉《みぎまゆ》をキュッと上げて「お前が末恐ろしい奴《やつ》だってよく分かった。言うことは聞くことにする」と冗談を言った。

そして、宣言通り、彼は僕に促されるまま教本の問題を解き始めた。

それは最初の一日に限ったことじゃない。週に数回。僕が誘う度に彼は面倒くさそうにしながらも後をついてきた。

やっぱり噂はあてにならない。

万年筆がサラサラと流れた後に続く美しい文字を眺めながら、僕は思い知った。

彼の学力には、何の問題もなかった。問題どころか、覚えがとても早い。後ろの方のひねりの効いた応用問題にはミスがあるものの、その他の問題は見ただけでほとんどスラスラと解いてしまう。彼、ただ勉強をサボってるだけだな。それから多分好き嫌いが激しくて、嫌いな分野には手が伸びないだけ。

ペンが止まったり、座り方を変えたり、ボンヤリ天井を眺めたりし始める教科は魔法史に魔法分析学だった。

反対に、僕の言ったことにふと口を挟んだり、興味深そうに眉を上げたりするのは魔術学、魔法薬学に魔法社会学。

なるほど、好き嫌いの傾向がわかった。やっぱり分かりやすい人だ。彼は、役に立たないものが嫌いなんだ。厳密に言うと役に立たないわけじゃないんだけど、彼にとって役に立たないことが嫌い。

「ねえ、君、これでどうして落第点が取れるの？」

「……さあ」

素直に問題を解きながら、気が乗らないんだろう。時々指先でクルクルと鉛筆を弄《もてあそ》ぶ彼の顔を盗み見る。講義中にするのならあまり褒められたことじゃないが、自習中にその癖を見咎《みとが》めるつもりもなかった。むしろ、文句も言わずよく付き合ってくれているものだと感心している。座学が嫌いなら、さっさと帰ってしまってもおかしくないのに。

「……」

しばらく勉強をしたあとは、教本を開いて内容をさらうのをやめて、ちょっとした応用を教えることにした。

どうやって先生たちに気に入られるか。これが実は、我の強い教授陣の揃《そろ》うラムサスでは結構大事なことなのだ。そして、ジーンはどうもそういったことは苦手だと僕は踏んでいた。

「ホワイト教授は、勉強熱心な生徒が大好きだから、授業の後に質問に行くといい。君みたいな人が行けばきっととっても喜ぶと思うよ。いい人なんだ」

「反対にトルーマン教授はムダが嫌い。よかれと思って追加情報を書いたりすると、細かいところを突かれて減点されることの方が多い。聞かれたことにのみ簡潔に答えるのがいいよ」

「あと、タナー教授。あの人はかなりひねくれてるから。まず問題は最後まで目を通した方がいい。本当に。最後の問題で今まで解いた問題が無駄になるようなことを平気でする」

そういう話の方が、彼は最後まで興味深そうに聞いていた。時には、なるほど、監督生になれるわけだ。と、感心してくれたりもした。そのたび、褒められることに慣れていない僕は顔が熱くなって俯《うつむ》かなくちゃならなかった。

「さすが、商人の子供。人間をよく見てる」

他の生徒に言われたのなら嫌みに違いない言葉も、ジーンに言われると素直に受け取ることができる。この人はお世辞なんて言いそうにないし。嫌いなものは嫌いだとはっきり言う人だともう分かったから。

それからは時々雑談を挟んだりもして。

なんというか、案外、楽しい時間だった。

ジーンは思いの外、とてもいい生徒だったのだ。

「君、どうして勉強会に付き合ってくれるの？」

そんな言葉にジーンはキョトンとして当たり前のことのように答えた。

「付き合う？　俺の事情に付き合わされてるのはお前だろ？」

彼に我慢してもらっていることを申し訳なく思っていた僕は、そんな言葉に呆気《あっけ》に取られた。そう言われたらそうだけど彼には突っぱねる選択肢もあるわけだ。彼は留年だのと言ったことに関心はなさそうだし、つまり僕の事情に付き合ってくれているのは彼なわけで。

「……君って意外な人だよね」

分かりやすいなんて言ったのは撤回だ。一筋縄ではいかない男に僕が呻《うめ》くと、ジーンがニヤリと笑った。

「読めない奴の方が面白いだろ」

「……君にとってはそうなのかもね」

少なくとも、この愉快犯が噂で流れているような苛烈《かれつ》な乱暴者じゃないことは分かった。それだけでも、まだ上手《うま》くやっていける可能性はある気がする。

そんなことを考えながら、僕は彼の書く綺麗《きれい》な文字から自分の本へと視線を戻した。

10. 鳩を丸呑《まるの》み

日に日に秋が深まり空が高くなる。中庭で紫色の秋バラが咲く季節になった。とびきり珍しい品種らしい。美しさに惹《ひ》かれてベルベットの花を手折ろうものなら、管理人のガードナー教授に手首をへし折られて保健室送りにされると話題なので、バラが咲いている間は中庭に生徒が寄り付かなくなる。そんなバラの香りの一ヶ月間。ジーン・アスターの恋人になると言うことは、平和な暮らしを捨てることと同義であることを、僕は今更ながらに体感していた。一日目からあの調子だったんだから、今は〝実感〟したというべきかもしれない。

本当に、どこに行っても視線がついてくる。

まるで監督生になったばかりの頃に戻ったみたいだ。

安心して入浴もできない。

カーテンの隙間から、自室を覗《のぞ》く目と視線があった時は「キャ――――!!!」と絹を裂くような叫び声まで上げてしまった。廊下の外から「エ? 誰、女子連れ込んでんの?」なんて戸惑《とまど》いの声が聞こえてきた。一生の恥だ。今度はもっと野太い声で叫ぼうと思う。

そんなことが重なった結果ここのところの僕は、自室のドアの鍵穴《かぎあな》に目隠しのテープを貼りはじめるほど神経質になっていた。

王室のスキャンダルを追いかけるパパラッチだってもう少し節度があるはずだと思う。

この学校に、もはや僕のプライバシーはないのだ。

「そら、見ろよ。エルマー・グラントだ」

「え、あの人がそうなの？」

あっちに行ってもヒソヒソ。こっちに行ってもコソコソ。

人の噂《うわさ》も七十五日と言うけれど、ちょっと待ってほしい。あと四十五日もこんな生活を続けなくちゃならないの？

セレブリティ生活が始まってまだ一ヶ月。

けれどただの商人の子供である僕の精神は限界を迎えつつあった。

周りがいくらざわついていようと、いつも通りたっぷりの宿題に追われている。監督生で居続けるためには自主勉強がもちろん欠かせないし……。

「おはよう」

「……おはよう」

二人での通学にも慣れ、ポツポツするようになっていた雑談なんかも、最近またぎこちなくなった。

別に一度近づいた仲が遠ざかったわけじゃない。僕が鍵穴に目隠しをするくらいの、ちょっとしたノイローゼみたいになっているせいだ。二人で話している内容でさえ臆面《おくめん》なく聞き耳を立てる連中がいるせいでもある。

どこからか、好奇の視線に混じって「全然釣り合わない」と囁《ささや》く声が聞こえる。そんなたった一言に冷や水を浴びせられたように体が冷える。

——ああ、やっぱり。僕なんかが並んだって滑稽《こっけい》なだけだ。

疲れが溜《た》まっているせいで、気持ちが悪い方悪い方へと向かうのだ。

今なら万年筆を床に落としただけでしゃがみ込んでメソメソ泣いてしまうかもしれない。

だって隣の男を見てよ。まるで歩く彫刻。このまま美術館に飾りたいくらいじゃないか。

対して僕は……。

学舎《まなびや》のガラス窓に映った自分を見て、一人眉を顰《ひそ》めた。

痩《や》せた体を隠すサイズの大きい服。これ以上目立ちたくないと出来る限り地味に着こなした制服。

挙句にこの惨めな色の髪。癖っ毛のせいでどんなにブラシをかけてもポサポサ毛先が広がるから、いつも首の後ろで一つ結び。色気も流行もあったもんじゃない。床に落ちる影すら野暮ったい気がする。

ラムサスは、一般の生徒たちだって華のある人間ばかりだ。この学院にいると自分はまるで美しい宝石たちの中に投げ込まれた小石だな、とそんなことを思う。

丸めた肩に、ドンッとすれ違いざまぶつかられてたたらを踏んだ。

踏ん張りが利かず倒れそうになった僕を、大きな手がグッと引き寄せ支える。

「何してる。まっすぐ歩け」

低い声に、ハッと息が詰まった。すぐ耳元で囁くような声がしてそちらに顔を向けると、強い光を放つ二つの金色がまっすぐ僕を貫いた。

「どうした」

「あ、いや……なんでもない。ありがと」

肩を押して、体を離す。

僕たちが身を寄せた途端に、周りの生徒のざわつきが大きくなったのが聞こえたからだ。つむじのあたりに視線を感じたけれど気づかないふりをした。

どんなに気が滅入っていたって勉強には絶対に支障を生じさせない。それが僕のモットーだ。しっかりしないと。

そう自分に言い聞かせて、なんとか午前の授業を乗り切った。

なんら問題はない。小さなトラブルはあったけれど。

……小さなトラブルがあったのは昼前、変身魔法のクラスでのことだ。同じクラスを取っているアビゲイルからの視線が痛かったせいで、バディの生徒が魔法を失敗したのである。

美しいフクロウに変えるはずだったカエルをペリカンに変えてしまったのだ。そして、そのペリカンが隣の生徒の鳩を飲み込んだ。

――ペリカンって鳩を食べるんだっけ。

あの独特の形をした大きな嘴《くちばし》から、バタつく鳩の脚が覗いては丁寧に収納される。あまりの光景に、僕たちは目を点にすることしかできなかった。

足を踏ん張りながら、上下左右斜めに激しく振動するペリカン。

不気味に膨らんだ喉《のど》。

騒然とする教室。

シュールにも程がある。後ろの方で吹き出す声が聞こえた。そうだね、当事者でさえなければ笑えるかも。

……なにが、なんら問題ない、だ。

問題だらけである。

自らの魔法で生み出したかわいいシロバトを丸呑《まるの》みされた生徒がショックで泣き出したことで、僕はようやく我に返った。

ちなみに、泣き出した彼は同学年なので子供でもなんでもない。普段ならそんなことじゃ泣かなかったと思う。

「ぺ、ペリカンが、俺の鳩を食った！！！」と、子供のように指を突き出す彼は、パニックになっていたのだ。

僕はこれ以上の悲劇が起きないようにバディの生徒から杖《つえ》をすかさず取り上げた。なぜって、彼もまたパニックになっていてペリカンの変身魔法を解こうとしていたからだ。

このままペリカンをカエルに戻したあとに広がるスプラッタなんて……昼食前のこの時間には絶対に見たくない。

「エルマー・グラント！　あなたがついていながらこれは何事ですか！」

一瞬、呼び出しを受けて席を外していたトッド教授が戻ってきた頃には、僕たちのペリカンは鳩をすっかり消化し終え、教卓のうえでゲプッと、満足そうなゲップを漏らしていた。

監督生がこんな失敗をするなんて。

トッド教授が、狐《きつね》のような目で真っ赤なメガネの奥からこちらを睨《にら》みつけた。

実際にミスをしたのは僕のバディだが、バディのミスは連帯責任である。隣でしっかりサポートできなかった僕が悪い。とは言っても、当のミスした本人を無視して、僕ばかり叱ると言うのも変な話だが。

後ろの方の席に座っていたアビゲイルが「グラントは、新しい彼氏ができて浮かれてるんですよ、トッド教授」と声を上げた。

貴族に甘いと有名なトッド教授が「マ！」と言って目を吊《つ》り上《あ》げる。

「それは本当ですか！　エルマー・グラント！」

「……」

いいえ。浮かれてなんていません。

そんなことを言ったところで、このヒステリックな教授の怒りを買うだけだろう。現に、彼女のトレードマークであるレッドフォックスの毛皮のコートが怒りのあまりいつもの二倍くらいのサイズに膨らんでいた。

「……すみませんでした」

「……いいわ。エルマー・グラント。授業後に教室の片付けをしなさい」

「あ、あの……僕も……」

バディだった生徒がおずおずと名乗り出た。

「いいえ。あなたは気がそぞろなバディに足を引っ張られただけの被害者だわ」

ピシャリと跳ねつけるように言われた少年が「す、すみません……」と縮こまる。

視線がチラリと合った。

「いいんだ」

眉《まゆ》を下げる彼に、口の形で言っていると、それさえもトッド先生は見咎《みとが》めた。分かっていたことだが、彼女の対応は明らかに私情を挟んでいる。僕は最悪な気分で彼女の方に顔を向けた。

「エルマー・グラント！　聞いているの⁉」

クスクス笑いがアビゲイルの席の辺りから聞こえる。

なんにせよ。今日はとにかく憂鬱《ゆううつ》な気分だった。

授業が終わって、トッド教授にガミガミと嫌みを言われながら鳥の羽の散った教室の掃除をする。

こんなことなら、トルーマン教授の反省文の方がマシだ。少しも尊敬できない教授に怒りが募った。

一刻も早くこんな人のそばから離れたい。

ガラッ。

しまいには、なかなか出てこない僕を訝《いぶか》しんだジーンが教室に入って来てしまって。トッド教授が新たな獲物に目を怒らせて。

「あなたなのね、ジーン・アスター」

何の関係もないジーンを巻き込んでしまったわけだ。

最悪。

11. 熱

意地悪な狐のような顔をして扉の方へ振り返るトッド教授が、保守派の貴族の家の出であることを思い出して、「しまった」と思った。

ケサランパサランの綿毛みたいに膨らんだ毛皮の後ろで顔を歪《ゆが》める僕を、扉に手をかけたままのジーンが怪訝《けげん》そうに眉を吊り上げ見つめる。

「あなたの気がそぞろだった理由が分かりました。恋愛にうつつを抜かすなんて、ラムサスの監督生としてどうなのかしら。監督生の意味が分かっていないんじゃなくて？　嘆かわしい限りだわ。これだから……聞いてるの？　エルマー・グラント」

したり顔で当たり前のように、トッド教授お得意の嫌みが始まった。パシパシとヒステリックなリズムで手のひらに杖を叩《たた》きつけながら、毒々しいピンクの口紅が塗りたくられた唇を忙《せわ》しなく動かす。本気で怒っているわけじゃないことくらい、驕慢《きようまん》な表情を見ていればすぐに分かった。彼女はただ僕たちに嫌がらせしたいだけなのだ。

巻き込まれて僕の隣に並ばされたジーンが「お前これずっと聞いてたの？」と気の毒そうな顔でこちらを見た。

「ほんとに、ごめん……」

小さな声で呟《つぶや》くと、隣からチラッと視線がよこされて、「別に大したことじゃないだろ」と言うように肩がすくめられる。

ああ、でも彼女の説教は本当に長いんだ。

こういう風にトッド教授に捕まるのは初めてじゃなかった。

彼女は平民で監督生になった僕を以前から何かと目の敵《かたき》にしているのだ。〝伝統〟だとかクラシックなことが大好きな保守派の人たちは〝前例がない〟にアレルギーがある。つまり僕みたいな人間が彼らのアレルゲンだ。この場合はジーンもそうだろう。

小さなミスに目をつけては昔からちくちくちくちく。お陰で、どんな些細《ささい》な失敗もしないよう、彼女につけ入らせる隙を与えないよう勉強に励んだ結果、変身術は僕の一番得意な科目になった。

「自分の勉強をおろそかにしているんじゃありません？」

教卓の前を、忙しなくウロウロと動き回っていたトッド教授がパッと振り返り怪訝な表情でそんなことを言う。

まさか。言っておくが、僕が勉強をおろそかにしたことなんて一度もない。勉強しかないんだから、僕には。いつだって死ぬ気でやっている。

赤いフォックス型メガネの奥の瞳《ひとみ》が意味深に僕の隣を見た。憎悪の目つきだ。ゴキブリよりも嫌悪していると言う目つきでフンと笑う。

……おい。この女教師、今何を考えた？

その醜い表情を見て、突然頭がカッと熱くなった。

栄誉あるラムサス魔法学院。その教授が、まさか嘲弄《ちょうろう》したのか。彼の髪の色を見て？

僕は怒りっぽい方じゃない。ここ三年間何を言われたって一度も怒ったことはない。

それなのに、慣れない生活に疲れて落ち込んで重く沈むようだった体が一気に沸騰した。

そもそも曲がりなりにも生徒を教え導く立場にある人間が、生まれで学生を差別するなんてことはあっちゃならないだろ。

自分にされていた時は何とも思わなかった態度を、隣のジーンにしているのを目の当たりにすると、突然はらわたが煮えくりかえるような軽蔑《けいべつ》に襲われたのは何故《なぜ》だったのか。

クル、と背中を向けたトッド教授に「ちょっと……」と足を一歩踏み出す。

そんな僕の手首を、熱い手が摑《つか》んだ。

「バカ、何してんだ」

できる限りの小声でジーンが言った。

「離して」

「離したらなんだ？　あのアホの後頭部を一発ぶん殴るって？」

やめとけ。近づくなって。悪趣味な香水が移るぞ。

大したことじゃない。そんな顔で僕を宥《なだ》めるジーンにさえ腹が立つ。僕はどうしてしまったんだろう。トッド教授のヒステリーが伝染したのかも知れない。

「あんな態度を取られて、腹が立たないの」

「立たないね」

冷め切った答えに、ハッ、と息が詰まる。

目の前の金色がいつもの輝きを潜めて、ヒンヤリとした冷静な温度を保っているのが見えて、目を見張った。

「……っ」

ああ、彼にとったらこんなの学校に限らず日常茶飯事なんだ。僕がカッとなったのも、彼からすれば世間知らずのガキがいらないことをしたようなものなんだろう。

唇を引き結ぶ。

「説教が長くなるだけだ」

「……あんな奴《やつ》の話、もう一秒だって聞いていたくないんだ」

とても我慢できない。震えるようにそんな悪態をついた僕にジーンが冷め切っていたはずの目をパチリと見開いて、なぜか虚を衝《つ》かれたような表情をした。

それから「そうか」と呟いて、「シビれた」と訳の分からないことを言いながら僕を見つめた。

「じゃあ、ここにいる理由はもうないな」

「……え？」

考えてみればそもそも、ジーンが今までこんなに大人《おとな》しく、あんなに馬鹿馬鹿しい説教を聞いていたのが珍しかったのだ。彼は存外律儀な男であることが最近分かってきたし、もしかしたら監督生である僕の顔を立ててくれていたのかも知れない。

だからきっと欠伸《あくび》をして、足をプラプラ横に投げ出して、ダルそうに爪を見たりなんかしながらも、ちゃんとイイ子に立っていたのだ。

だけど僕が「聞いていたくない」なんて言ってしまったものだから。

「三で走るぞ」

ピカピカ眩《まぶ》しい金色が悪い弧を描いた。

「……え？　は？」

「一、二の三!!」

熱い手に手を取られた。大きくて少し乾燥した手のひらは硬い。これ、剣だこだ。

ぐんっと腕を力強く引かれた。走り出した僕たちの少し先で、勢いよく扉が開いた。僕を引っ張るのと反対側の手に、杖が握られているのが見えた。

「あなたたち！　なにをしてるの!!」

廊下に飛び出せば、けたたましい叫び声が後ろの方から聞こえてくる。

「わ、ちょ！」と、振り返れば、顔を真っ赤にしたトッド教授が扉を摑んでいた。だけどなんだか謝る気になれなくて、僕はほとんど抵抗もせずに腕を引くジーンの後ろをついて走った。

全力で足を前に出す。たん、たん、たん、二人の靴がリズミカルに廊下の上で跳ねる。

「おい、あれ……」

移動教室のために廊下を行き交っていた生徒たちが、ギャーギャー言って端に避《よ》けた。皆が見ている中を、走り抜ける。さっきまでその視線にあれだけ肩を重くしていたのに、猛スピードで走る今はちっとも気にならなかった。熱い手に引っ張られるまま足を前に進めることに必死だったせいかもしれない。

「エルマー・グラントがグレた……」

バカなことを言う生徒の言葉に、ふは、と思わず笑いが溢《こぼ》れた。

真紅の髪を風に膨らませて、形のいい額を剝き出《むだ》しにして走るジーンも、笑みを浮かべていた。

心臓がドキドキ跳ねていた。普段の僕じゃ、信じられないことをしてしまっている。

一人だったなら、きっとまだ、あの説教とも呼べない私情と嫌みのオンパレードを我慢して聞いていたはずだ。

「ふは、ふふふ」

息を弾ませたまま、溢れるように笑う僕にジーンが目を丸くして振り返って、それから口を横に広げて何かが吹っ切れたような潑剌《はつらつ》とした声で笑った。

「待ちなさい!!」

「誰が待つか！　クソババア！」

生徒たちの波を搔《か》き分け搔き分け、身を乗り出したトッド教授の言葉に、ジーンが後ろに向けて中指を立てた。生徒たちがざわつく。

「あはは！」

それにまた笑いが止まらなくなった。そうだ。誰があんな差別主義者なんかのいうことを聞くか。

それまでの憂鬱が嘘《うそ》みたいだった。

いつもは肩を丸めて通り過ぎる学校の廊下を腕を引かれて走る。

まるで、世界の主役になった気分だ。

後ろから飛んできた足止め魔法を僕が杖《つえ》を振って拒むと、隣からピューと口笛が、後ろからは地団駄を踏むような金切り声が聞こえた。

「エルマー・グラント！　あなた、このまま監督生でいられると思わないことよ！」

「次の試験結果を楽しみにしていてくださいマダム！」

負け惜しみみたいに聞こえてきた怒声に、売り言葉に買い言葉でついそんなことを返した。

「いいのか？」

「え？」

顔を隣の男に戻す。

僕の息はもうだいぶ上がっているのに、ジーンは軽々と走っていた。汗一つかいていない。

「いい子のエルマー・グラントがこんなことしていいのか？」

自分が手を引いたくせに、何を。そう顔を上げれば、ジーンは右目をキュッと細めて微笑《ほほえ》んでいた。

人をそそのかす、悪い悪魔みたいな顔だ、と思った。つまり、それは敬虔《けいけん》な神父でもコロリと悪の道に転んでしまうような、とびきりかっこよくて魅力的な笑顔だったのだ。

「採点が厳しくなるぞ」

「構わないよ。絶対ケチをつけられないくらい、完璧《かんぺき》な解答をすればいいんでしょ」

興奮のまま強気な答えを返した僕に、ジーンが「いいね」と笑う。なんだか、嬉《うれ》しそうな顔だった。

「お前、次の授業は？」

その言葉に「あ、」と顔が引き攣《つ》る。

「……また、トッド教授だ」

そうだ。次は変身魔法概論の授業だった。あんな大見得切ったあとでなんだけれど、流石《さすが》にこのあとすぐ顔を合わせるのは気まずい。口元を引き攣らせる僕に、「ちょうどいい」と、ジーンが笑った。

「デート行こうぜ」

「なんだって？」

「デート」

デート……？

廊下を抜け、階段を降り、中庭を抜け、人通りの少ない外廊下に差し掛かったあたりで足がゆっくり止まる。普段運動をしないせいで、頬がポッポと火照《ほて》っていた。

「優等生にもガス抜きが必要だろ。ムカつく教師の後頭部を殴っちまう前にさ」

「……ぐっ」

ついさっきの冷静さを欠いた様子を指摘されて、言葉に詰まる。勝利を確信した悪魔がニンマリ笑い、また僕の手を引っ張った。

「ちょっと、引っ張らないでくれ！　そもそもデートってどこに……」

「まーまー、俺に任せろって」

ギャーギャー騒ぐ僕たちの声が中庭に響く。廊下の窓から顔を出す生徒たちの視線も今はもう気にならなかった。

12. 遠乗り

「なにかの冗談?」

「なにがだよ」

「なにって……彼だよ……」

大きな馬が目の前でブルルといななく。しっとりと光るような青毛の馬だ。

全くもって見事な黒色。

そんな彼に前足で地面を掻くような仕草をされ、思わず「ヒェ」と後退《あとずさ》りした。

僕はジーンに連れられ、なぜか馬術部の馬小屋に来ていた。ちなみに僕に馬術の心得は、ちっともない。

「失礼な奴。レディーの扱いがなってないと蹴《け》り飛ばされるぞ。〝彼女〟だ」

「ウソ……デカ、あ、いや、失礼しましたレディー……」

口に手を当てたまま、ペコッと馬相手に頭を下げる僕に隣の男が吹き出した。「……今、僕をバカにした?」眉間《みけん》に皺《しわ》を寄せて顔を上げると「いいや? ほら、早く乗るぞ。レディーがお待ちだ」と
白々しい顔で肩をすくめて、あっという間にヒョイと身を躱《かわ》してしまう。

「……」

嘘だろう。何かの冗談だよね。自分の顔の位置にある鞍《くら》を見て、また後退る。こんなところにどうやって座れっていうんだよ。誰もが君みたいに運動神経がいいわけじゃないんだぞ。

そんな僕のつむじに、「ヤレヤレ」と頭上からため息が落ちてきた。馬も「サッサとしてよ」と言うふうに蹄《ひづめ》を地面の上で上下させている。

「だって……」

どこを摑んで上ればいいんだ……？　確か右手をここ……あ、いや、これだと足を上げる時に引っかかるから……あれ、たてがみって摑んでいいんだっけ？　引っ張ると痛いんじゃないのか？

そうやって足踏みをしながらムズムズそわそわしていると、どこからか声がする。

「エルマー・グラント!!」

「うげ」

ジーンが顔を歪《ゆが》めた。

「嘘だろアイツ。わざわざ追いかけてきたのか？　すげえ執念」

……アビゲイルだ。

強い秋風に靡《なび》く髪を押さえながら、上質な革靴で青草を踏みつけ猛然とこちらにやってくる彼の姿に思考が止まる。

ジーンが口汚く毒づく声が、どこか遠くに聞こえた。

廊下を走っている時にすれ違った人混みの中で僕たちを見ていたのかもしれない。

……だからってなんでわざわざ追いかけてきたんだ。

「おい」

馬上からかけられた声に意識が戻る。

伸ばされていた腕を無意識に取った。グッと強い力で引き上げられて鞍に乗り上げる。

「摑まれ」

「う、うん」

慌ててジーンの腰に腕を回した。僕が摑まったところでビクリともしない。僕のヒョロヒョロの身体《からだ》とは比べ物にならない、体幹のしっかりとした身体だ。

「エルマー・グラント！　お前、一体どういう……っ」

「走るぞ。舌を嚙《か》むなよ」

ジーンが軽く馬の腹を蹴ると、やる気充分に足踏みをしていた馬は、待ってました！　とばかりに勢いよく駆け始めた。

「わっ」

思っていたよりもずっと揺れる。それに、視界がものすごく高い。こんなところから落ちたらひとたまりもない。遠慮も気恥ずかしさも風と一緒に吹き飛んで、ジーンの腰に回す腕の力をギュッと強めた。上半身が隙間なく密着する。筋肉のついた熱い背中を感じる。

「危ない!!」

肩越しに前を見ると、すぐ目の前に立ち尽くしたアビゲイルが見えた。ぶつかる！　そう叫んだ僕に「はは」と、ジーンが笑うのが分かった。

「どけよ！」

「う、うわああ！」

情けない声を上げて尻餅《しりもち》をついたアビゲイルの目の前で、馬がドドッと踏み込んだ。体がふわりと宙に浮いて、それからドッと重力に叩《たた》きつけられる。

飛んだ。いや、跳んだんだ。

「……うそ」

とんでもない技術だ。僕はしばらくの間、何が起こったのかも分からないまま、背中に頬をくっ付けて息を止めていた。そうだ。そういえば、サヌスの人たちは、馬を操るのが信じられないくらい上手《うま》いって聞いたことがある。……いいや、馬術に遺伝なんて関係あるものか。ただ、ジーンがすごいんだ。

目の前で揺れる髪に見蕩《みと》れて、アビゲイルがどうなったか後ろを振り返った。さっき聞いた情けない悲鳴が、あのアビゲイルのものだなんてまだ信じられないでいる。

「……ぷっ」

そして、目にした光景に思わず吹き出したのである。

人の不幸を見て笑うなんて性格が悪いぞ。自分でもそう思う。だけどとてもじゃないけど我慢なんてできなかった。

だって彼は馬の蹄に蹴り上げられた泥をべったりと頬に付けて、芝に落ちていた馬糞《ばふん》の上に思いっきり尻餅をついていたんだから。ポカンとこちらを見る顔があんまりマヌケで、背中に抱きつきながら笑いが止まらない。あのアビゲイルが、馬糞に尻餅だ……！

ジーンが僕を窺《うかが》うみたいにチラと振り返り、それから嬉《うれ》しそうに笑って正面に向き直った。

「ざまあみろだろ？」

「ふふ、はは！　うん、ざまあみろだね」

ジーンが手綱で軽く叩《たた》いて合図すると、馬がさらに加速した。

赤い波の様な長髪が揺れる様子をぼんやりと眺めながら、僕は大人《おとな》しく体を預けた。もう、最初みたいな緊張はなくなっていた。

「ねえ、どこへ？」

「いい場所」

なんだそれ。答えになってない。

そんなことを思いながら、ドド、ドド、と一定のリズムで訪れる揺れに体を任せる。ジーンならきっと悪いようにはしないだろう。そんなことを考えた。僕はおかしくなったんだろうか。

冷たい秋風を感じながら、体は依然興奮にポカポカ火照っていた。


「〝いい場所〟だ……」

たどり着いた場所の景色があんまり綺麗《きれい》だったので、ついほれぼれ呟《つぶや》くと、前を向いたままの男が振り返った。

「だろ？」

友達に秘密基地を褒められて得意になる子供みたいなその顔を見て、「うん」と頷《うなず》きながら、笑いを噛み殺す。

そこは、学校の外れにある小高い丘の上だった。

ラムサスのとんでもなく広い敷地の中に、森やら湖やらがあるのは知っていた。実際に今も森をくぐり抜けてきたのだ。だけど、まさかこんなところにこんな見晴しのよいところがあるなんて。

丘には一面にヒースの花が咲いていた。桃色の鈴の形をした花弁が風に波打つように揺れている。

「ほら」

乗る時と同様、これまた身軽に馬から飛び降りたジーンが手を差し伸べてくる。

「お手をどーぞ、お嬢様。足首を挫《くじ》くといけませんから」

「……君が嫌いだ」

「ふ、嫌いでも一人じゃ降りられないんだろ」

いいや、降りられるね。

乗るのと違って降りるのなんか簡単だ。飛び降りりゃいいんだから。

そう生意気に顎《あご》を上げ、鞍から乗り出し足元を見た自分の顔がスンと表情を取り落としたのが分かった。

「……僕を女扱いするんじゃない」

「ハイハイ」

「ただ、君の好意を無下《むげ》にするのは、紳士としてあまり褒められたものじゃないから」

「ウンウン」

「それに、ヒースがあって足場が悪いし。変な降り方をして、この利口な馬を傷つけるといけないし
……」

「ナァ、この話まだ続く？」

目の前の揶揄《からか》い顔にムッ、と口をつぐむ。

ああ、失礼。ドウゾ続けて。と、ジーンが謝った。

「だから、そう。つまり、君の手を借りて降りる。一人でも降りられるけどね」

「ええ、ハイ。身に余る光栄です、お嬢様」

この期に及んで意地悪を言ってくる男は放置だ。差し出された手を摑《つか》んでエイッと思い切って地面に飛び降りる。「オイオイ」呆《あき》れ笑いを含んだそんな声が聞こえて、トンッと胸が硬い何かに当たった。

「……目を閉じて飛び降りる奴《やつ》がどこにいるんだよ」

そういうジーンの声は微《かす》かに震えていた。

なんのことを言ってるの。

パチ、と目を開ける。……あれ、〝目を開ける〟？　目を開けるってことは目を閉じていたってことだ。

「あっ」

そう声に出すと、すぐ鼻先にあった口が「ふ、く」と変な音で噛み締められる。手をついた胸板が飲み込み損ねた笑いで震えていた。

僕、怖くて馬鹿みたいに目を瞑《つぶ》ったまま飛び降りたんだ。それで、ジーンに抱き止められて助けられたのか。わあ、助かった。そこまで考えてバッ！　と反射的に腕を突っ張る。その仕草がイヤイヤをする猫みたいになったと自分で気づいた時には、同じことを思ったんだろうジーンが発作をおこしたみたいに笑いだした。

「アッハッハ！」

「……」

「ヒー！」

「……馬に乗るのは初めてだったんだ」

「そんな、の見りゃわかる……プッ」

「……ッ、初心者の失敗を笑うなんて三流のすることだぞ！」

「アハハ！　三流、ふふ、三流で失礼しました。ところでお嬢さん、お怪我《けが》はありませんでしたか？……ふっ」

「ありません！　お陰様でどうも！」

大騒ぎする僕たちを呆《あき》れ顔《がお》で見ていた馬が、独りでに木の根元にトコトコ歩いて行った。「あ、コラ」と、手綱を握ったままのジーンが引《ひ》き摺《ず》られるように歩き出す。

その隙に腕を抜け出した僕も顔を赤くしたまま俯《うつむ》いて、その後をついていった。

13. 多分僕たち別れた方がいい

ジーンが杖《つえ》を取り出して、無言でヒョイと振る。木の根元のくぼみに水溜《みずた》まりができて、馬がそれを飲み始めた。

「……」

手綱をくるくる木の枝に巻き付ける手慣れた動きを眺めながら、根っこに腰掛ける。

「……よく此処《ここ》に？」

「ん？　ああ。いいだろ」

「……うん。いいね」

僕はむくれながらも、素直に頷いた。綺麗な花に罪はない。

「ヒースは好き」

よく兄と一緒に遊んだ丘を思い出しながら呟く。風が吹いて、高い空に薄い雲が流れていた。

「へえ、物好きだな」

「……君、最近それにハマってるの？」

また揶揄われたと思ったせいで声に少しだけ棘《とげ》が混じった。ジーンは気にした様子もなく、その場にゴロリと横たわると「いいや」と欠伸《あくび》を嚙み殺したような声で言う。

「俺もヒースの花は好きだ」

珍しい。

いざ他人にそう言われてみると、確かに変わってるなという感じがして、僕は隣に寝っ転がった顔を見下ろした。赤い睫毛《まつげ》が閉じられて頬に影が伸びていた。

「変わってる。どうして？」

「甘ったるい匂いがしないから」

なるほど？　と首を傾《かし》げて視線を揺れるヒースに戻す。

その花が好きな理由としては、ちょっと普通じゃなかったけれど、強い匂いの花が嫌いというお客は間々いた気がする。

「ヒースはハーブティーにもなるしね」

「ああ、役に立つ」

僕たちの声が交互に響く。

花の話をしていて、これだけロマンティックさに欠ける恋人たちも珍しいに違いない。商人の家の僕と、騎士の家のジーン。なんだかお互い似ているところがあるらしい。

まさか、彼と自分が似ているなんて再び思う日が来るとは思わなかった。なんだか変な気分だ。

「恋人になるなら、共通点があるに越したことはない」

僕の内心を読んだみたいな言葉に笑みが溢《こぼ》れる。

「――紅茶は？」

突然問いを投げかけると、月色の目がパチリと開かれる。

「……ストレート」

「砂糖とミルク」

僕たちの視線が絡む。

「──朝のスクランブルエッグには？」

「塩と胡椒《こしょう》」

「ケチャップ」

僕が首を傾げた。塩と胡椒だって？　気取ってる。

「──パンケーキには？」

「シロップ」

「蜂蜜《はちみつ》」

小首を傾げたジーンがムクリと身を起こした。

「──ジャムとクロテッドクリームの順番は？」

「ジャムが先」

「クロテッドクリームから」

沈黙が落ちる。

「「…………」」

「ウソだろ、お前スクランブルエッグにケチャップかけるの？　ガキかよ」

「いいや。ジャムの後にクロテッドクリームを塗る奴に言われたくないね。そういう奴に限ってジャムと同じスプーンでクリームを掬《すく》うんだ。白いクリームの箱に赤いジャムをべったり付けるのは君みたいな奴さ」

「おいおい。酷《ひど》い偏見だな」

「なにか反論があるなら聞くけれど。討論の授業も抜け出してる君に勝ち目はないと思うよ」

「バーカ」

「ほら、言うに事欠いてそれだ。僕のネクタイが見えないの？」

「ガリ勉」

ヒヒン、と馬がいななないて、言葉が止まる。

大きな声で言い合いをしていた割に、二人とも目が笑っていた。

「……終わりだ。別れよう、俺たち」

ふざけたジーンがまたゴロリと寝っ転がりながら言う。

「まさか。君の成績を上げるまでは絶対別れないね」

このままじゃジーンは間違いなく留年する。シャノン教授の頼みを引き受けてしまったんだから、最後までしっかり見届けないと。ラムサス魔法学校の名声は今や僕一人の肩にかかっているのである。

それに、あのジーン・アスターを弄《もてあそ》んだ悪い男だ何だと不名誉な噂《うわさ》を立てられてもたまらないし。

なにより、ついさっきトッド教授に大見得きったばかりだし。

「やっぱさっき、ちゃんと言い返してやればよかったかな……」

「……まだ言ってる」

トッド教授の名前を思い出すと、派手な逃走劇のおかげでどこかに行っていた苛立《いらだ》ちがぶり返してきて鼻の頭に皺《しわ》がよる。「皺残るぞ」とジーンが笑いながらボヤいた。

「君、あんな失礼な態度を取られたら怒らなきゃ」

「どーでもいい」

「誰も怒らなかったの？　あんな態度の奴らを前にして？」

教授相手に〝奴ら〟なんて口を利き出した僕にジーンが視線を寄越した。

「父上と弟は毎回怒ってたかな」

「家族以外にだよ！」

靴の横の雑草をブチブチちぎっては投げちぎっては投げする。僕っていつもこうだ。咄嗟《とっさ》に言い返せないで、後になってうじうじムカムカする。

「……家族以外にも一人、いた」

そんな言葉に顔を上げる。

「本当？　学校に？　友達？」

「学校。話したこともない奴が突然」

「へー!!」

なんだ、ラムサスも捨てたものじゃないな！

そう顔を輝かせる僕に、ジーンがおかしそうに笑った。

「まあ、せいぜいいい成績であの赤メガネを黙らせてくれよ」

「君もね。次の試験は手を抜かないでよ」

「……手を抜く？」

ポカンとした顔がこちらに向けられる。

そんな彼の様子を見て、この際だ、とことん言っておこうと体ごと彼の方を向いた。

だってそうだろう。彼はどう考えたって手を抜いているのだ。勉強を教えているうちにはっきり分かった。留年するほど勉強ができないなんて嘘《うそ》だ。

これから彼の勉強を見続けるにしても本人にいい点数を取る気がないんじゃどうしようもない。

それまでなんとなく踏み込めずにいたことだ。今日の僕ならなんだか聞ける気がして、思い切って口に出した。

「……」

ジーンは、黙ったままだった。

ついさっきまで、二人の笑いが響いていた丘に沈黙が落ちて、高揚感でドキドキしていた胸がサーッと冷えていくのが分かった。

やっぱり余計なことを聞いたのかも。また弱気な自分が顔を出して、内心でそんなことを言う。

「……聞かれたくない話なら、言わなくていい。ただ、君の勉強を見るように頼まれたから。理由があるなら、って思っただけで」

ああ、高揚感が冷めてしまえばあっという間に、人の機嫌を窺《うかが》ってばかりの自分に逆戻りだ。

言い訳するみたいに呟《つぶや》く僕を、ジーンがやっぱり無言で見つめて、それからポリポリ頭を掻《か》いた。

「母親の違う弟がいる。俺に似ていない、とびっきりかわいいのが」

「……え、？」

いつもより、さらにぶっきらぼうにかえってきた返事に戸惑《とまど》って聞き返す。

弟がいる？　それがテストの手を抜くことになんの関係があるんだ。

「……このままなら、俺が家督を継ぐことになる」

「……」

あ。

言葉の意味を理解して、つい小さく息を漏らした。

隣の顔をサッと窺う。どんな顔をしているんだろう。そう思って向けた視線は、力強い双眸《そうぼう》に吸い込まれた。彼はこちらを向いていないだろうと思っていたから、心臓がドッと跳ねたのが分かった。

好きに聞けばいい、と言うような顔だった。

「……留年したら、家督を継がなくてよくなるの？」

「父上に言い訳ができる」

ああ、やっぱり人の噂なんてちっともあてにならないな。

誰かが、彼のことを考えなしのバカだと言っているのを僕は何度も聞いたことがあった。僕も彼をつい今まで随分呑気《のんき》な人だと思っていた。

「……」

月色の瞳がヒースの群れに戻されても、僕はその揺れる赤髪を見ながら隣の男の心中について必死で思いを巡らせていた。

サヌスの血が流れている自分に家督を譲らない方が家のためになる。

そんな風に考えて落ちこぼれを演じるのって、一体どんな気持ちがするのか。

しょせん商家の出である僕には、想像することしかできない。

「今までも色々と問題を起こしてきたんだろう。それで、廃嫡するぞと言われたりしたの？」

ついさっき、反省したばかりなのに、そんな言葉がぽろりと口から言葉が溢れた。

きっと彼は今、僕が踏み込むことを許してくれていると思ったからだ。

「……」

この沈黙は、否定だろう。

「……じゃあダメだね」

「は？」

「四年も落ちこぼれやって散々問題も起こしてそれでも廃嫡されないんじゃ、きっと何やったってダメさ。きみの父上はきっと最後まできみを見捨てたりしないよ」

「……」

「きみのことを買ってるんだよ」

要《い》らないことを言っている。

つい最近彼と話し始めたような人間が、首を突っ込んでいいような話じゃない。

ひょっとしたら嫌われるかも。分かってる。

だけど僕はなぜか、口をついて出る言葉を止められなかった。僕が何も知らずに、自分のことで必死になっている間、このヒースの丘で彼が一人きりそんなことを考えていたのだと思うと、何か言ってやらなきゃ気が済まないような気分になったのだ。

「あのアスター辺境伯に、落ちこぼれを演じる君の下手《へた》な小芝居がバレてないとは思えないしね」

「……なんだって？」

「だってほら、こんな僕にもバレた」

「……」

「もうこうなったら腹くくって無駄な演技をやめるか人でも殺して牢屋《ろうや》に入るかだ。君にはもう沢山恩があるから、片棒くらいなら担いであげてもいいよ」

僕のめちゃくちゃな言葉に、大きな金色の目が見開かれる。ついさっきまでの、自嘲《じちょう》するみたいな表情がすっかり間抜け面になっていた。気を悪くした様子はない。

「どっちにするか、考えておいてね」

僕は余計なことを言う自分が嫌いだ。肝心な時に大切なことを言えない自分も。

だけど、僕が彼に恩を感じていて、彼が自分の人生を棒に振ろうとしているのに腹を立てているということを、口下手なりにどうしても伝えたかった。

「誰も君のことを諦《あきら》めたりなんてしない」

ジーンは心のままに勝手なことを言う僕を見つめたまま、ただ黙っていた。

14. 裏街にて

十一月のある日曜日のことだった。

他の生徒たちが街へ繰り出したり、中庭で昼寝をしたり、寮で趣味に勤《いそ》しんだりする休日に、僕は今日も今日とて第三図書室で勉強に励んでいた。才能は、努力でカバーしなければならないのである。

休日なので、向かいの席にジーンの姿はない。一人きりのしんと静かな部屋の中、カチャ……とインク瓶にペン先を浸し、紙に文字を書いて、その繰り返し。そうしてインクが切れたことに気づいたのは、ペンが乗り始めた頃、ようやくいい具合に集中し始めた頃だった。

「ゲッ」

人生っていうのは、大方そういうふうにできている。スコーンはジャムを塗った方からカーペットに落ちるし、上等な服を着ている時ほど馬車に泥を引っ掛けられる。傘を持って行けば雨は降らないし、持っていかなければかなりの確率で降る。そして、勉強に集中し始めたタイミングでインクは切れる。これを、我が国ではこんちきしょうの法則と呼ぶ。

「こんちきしょ～……」

インクのためだけに街まで降りると言うのはなんとも気が滅入る。こんちきしょうに襲われた時に気分を上げる方法は一つしかない。

「……買い物だ」

僕はパタンと本を閉じ、潔く図書室を出た。

こういう時のために、行きたい場所をとっておいたのだ。


ラムサスはその城のような大きな学舎《まなびや》を有しているがために、街から離れた場所にある。街まで歩いて降りるのは若い生徒でも一苦労だ。誰も歩いてなんて行きたがらない。そんなわけで、馬車は街に降りたい生徒たちで一杯だった。

人熱《ひといきれ》でポカポカとしていた馬車から押し出されるようにしてレンガ道の上に降りる。日曜日ということもあって、街は生徒たちで大賑《おおにぎ》わいだ。僕はヒンヤリとした外の空気を胸いっぱいに吸い込んだ。

楽しそうに友人同士肩を寄せ合って店の中に吸い込まれていく同年代の若者たちを尻目《しりめ》に、僕はスルスルとトンガリ屋根の連なる大通りを歩いた。

「ねえ、さっきラムサスの生徒を見たわ」

「え、嘘。どこ？　私、話しかけてこようかしら」

「どうやってよ、ハンカチでも落とすの？」

「やめときなさいよ。古臭い。それに休日なのにわざわざ制服で街に降りてくるなんて、嫌な感じだわ」

この街にある女学院の生徒の集団がキャーキャーと大きな声で騒ぎながら、ファンシーな雑貨屋の中に吸い込まれていく。

……賢明な友人だ。彼女たちの会話の内容に内心でそんなことを思う。だって、わざわざラムサスの制服のまま街に来る生徒なんて。学院でチヤホヤしてもらえなくて憂さ晴らしにきたどうしようもない人たちに決まっている。

華やかなドアベルの音を最後に話し声が聞こえなくなる。僕はそれを尻目に街を進んだ。

途中、馴染《なじ》みの文具店でいつものインクを買った。洒落《しゃれ》た皮表紙の手帳につい心が揺らいだけれど、これから寄るところのことを考えてなんとか伸びそうになる手を堪《こら》えた。

店を出て、通りを進む。途中で小径《こみち》に入り西へ向かった。そうしてしばらく進んでいると、明らかに風の匂いが変わるのが分かった。街中に染み付くようなタバコの臭いと、プンと鼻をつくのはアルコールの香りだ。

この西側の区画には、少々治安の悪い場所があるのだ。通称〝裏街〟。うねうねした細い路地が蜘《く》蛛《も》の巣《す》みたいに伸びる薄暗い通りである。魔法由来のものだろう、昼も晴れない謎の霧で年がら年中視界が悪い。まさに人目を避けたい、脛《すね》に傷のある人間にはうってつけの場所だった。

表の街とは完全に棲《す》み分《わ》けがされているから、魔警も目を瞑《つぶ》っている。大きくて華やかな街には必ずこういうところがあるのだ。ゴミ箱がない街よりある街の方が綺麗《きれい》だろう。そういうことである。

「……」

空き瓶を抱えて、道端でぐーぐー寝ているおじさんを跨《また》いで、僕は暗い道の先に進んだ。念のため、袖《そで》の下《した》に杖《つえ》を隠しながら進む。

三年以上も近所の学校に通っていて、それでも裏街に来るのは初めてだった。こんなところに、ラムサスの生徒はまず出入りしない。いいカモにされるのが目に見えてるからだ。だけど時々、他の学校のやんちゃな生徒が、度胸試しだか火遊びだかをしに入り込んで事件に巻き込まれたという噂《うわさ》を小耳に挟むことはあった。先月も、確か一人行方不明になったはずだ。ビラに書いてあった名前を思い出す。ジョンソン……マイヤーだったかな。なんでも裏街の闇賭博《やみとばく》でこさえた借金を踏み倒したとか、ここの実力者の恋人を寝とっただとか。どっちにしろ、無事には帰ってこないだろう。

「おにーさん」

ヌッと、暗闇から滑るように出てきた男にギョッと視線をやった。目深に被《かぶ》ったフードからニタニタ笑う口元だけが見えている。歯がひどく黄ばんでいた。少なくとも、コーヒーや紅茶でできた汚れではなさそうだ。男の体から漂うツンとした匂いに、口元を押さえながら歩みを早めた。男に見えない位置でそっと杖を握った。

「嗅《か》ぎタバコどうだい」

「いらない」

視線も向けないまま、切り捨てるみたいに冷たく答える僕にも、男は笑みを絶やさない。

「舶来品の超目玉商品だぜ」

舶来品。こんなところに？　と思うかもしれないが、裏街には案外、そういう外国製品が多い。大体が違法品だけど。その分、表じゃ見つからないような掘り出し物が見つかることもある。

「今なら特別、銀貨一枚！」

「……銀貨一枚だって？」

男の酒焼けした声に、靴がピタリと止まった。何を勘違いしたのか、男が身を乗り出してくる。黄ばんだ歯からも想像に容易《たやす》いひどい口臭だ。この男は舶来の珍しい品を手に入れるより、まずはそこらの雑貨店で歯ブラシを買うべきである。

「そう！　たったの銀貨一枚！」

「見せて」

男に手渡された紙包みを開けた。……やっぱり、嗅ぎタバコだ。これが、最近流行《はや》っているのは知っていた。ラムサスでも時々吸っている人がいたから。……まさか出所はここじゃないよな。

そっと、匂いをかぐ。眉間《みけん》にキュッと皺《しわ》が寄った。

「……話にならない。銅貨一枚でだって買わないよ！　こんなの鼻からいれたら治療費のほうが高くつく。酷《ひど》い粗悪品だ」

「失礼な！」

「リカの葉を混ぜてるだろ」

「……ギク」

「ギクじゃないよ。幻覚作用があるし中毒性も高い。君、これで商売やっていくつもりならもう少し上手《うま》くやらなきゃ」

そのままツカツカ歩き始めると、もう男はついてこなかった。僕が面倒な商人だと分かったのだろう。さっさと次のカモを探しに行ったのだ。

「……やれやれ」

それから、目的の店を見つけてしばらく入り浸った。念のため多めにお金を持ってきていてよかった。いい買い物にホクホクとまた歩を進めて、命があるうちに学校に戻ることにする。

「うわ、見ろよ、コイツ相当持ってるぜ。さすがラムサス生は違うな」

「こんなガキの小遣いが親父《おやじ》の月収より多いや。やってらんねえよ」

「う、……オェ」

鈍い音とえずく声。それから聞こえてきた〝ラムサス生〟という言葉につい足が止まった。数歩、後ろ歩きして、こっそり路地を覗《のぞ》き込《こ》む。三人の人影がそこにはあった。

一人はパサついた黒髪の男。顔は見えないけれど、首の裏がポコポコと骨の形に盛り上がっている。あまり、健康的な痩《や》せ方とは言えないように見えた。そのガリガリ男の隣には、巨軀《きょく》の男。肌の色が少し変わっている。きっと異邦人だろう。裏街には、異邦人が多いのだ。それは別に彼らが怠け者だと言っているわけじゃなくて、この国では彼らにまともな職を与えられる機会が少ないってだけである。だから、あの彼のように、見るからに異邦人という風貌《ふうぼう》をしている人は、生きるために仕方なくああして汚いお金の稼ぎ方をするしかないらしい。

将来国を率いる生徒たちのため、ラムサスで散々学んだ社会事情を図らずも目の前で目撃することになってしまった。なんだか苦い気持ちになって眉《まゆ》を顰《ひそ》める。まあ、苦い気持ちになったところで商人の子である僕にできることなんてほとんど何もないのだけど。

彼も運が悪かったな……。僕はそんなことを考えながら体をくの字に折り曲げて嘔吐《はい》いている男の方へ視線をやった。

「……うわ」

そして、自分が身を隠しているのも忘れて思わず声を漏らした。

何故《なぜ》ってその青年が、見覚えのある制服を着ていたからだ。

「……嘘《うそ》だろ」

さっきも言ったことだけど、わざわざ制服を着て街に降りてくる生徒は時たまいるのだ。ラムサス生だというだけで持《も》て囃《はや》されるから。実力者揃《ぞろ》いのラムサスの中では自尊心を満たすことのできない、プライドの高いエリートたちが落ちぶれた結果、街での賞賛を求めてそんな行動に出る。それに関して、僕に言うことはない。

だけどまさか、裏街に制服のまま迷い込んでくるおバカさんがラムサスにいたなんて。そんなの、今すぐ僕を襲って、このたっぷり金貨が入った財布を盗んでくださいと叫んでいるようなものである。自殺志願もいいところだ。もう少しマシな死に方があるだろう。一体なんだって。

「お前さ、ラムサスの生徒ならちょうどいいや。これ学内で売ってこいよ」

巨軀の男が差し出した包みに背筋が冷える。ついさっき見た、粗悪なタバコ崩れだ。妙な薬より中毒性が高い、一度吸ったら病みつきになるようなやつ。たしかに裕福なラムサス生たちを中毒にできたなら、売人たちの懐は随分暖かくなることだろう。だけど……。

「食事に混ぜるんでもいいんだ。な、無事に帰りたいんならさ」

「……彼から離れて」

15. 二度目の逃走劇

「彼から離れて」

やめとけばいいのに。バカだなあ。

陰から飛び出た僕の脳内に冷静な自分の声が響いた。お節介とか、いらない正義感で散々バカを見てきたのに。もっと世渡り上手になるんじゃなかったの。

……そうだけど、まさかラムサスで妙な薬を広めさせるわけにはいかない。ラムサスの名声を守ることは、僕の名声を守ることに繋《つな》がるわけだし。

僕は誰に向けたわけでもない言い訳をしながら、杖を構えた。

「なんだよ、お嬢ちゃん、迷子か？」

ニタニタ笑った黒髪の方が、ポケットから杖を取り出した。ああ、ツイてない。魔法使いだ。

実技には(こんな実践なら尚更《なおさら》)ちっとも自信がない。あがり症だし、一発勝負に弱いのだ。何より多勢に無勢……チラッと大男を見る。見るからに身体能力が高そうだ。完全に倒し切らないと、足《あし》手纏《でまと》いを連れて逃げ切らなければならないことになる。

ついにオロロと情けない声を上げて吐き始めた男のお尻《しり》を思いっきり引《ひ》っ叩《ぱた》いてやりたくなった。君もラムサス生なら杖くらい構えてよ！　そう思うけど、少しも当てになりそうにない。

「ッ」

仕方がない。先手必勝だ。

覚悟を決め、呪文を唱えようと口を開いたその瞬間。突如として頭上で、バタン！　と窓が開かれるような音がして、黒髪の男を大きな影が覆った。

「グェ」

「「え」」

ダンッ！　と、黒髪の男を踏《ふ》み潰《つぶ》すように着地した手足の長い影にあんぐり口が開く。したたかに横っ面を地面に叩きつけることになった黒髪の男は「キュウ」と最後に鳴いたきり動かなくなった。

煙のようにゆらりと立ち上がった男が赤い髪を掻き上げる。薄暗がりの中でも炯々《けいけい》と輝く獰猛《どうもう》な金色がギロと僕を睨《にら》んだ。

あ、と思った瞬間に唇が呪文を唱える。『失神せよ』

「アガ！」

情けない声を出して、巨軀の男がドスンと倒れた。

「走るぞ」

一瞬で近づいてきたジーンが僕の手を取って囁《ささや》いた。そう、ジーン。ジーンだ。

「君、なんで……」

彼が出てきた……いいや、飛び降りてきた建物を見上げる。あんな高いところから飛び降りたのか？　目を細めて、看板に書いてある酔っ払ったような渦巻く文字を読んだ。「悪魔のわけ前」どこからどう見ても飲み屋、バーである。

「話はあとだ。店の中にコイツらの仲間っぽいのがいた。走れ」

ドカン！　と、すぐ隣の扉が蹴《け》り開けられる。「ヒィ！」と、ようやく胃の中のもの全部ひっくり返し終わったらしいラムサス生が飛び上がった。

僕たちも弾《はじ》かれるようにして走り出す。

先頭をジーンが。彼に腕を引かれて僕が。そして少し遅れて、例のラムサス生が。「オイ！　待て！」なんて声を背に、ラムサスの生徒三人が裏街の路地を駆けた。

なんだか最近もこんなことがあった気がするんだけど。

入り組んだ路地を迷いなくジーンが先導した。

キョロキョロとあたりを見渡しながら歩いてきた僕とは足取りが全然違う。彼、この街に慣れてるんだ。

差し掛かった三叉路《さんさろ》で、ふと立ち止まり後ろのラムサス生の腕を取る。ゼーゼーと肩で息をして、今にも置いてけぼりになりそうだったからだ。

「平民風情が僕に触るな！」

「は？」

ラムサス生のとんでも発言に地を這《は》うような声を出したのは僕じゃない。立ち止まった僕に振り返ったジーンだ。彼は「コイツ何言ってんだ」と、完全に頭の足りない人間を見る顔をしていた。散々走って興奮しているんだろう。飄々《ひょうひょう》とした彼にしては珍しいことに、額には青筋が走っていた。

「今はそれどころじゃないだろ」

平民だなんだと言われ慣れている僕でも流石《さすが》に「今それを言うか」という気持ちで、初めてそのラムサス生の、やけに高い位置にある顔を見上げた。

そしてギョッと目を剝《む》く。厚い胸板と太い首。黄みの強い金髪。ちょっぴりしゃくれた顎《あご》。嫌になる程見覚えのある顔がそこにあったからだ。

「ショーン!?」

「お前、今気づいたのか」

心底バカにした様子のジーンの声に抗議の声をあげる余裕もない。短時間で切れる変身魔法で変えている感じもしないし、間違いなく本物のショーンである。彼の特徴的なバター色の髪を観察して、僕はその根元が退色していることに気がついた。あ、彼、毛染めをしていたのか。いいや、今はそんなことはどうだって……。いや、だけど。

薄い色の髪が美しいとされているこの国だが、毛染めをしている人間というのは多くない。なぜって、毛染め剤に入っている薬品が頭皮に信じられないくらい悪いことをみんなが知っているから。よくよく見れば、ショーンの額は同年代の学生に比べて随分と広かった。そこまでして、見栄を張りたいものなんだろうか。それに何より……。

「ショーン、君……」

彼の首元では金糸のネクタイが輝いていた。ショーンは監督生じゃない。そのネクタイは、彼のものじゃない。

「そのネクタイは……」

訝《いぶか》しむ僕の言葉に、目の前の青年の顔がカッと赤くなった。ひどく侮辱された、と言うような顔だった。

「ぐ、う、うるさい！　エルマー・グラント！　調子に乗りやがって！　クソ！　クソ！」

「は、はあ？　……あ、ちょっと！」

バタバタと三叉路の右の道に走り去って行ってしまった彼に声をかける。あっちは東だから、方角的には表に出るのに正しいいんだろうけど……。

困り顔でジーンを見上げると、眉間に皺を寄せてショーンの後ろ姿が消えた先を睨んでいる。彼が「行くぞ」と腕をひくのは左の道だ。

「え、こっち？」

「右は行き止まり」

ええ、と右の路地を見る僕に「ほっとけ」と吐き捨てて、ジーンがスタスタ歩き出した。慌てて後を追う。あれだけめちゃくちゃ走った後だ。彼に置いていかれたんじゃ、道に迷ってしまう。今日は箒《ほうき》も持ってないし、こんな治安の悪いところを当てもなく彷徨《さまよ》うなんてごめんだ。

「ショーンは……」

「だからほっとけって。あんなコスプレ野郎」

「コスプレ……」

ジーンの言葉に、やっぱり、彼、アビゲイルの格好を真似《まね》して街に出てきたんだと納得する。

あの金糸のネクタイはアビゲイルのものを盗んできたんだろうか。彼と仲のいいショーンなら出来なくもないだろうが、なんだってそんなことを。

「貴族にはよくいるぜ、コンプレックスを拗《こじ》らせたああいうヤツ」

「……」

傍若無人を絵に描いたようなショーンに、あんな一面があったなんて。

この三年、きっとショーンがひた隠しにしていたんだろう裏の顔を見てしまった。なんだか悪いことをしてしまったような気分だ。

優れた友人を持つと言うのは楽しいことばかりじゃないのかもしれない。なんだか少しだけ、彼の気持ちが分かる気がした。

何も言えず立ち尽くす僕にジーンが不機嫌な顔のまま振り返る。

「行くのか、行かないのか」

「い、行くよ」

僕は予想外のことに乱れる心をなんとか落ち着かせようと息を吐き、言葉を返した。

流石に、自分を数年間いじめぬいてきた男を危険を冒してまで助けに向かう気にはなれなかったのだ。僕が行ったところでどうにかなるとは思えないし、数日後に新たな行方不明者のビラがばら撒《ま》かれないことを祈るほかない。

そして奇妙な気持ちを振り払うように、隣の男を見上げ……あれ。

「……君、怒ってる?」

「お前、バカなのか？」

「……へ」

突然の罵《ののし》りに反応できず、返事がワンテンポ遅れる。

ジーンは僕の腕を引きながら数歩先をスタスタ前のめりに歩いていた。彼と僕とじゃコンパスに差があるので、僕はほとんど小走りで彼の後をついて歩く。もしかしたら普段は、彼に歩調を合わせてもらっていたのかもしれない。こんな状況でそんなことに気が付きながら「……ごめん、助かったよ」と、素直に謝罪した。

「なんでこんなところにいるんだ」

「どうしても手に入れたいものがありまして……」

「命も投げ出してか。見上げた商人根性だな」

チクリと刺さる皮肉にキュと顔を顰める。耳が痛い。自分の身を自分で守れない人間が、こんなところに入ってくるなんてバカのすることだ。自衛くらいはできる気でいたのだけど。さっき彼に助けてもらえなかったら、無傷では済まなかったかもしれない。

「あの一応護身用のネックレスは……」

僕がおずおずと胸元から取り出したネックレスを見て、金色の目から獰猛な煌《きら》めきが少し収まったことにホッと息をついた。

彼に見せたのは、強力な護身の呪文がかかったネックレスだ。これ一つで屋敷が一つ買えるようなシロモノである。僕がラムサスに入る前に兄さんに持たされたのだけれど、ラムサスでの嫌がらせは陰湿すぎてこのネックレスの反応の外にあるらしく、いまだ活躍の機会はない。

「お前がここまでヤンチャな奴《やつ》だったとはな」

「わは、わはは、お互い……いえ、どうかご内密に」

お互い様では。そう言おうとして飛んできた鋭い視線に、慌てて言葉を飲み込んだ。おお、こわい。

眉《まゆ》を下げた僕に、何かを言おうとしたのだろう。「この先……」とジーンの長い指が路地の向こうを指す。

「へへ、にいちゃんいくらだい？」

「ヒ」

その瞬間、見覚えのある酔っ払いのおじさんが、座り込んだまま僕の足首をムギュリと摑《つか》んだ。骨張った指の感触に、思わず悲鳴が漏れる。

「ギャ！」

何の容赦もなく、ジーンがおじさんの顔を思いっきり蹴飛《けと》ばした。ついでにうつ伏せに倒れたその背中に、「きたね」とぼやきながら、おじさんの唾《つば》がついた靴先を擦り付けている。

「……この先。真《ま》っ直《す》ぐ。走れ」

「……サーイエッサー」

そして獅子《しし》のような瞳《ひとみ》にギロリと睨まれながら告げられた言葉の続きに、僕は華麗な敬礼をかまし、表通りへの道を走り出した。

あの様子を見るに、ジーンは一人で放っといても大丈夫だろう。彼に勝てる人がそうそういるとも思えないし。なんとも逞《たくま》しい恋人である。

「ワン！」

「わあ！」

表通りに出る寸前。

小径から聞こえてきた鳴き声に僕はピョンとウサギのように飛び上がった。そこにはなんとも微妙な顔をしたブルドッグが、足を踏ん張るようにしてこちらを見ていた。

ズリ、と後退《あとずさ》りをしてその犬から離れる。

「……」

ああ、決めた。今決めたぞ。今度から裏街に行く時には絶対、ジーンについてきてもらうことにしよう。

犬の首に引っかかっていた「ジョンソン・マイヤー」のタグにちょっとした眩暈《めまい》を感じながら、僕は心の内でそう誓った。

なんとも空恐ろしい、秋の休日であった。

16. 悪友

「よ、不良少年」

十一月。そろそろ中庭の芝の上で寝るのは寒くなってくる頃だ。

今日は日差しの暖かい日だからまだこうしていられるけど。

僕がブナの木の根元でボンヤリ待ち人を待っていると、スタスタと走り寄ってくる足音とそんな声がして、本から目を上げた。この僕を「不良少年」なんて呼ぶのは、学院に一人きりである。

「……、君、まだ怒ってるの？」

ニッコリ。何とも美しい笑顔を向けられて顔が引き攣《ひ》《つ》る。顔立ちの美しい人の笑顔ってどうしてこんなに迫力があるんだろう。僕の脳内にニッコリ笑顔の母さんが浮かんだ。そそくさと体を起こし、姿勢を正す。お説教をどうぞ、の姿勢である。

「君、この間は言い損ねたけど。君だってあそこにいたじゃないか。それに、随分と慣れてるみたいだった」

「俺はいいんだよ。強いから」

「……」

本当にね。毎日ぐーすか昼寝ばっかりしてるはずなのにね。

そんな言葉は飲み込んだ。なぜってこの二ヶ月、散々その剣だこだらけの硬い手のひらに手を引かれて走ってきたからだ。

「まさかこの学校に裏街に出入りしてる人間がいたなんてな」

「……」

ジーンが長い脚を存分に余らせながらドカリと隣に腰掛けた。

助けられて肩身が狭い僕は文字通りキュッと肩を縮こまらせる。

「お利口な監督生様があんなところに出入りしていいのか？」

暗に「もうあそこには行くな」と言いたいんだろう。

「……『よき商人とはよき旅人よき冒険者である』、と言う言葉がありまして」

「なんだそれ」

「我が家の家訓です……」

呆《あき》れをふんだんに含んだため息に目を閉じる。ご迷惑をおかけしました。本当にすみません、と言う気持ちだ。

「それで？　あんなところに何しに行ったんだよ」

反省しきった僕の様子に、彼が仕方なさそうに攻め手を緩めた。ようやく聞いてくれた。待ってましたとばかりにいそいそ本を取り出す。革張りのなんとも迫力溢《あふ》れる古書だ。ジーンが訝《いぶか》しげな視線を注いだ。

「いや。なんだよ、それ。エロ本？」

「エ、エロ本!? んなわけ…………あ」

「ハハ、バカだ」

つい声を張った僕に、中庭にいた生徒たちが振り返った。ああ、もう。最悪。羞恥《しゅうち》でブルブル震えながら、体のすぐ脇に置かれていた手の甲をぎゅっとつねってやる。

「イッテェ！」

「君のせいで恥をかいた!!」

「いいだろ別にエロ本くらい」

ちょっとふざけただけなのに。やれやれ。これだから監督生サマは頭が固くて困る。そんな顔で手の甲をさする愉快犯からフンと顔を逸《そ》らす。

「……せっかく助けてもらったから、君には特別に見せてあげようと思ってたのに」

「想像通りの反応をするからつい。楽しくなって」

「……君、その人を弄《もてあそ》ぶ悪癖はなんなんだ。一度悪魔祓《あくまばら》いでもしに行ってもらったほうがいい。いい教会を紹介するから」

つい悪態をつきながら、ずいっと彼の目の前に本を差し出す。「近い近い」と言って、彼が顎《あご》を引いた。それからパチリと一度瞬き。

「……『位階転換魔法』？　は？　おいおい」

パッと本がひったくられた。想像通りの反応に口角がキュッと上がる。

熱を上げたように目次を見つめるジーンの横顔を、目を細めたまま見つめた。

「嘘《うそ》だろ、どうやって手に入れたんだよ！」

「フフン」

そして珍しいことに、僕は胸を張った。薄い胸板なので、大して突き出せていないけれどとっても誇らしい気持ちだ。ほらね、僕の冒険は無謀だったけど無駄じゃなかっただろ。

ジーンが、とんでもない一品に出会えた収集家みたいに目をキラキラさせて本と僕の間で視線を行ったり来たりさせ始める。

それもそのはず。位階転換魔法っていうのはつまり、命を与える魔法だ。植物を鳥に変えたり、岩を馬に変えたり。カエルをペリカンに変えるのとは訳が違う。

「……こんなものどこで？」

彼が声を潜めて聞くので、僕はキョロキョロと周りを警戒しながら身を寄せた。ジーンもさりげなくこちらに身を乗り出す。勿論《もちろん》、表紙の文字を手のひらでそっと隠すのを忘れずに。

「秘密にしてね」と、耳元に唇を寄せると彼の耳の辺りの筋肉が力んで引き攣るのが見えた。

「……裏街の本屋を教えてもらったんだ」

「……わかった。トルーマンだな」

あ～あ、とジーンが空を仰いだ。クスクス笑いを手で押さえながら身を離す。

「勤勉な生徒に可愛さ余って、裏街の行きつけまで教えるようになったか。もうあいつもダメだな」

「失礼な」

「裏街に生徒を行かせてるようじゃ教師としてダメだろ」

彼がサッと僕の方に本を返す。僕もそれを服の下にささっと隠した。誰かと秘密を共有するのって胸がドキドキする。最近知ってしまった新しい感情だ。

「僕が護身のネックレスを持ってることをご存じなんだ。それで、逃げるくらいは問題なくできるだろうって。昔は父の買い付けにあちこちついて行ったりしてたんだよ。この間はちょっとヘマして余計なことに首を突っ込んじゃっただけで」

「すぐに首を突っ込むのはお前の悪いくせだ」

その通り。僕の悪いくせだ。だけど、彼の前でこの間以外に、その悪いくせを見せたことがあっただろうか。首を傾《かし》げながら話を続ける。

「だけど、裏街って本当にひどい匂いがするんだね。参ったよ」

ジーンの顔がキュッと苦虫を噛《か》み潰《つぶ》したように歪《ゆが》んだ。

「アア、腐ったキャベツと茹《ゆ》で卵《たまご》の匂いな」

そう。その通り。的確な喩《たと》えに深く頷《うなず》く。

それに、噛みタバコや嗅《か》ぎタバコの甘い匂いが混ざってひどいものになっていた。

ジーンからも、香水に混じってほんのりと甘い香りがしている。こちらはいい匂いだ。

「君は、何をしに行ってたの？」

「……」

彼が唇の前で親指と人差し指をくっ付ける仕草をしてみせる。……やっぱりだ。

「……ウワ、不良め」

「なんだ。怒らないのか？」

「怒られたかったの？」

「別に」

口を尖《とが》らせて肩をすくめる。……何を考えているんだか。

「人のことにあれこれ口を挟む気はないよ。くれぐれも吸いすぎないようにね」

「時々息抜きしてるだけだよ」

校則的にはNGだけど、僕は一部の貴族たちみたいに潔癖を拗《こじ》らせていない。別に違法行為をしてるってわけじゃないんだ。街じゃタバコなんてみんな吸っている。噛みタバコや嗅ぎタバコは煙も出ないから他人に迷惑もかけないし、粗悪品さえ掴ませられなければ、魔法薬みたいな素材で作られた不思議な効果が出るものまであるとも聞く。

自分でやろうとは思わないけど、まあ、個人の選択の範疇《はんちゅう》だろう。「フーン」と、本当に怒る様子のない僕を横目に、ジーンが頭の後ろで手を組んで仰向けにパタリと倒れた。

「……お前には裏切られてばかりだ」

何だそれ。怪訝《けげん》な気持ちで片眉《かたまゆ》を上げて彼を見た。

「それって悪い意味？」

「いいや」

昼寝をするんだろうか。どこからか取り出したオシャレなサングラスをつけながら、ジーンが呟《つぶや》く。

「それで、お前は位階転換魔法なんか身につけて、変身魔法の腕を磨いてどうするんだ？　監督生全員こっそり闇討ちして一位の座をもぎ取るとか？」

「まさか」

そんなことをしたらもれなく牢屋《ろうや》行きだ。人間に対する変身魔法の使用は禁じられている。そもそもそんなやり方で手に入れた一位なんて嬉《うれ》しくないし。

「なんだ。残念。あの気取り屋連中が不細工なウシガエルに変えられて上げる悲鳴が聞きたかったな」

「悪魔みたいなことを言うんじゃない」

やれやれ、と首を振りながらブナの木に背中を預けて本を開いた。もちろん禁書ではない普通の本だ。いつも二、三冊は軽い本を持ち歩いている。これも僕がガリ勉だって揶揄《からか》われる原因だろう。

「……まあ、なんだ。ウシガエルには変えないにしても、お前にはあのアスター辺境伯の後ろ盾がついてるんだから思いっきりやればいい」

聞こえてきた言葉に、本から顔を上げた。

サングラスのせいで彼の表情は窺《うかが》えない。

「手紙を読ませたろ。あれからも毎週鼻息の荒い手紙がくるんだ。鬱陶《うっとう》しいったらない。お前の悪評なんかが広がっていたら、猛然と突っ込んで行くに違いないぞ」

「……それは、頼もしいね」

この国の英雄で陛下の親友である辺境伯に猛然と突っ込んでこられて、無傷でいられる貴族がこの国に一体何人いるだろうか。そして、そんな人物を騙《だま》している僕って……。頼もしいような空恐ろしいような気持ちに苦笑いしながら、手元の本に視線を落とすとまた声がかかる。

「あ、そうだ。裏街にいい酒を出す飲み屋があるんだけど、お前も行くか？」

勿論、引率のジーンと一緒にってことだろう。

「……やめとく」

「なんで？」

残念そうな声音に本から視線を上げた。

「……アルコール弱いんだよ僕」

「こんなに可愛い恋人の誘いを断るのか？」

「ん？」

なんだって？

彼の方を見ると、サングラスを鼻にちょいと下げてキメ顔でこちらを見つめていた。なんかはじまったな。

「こんなにセクシーな」

「……プ、んふふ、待って。君、自分のことセクシーだと思ってるの？」

「は？　セクシーだろ。見ろよこの顔」

近づいてきた顔をムギュ、と手のひらで潰して遠ざける。

「オーケー。そうだね。一生黙って座っていられるなら認めるよ」

そう言えば、ほっぺたが潰れてかわいそうな顔のまま「エルマー……」とふざけて切なげな声を出すんだからおかしいったらない。

「その声やめて」

いつのまに、こんなふざけた一面を見せてくれるようになったんだろう。

最近の僕の目に映るジーンはもう、キレると手のつけられない恐ろしい問題児じゃなくて、ただのふざけた男子生徒だった。伯爵家の次男坊の頭上ぎりぎりを馬で飛び越えて高笑いしたり、裏街の常連になっちゃうくらいにはヤンチャな男子生徒。

この気取らない彼の態度が、平民の僕には心地よいのかもしれない。この短い間にすっかりと心を許している自分に気がついて、そんなことを思う。それとも案外、相性がよかったのかな、僕たち。

「……何か、特別な時なら付き合うよ」

「ヨッシャ」

やってやったぜ。そんな風に笑って、またサングラスを掛け直しドサリと横になる隣の悪友を、しょうがない奴《やつ》と笑いながら横目で見た。

彼の誘惑を断れないのは相変わらずだ。なんだかいいようにされてばかりだし、自分が少し悪い子になったような気がする。だけど無理していい子を気取っていた昔より、今の方が随分と楽しいのは確かなのだ。

「サングラスの形に日焼けしても知らないよ」

「防御魔法張って」

多分こういうくだらない生活のことを、父さんは〝楽しい学生生活〟だと言っていたんじゃないかなあと最近は思う。

17. 友人との距離

季節は十二月。スッカリ冬である。

辺りはもう雪に包まれていた。石の城である灰色の学舎《まなびや》やそれを取り囲む針葉樹がほんのりとした粉雪にデコレーションされていく様は四年生になった今でもほれぼれするものがある。

もうすぐ、一学期も終わる。十二月後半から一月初めまではウインターホリデー。つまりは冬休みだ。実家が遠い生徒たちもこの休みに限っては各々の家に帰っていく。よって、寮は必ずすっからかんになる。

「君は、領地に戻るの？」

「まさか」

サクサクと、白い芝を踏みつけながら話を振ると間髪《かんはつ》容《い》れずそんな返事が返ってきた。

今日は随分冷えるのに、彼はマフラーも耳当てもつけず、アウターを一枚羽織っただけの姿だった。ポケットに手を突っ込んで歩く隣の恋人さんにチラリと視線を向ける。

いくら「マフラーか耳当てをつけなよ」と言っても「俺たちは寒さに強いから」と言って聞かないのだ。

服装をあれこれ言われるのがいやらしい。ジーンはファッションにこだわりがあるみたいだし、実際に僕ほど寒そうじゃない。

チラリと彼の羽織っているアウターを見た。今期流行《はや》りの形。ブラックのオーバーシルエットが彼のスラリとした長身によく似合っている。

きっと、着膨れするのがカッコ悪いから、着込まないんだ。たしかにシャープな彼がもこもこふわふわしていたらちょっとおかしいものな。……いいや、少しは角がとれていいんじゃないか。人間少しは可愛げも必要だ。

彼の高い鼻の頭が赤くなっているのを見て、マフラーの中で口を緩めた。

「屋敷まで帰るのに片道一週間だぞ。数日屋敷で休むために二週間馬車に揺られるなんてバカらしいだろ」

「……それもそうだ」

アスター辺境伯の領地は北の端。ここよりもずっと寒いところにある。雪深い今の時期に帰るとなると、いくら馬を急《せ》かしても、普段の倍近く……二週間はかかるだろう。

二週間も超特急の馬車に揺られたら、そのあと一週間はまともに立てなくなること間違いなしだ。僕でも絶対帰らない。

「じゃあ、僕も残ろうかな」

そう呟いた僕にジーンが立ち止まったのに気づかず、数歩置いてけぼりにしてしまったあと後ろを振り返った。

「……なに、嫌だった？」

「いや……」

その「いや」はどっちのいや？　眉を顰《ひそ》める。

嫌じゃないよの「いや」？　それとも残られると嫌だの「いや」？

「お前、お兄さんに会うの楽しみにしてたんじゃないのか」

「うーん、まあ、そうだけど」

「……ここは雪しかないぞ。死ぬほど暇だ」

……その暇な学院の冬を君は三年も一人で過ごしてきたんだろ？

「そう？　人のいない学校ってなんだか特別でワクワクするよ。本がたくさんあるし。あ、ほら。第一図書館も独り占めできる！」

「……わあ、図書館を独り占めで勉強尽くしのウインターホリデーなんてすごく刺激的だ。ゾクゾクするね」

「……またすぐそうやって意地の悪いことを」

ジトと睨《にら》むと白々しい顔で肩をすくめられる。

「最終学年だしさ。休みの間勉強に集中したら最終順位をもう少し上げられるかと思ったんだよ」

そう言う言葉にジーンがさっさと隣に並んだ。せっかちな僕は歩くのが早い。きっと友達がいたら、その子を置き去りにしていたことだろう。いなくて正解だった。

だけど足の長い彼はチンタラ歩いて悠々と僕の隣に並ぶ。何なら彼はわざとゆっくり歩いてくれているくらい。僕の五歩が彼の二歩半って感じだ。……いや、それじゃあ僕が短足みたいじゃないか。

さすがに言い過ぎた。今のは撤回だ。

……言っておくけど、僕の脚は断じて短くない。短くないよね？　ただ、彼より少々背が低いだけで。

内心でブツブツ呟きながら、足の長さを見せつけるみたいに大股《おおまた》で歩く彼を見上げる。百九十センチ弱。……いや、もう少しあるだろうか。

比較対象が僕じゃ小さすぎて話にならない。……いやいや、僕は言っとくけどそんなに小さいわけじゃ。

「何だよ。あの男にリベンジする気になったのか？」

僕が必死になって思春期の繊細な心をこねくり回していると、上から声が降ってきて、ハッと正気に戻った。

そう。上から降ってくる声。それも随分上から。……この話はもうやめにするべきだな。

「リベンジとかそういうわけじゃないけど。せっかく苦労して監督生で居続けたわけだから。卒業するまでにドベの十位を抜け出したいなって」

「ふうん。ま、なんでもいいけど。どうせなら一位目指せよ」

「まさか」

ジーンの帰郷の件に次いで、今度は僕がそう言う番だった。

「無理だよ」

「なんで。上位の点差なんて僅差《きんさ》だろ」

「そうだけど。その数点が縮まらないんだよ」

他の順位はしょっちゅう変わっているけど、アビゲイルの一位は不動のものだ。まさにラムサスの絶対王者である。だからこそ、彼や取り巻き連中のあの横暴な態度が許されているのだ。

「実技がボロボロなんだ」

実技試験。鷹《たか》みたいに鋭い目を光らせる教授たち数名に監視されながら課題の魔法を完璧《かんぺき》に披露して見せなくちゃならない、僕にとって最悪の試験である。

僕はいつもこれのため、寝る間を惜しんで練習をする。そして十回のうち八回は成功できるってくらいになんとか仕上げても、あがり症のせいでいつもトチって大失敗するのだ。

「……実技を毎回失敗して十位？　おい、それってお前、筆記はほぼ満点ってことか？」

信じられないと言うようなジーンの声に唇が笑う。得意になればいいのか、落ち込めばいいのかわからない。だって魔法の下手《へた》くそな魔法使いなんて何の役にも立たないじゃないか。

「ほぼ、っていうか基本満点だ」

「……お前。……いや、わかった、納得。それであの狂気の沙汰《さた》ができたわけだ」

変態と天才の隙間を覗《のぞ》くみたいに目を細めてジーンが言った。

……〝狂気の沙汰〟とは、ジーンとの勉強の時にたびたび登場する、僕お手製の分厚いノートのことだ。ジーンが勝手にそう呼びはじめたのをきっかけに今では合言葉みたいになってしまっているけど、狂気にかられた覚えは特にない。

でもまあ、確かにちょっと見ないくらいに分厚いノートであることは確かだ。控えめに言っても敷石くらいの厚みがある。頭上から軽く落とせば大の大人を瞬殺できるに違いない重量もある。もちろん、試したことはないけど。

肝心のノートの内容は、過去三年間、全学年のテスト範囲の出題傾向。

それから、普通のノートのように特に覚えておくべき重要な範囲。

あとは、毎学期ヤマを張って作っているテスト問題の予想。さらにはその的中率と添削まで。

さらに、教授ごとに好む解答の傾向。

ブラッシュアップにブラッシュアップを重ね、精度は年々上昇中である。我の強い……個性的な教授陣はテストの出題傾向にかなり特徴があるのだ。彼らを理解すれば理解するほどこちらに有利に働くのである。

つまり、一冊丸暗記すればラムサスのテストを攻略できる虎の巻。バイブル。経典。それこそ狂気の沙汰。何とでも呼べばいい。

ただこれだけ完成度が上がってしまうと、卒業後の扱いに迷うところだ。貴族どもに高値で売りつけてやってもいいけれど、あいつらにあげてしまうのはなんだか勿体《もったい》ない気もする。

「安心しろ。お前はお前が思ってるよりずっと賢いしイカれてるよ」

「……褒めるか貶《けな》すかどっちかにしてほしいなあ」

「おめでとう。お前は恐るべき変態賢者だ。エルマー・グラント」

「……」

大袈裟《おおげさ》な身振りで声高らかにそんなことを言うジーンのお尻《しり》を無言で蹴《け》った。

「痛ァッ」

「バカ」

脂肪の少ない小さな尻を僕のブーツに蹴られて、飛び上がる。おバカな姿を見ていたら少し胸がすいたので僕は話を続けた。

「話を戻すけど。そういうわけだから僕に一位は無理だ。得意な筆記はこれ以上上げようがないし。……アビゲイルは天才だけど、僕はそうじゃない」

そう言うと、また隣の足音が止まるのがわかった。

振り返れば怪訝《けげん》そうな顔で首を傾《かし》げたジーンが僕を観察するように眺めている。奇妙な生き物の生態を暴こうとしているみたいな顔だ。

「……お前、商人は向いてないんじゃないか？」

「なんだって？」

あんまりな言葉についポカンとした。僕が、商人に向いてない？　そんなはずがない。そりゃ、口が回るほうじゃないし、兄さんみたいな華やかな容姿もしてないから、お客に商品を売るのには向いていないかもしれないけど。

父さんたちの仕事をたくさん手伝っているし、宝石の鑑定だってできる。洋服の流行だって勉強している。ハーブの種類も、今流行りのソールの形も、帽子のスタイルも、自分じゃ絶対に穿《は》かないスカートの形だってバッチリ把握してる。

「そもそも目利きもできない奴に、商人は無理だろ」

「はあ????」

なに？　なんだ？

突然、喧嘩《けんか》を売られる理由が分からなくて腹が立つ前に啞然《あぜん》としてしまった。だけどジーンがスタスタ歩き出したので、その後を慌てて追いかけた。

僕、彼を怒らせるようなこと、何かした？

「それで、残るのか？」

「え、あ、分からない」

そして次の瞬間には何食わない顔でいつもの彼に戻っているのだ。全くもってついていけない。僕はせめて彼の言葉で動揺していることを気づかれないよう、同じようになんてことない顔をして見せた。本当は彼が何を考えていたのか気になって仕方がないけれど、ちっぽけな意地を張ったのだ。

「ふうん、まあ、こんなとこに残るより、王都に戻った方が確実に楽しいぜ」

彼の気持ちが分からなくて眉《まゆ》を寄せる。さっきまで仲よくしていたのに、突然突き放されたような気分だ。

「そっか」

初めてできた友達に舞い上がって、まるで親しくなったような気になっているのは僕だけなんだろうか。恋人だってことになってるから、親しげに振る舞ってるだけ？　本当はその辺の生徒と変わらないって思ってる？

彼は案外懐の広い人なので、勉強に付き合ったり雑談に乗ったりしてくれているのも、ただの社交辞令なのかもしれない。一緒にいる時は雰囲気がいい方が楽だろ。そんな世慣れた考え方を彼ならする気がする。僕はすっかり彼と友達になったつもりでいたのに。

……ああ、また僕のウジウジが始まった。

ジーンと一緒にいるようになって、なんだか少し明るくなった気がしていた自分の根暗な部分にウンザリため息をついた。人間の根っこのところって一生変わらないのかもしれない。

「エルマー、そら、楽しいパーティーだぞ」

大きな扉に手をかけたジーンが僕を振り返ってそう言う。

いつもの調子が戻った悪戯《いたずら》な顔に、ふと呆《あき》れ笑いを溢《こぼ》した。最近の僕を一喜一憂させるのはいつだって彼だ。

「……楽しい、といいけど」

「楽しいさ」

マホガニーの扉がギイイと開く。中からオレンジ色の眩《まぶ》しい光が漏れる。僕は差し出された腕に手を載せて、明るいパーティー会場……またの名を貴族たちの戦場へと踏み出した。

18．嫌がらせ

大ホールは、着飾った生徒たちでいっぱいだった。みんな思い思いのお洒落《しゃれ》をしている。お洒落って言ったってスーツやタキシードでビシッとキメるようなやつじゃなくて、セーターやベストを着るようなもうちょっとカジュアルなものだ。気が楽で助かる。

僕たちは人熱《ひといきれ》でムッとした空気の中に足を踏み入れた。その瞬間、キラキラしいシャンデリアの灯《あか》りが目の中で瞬いて、頭上を見上げた。マルーン色の天幕が天井に張り巡らされている。

絨毯《じゆうたん》は、踏むのを一瞬躊躇《ためら》うようなものだった。

クリスマスローズが飾られたテーブルにはチーズプラトーやレーズン、カナッペに七面鳥なんかが盛り付けられて、燭台《しよくだい》の光でテラテラ光っている。

パーティーは嫌いだ。正直碌《ろく》な思い出がない。人に注目されるのは落ち着かないし、みんなに見定められているような、鑑定台の上に載せられた石ころみたいな気分になる。

それならどうしてここに来たかって。今日が学期末のパーティーの日だからだ。本当は気が進まないが、お世話になった教授に挨拶《あいさつ》くらいはしておきたい。そう言った僕に、ジーンが付き合ってくれたのである。

「コートを」

近づいてきたクローク係にコートを預けた。

コートの下は、シンプルなベージュのセーターにホワイトのシャツ、ブラウンのボトムス。我ながらなんとも当たり障りのないファッション、まるで三児の父親だ。

「お前って、暖色好きなの？」

言いたいことは分かる。似合ってないって言いたいんだろう。ニッコリ口を吊り上《つ》げて笑《あ》った。

「優しそうに見えるだろ？」

愛想のない顔がコンプレックスなんだ。

「……マア、三児の父親って感じ」

その言葉に怒るでもなく頷《うなず》く僕をジーンが怪訝そうに見る。彼の方はいつも通り、ばっちりキマっていた。キマっているって言うか、スタイルがいいからなんでも似合うのだ。

体に沿うようなシンプルなブラックのセーターにダークグレーの細身のスラックス。キラリと耳元で小さなピアスが光っている。

一見地味だけど、真っ赤な髪によく映えて、まるで一流ブティックのマネキンが歩き出したみたいだった。

視線が集まる。そりゃそうだ。嫉妬《しっと》にしろ、憧《あこが》れにしろ、対抗心にしろ、こんなかっこいい男がいたら視線は集まるものだ。

彼の生まれにあれこれ言う人はいても、彼の容姿にあれこれ言う人はいない。

「……」

ジーンは、なんだかんだ優秀な男だと思う。怠け者に見えるけど、魔法社会学はとびきり得意だ。あと、手に肉刺《まめ》ができるくらいに剣の練習をしている。とびきり強い。もちろんかっこいい。お洒落だし、センスもいい。勉強も頑張ってるから、次のテストじゃ彼をバカにしている皆は成績までジーンに抜かされて、勝てるところなんてなくなるに違いない。

そんなことを考えていると、ドン、と肩をぶつけられてたたらを踏んだ。

ぶつかってきた生徒にハッと顔を向けると、彼は僕の方じゃなくてジーンを見ていた。

ポーッと惚《ほう》けたような顔。

なるほど、僕が嫌いでぶつかってきたわけじゃないらしい。それどころか、僕なんか眼中にないって感じだ。まあ、美しい男の隣に並んだちんちくりんなんて、誰も目に留めやしないだろう。

肩をぶつけられた拍子に人波に攫《さら》われそうになる僕を見かねたのか、「ほら」と、彼の腕が僕を引き寄せた。

「猫背だから踏ん張りが利かねえんだろ」

「わっ」

抱くようにして支えられていた肩がグッと後ろに引かれて、胸が反る。

「肩をすくめるな」

「いっ」

次は上がっていた肩をグッと引き下げられる。首がまっすぐ伸びる。

「鳩尾《みぞおち》に力。顎《あご》はほどよく引け。お前は引きすぎ」

コンと後ろ頭を小突かれて、「アイタッ！」と言われた通りに顎が上がった。

「ヨシ、だいぶマシになった」

「ほんと？」

「ああ、死にかけの爺《じい》さんから小綺麗《こぎれい》な爺さんくらいにはなったぞ。大躍進だ」

「……」

ケラケラと笑う彼をギロリと睨《にら》む。

グレーの髪をそうやって揶揄《からか》われるのも、彼相手ならそんなに嫌な気がしないんだからおかしい。

腰には相変わらず、彼の熱い手が回っている。彼と一緒に歩くと、人混みの中もなぜか歩きやすかった。さっきまでの嫌な緊張が薄れていく。

教授陣への挨拶は、ジーンの助けもあっておおむねうまく行った。教授たちは皆、僕の隣に立っているジーンを見ると、首輪をつけられた猛獣でも見たみたいに目を見開いていたけれど。

ただ流石のトルーマン教授は、何食わぬ顔でパウンドケーキを食べながら「いい本はあったか」と店のことについて尋ねてきたし、シャノン教授は「あらあら、まあまあ。仲よくやってるのね」と僕の手をとって安堵《あんど》のため息をついていた。トッド教授は……僕たちを見るなりそっぽを向いてしまったので、ちょっと分からない。

「そろそろ帰る？」

「ん、なんか美味《うま》い飯ない？」

終わりの時間が近づいて、教授たちが姿を消して。ハメを外しはじめた生徒たちがオリーブでピンポンを始めたり、瓶を床で転がしてゲームを始めるのを尻目《しりめ》に、二人で帰り支度をした。

一人じゃないパーティーはそれなりに楽しかった。付き合ってくれたジーンに感謝しなくては。

そんなことを考えながらコートを着て、夜は穏やかに終わるはずだった。

——彼が声をかけてくるまでは。

「やあ、グラント」

……ああ。

振り返れば、柔らかく微笑《ほほえ》むアビゲイルの姿があって、僕は途端に頭を抱えてしゃがみ込みたいような気分になった。ちなみにあの裏街の一件以降、しばらく行方不明になっていたショーンは依然入院中で彼の隣にはいない。いつ学院に戻ってこられるようになるのかはまだ分からないらしい。僕が卒業するまでは帰ってこないでくれたらなと思う。

「随分と楽しそうだ」

そう言うアビゲイルは、何のつもりかニコニコ笑っていた。クラシックなオフホワイトのニットとシンプルなスラックスを合わせた上品なコーディネートが、ブロンドの彼にとてつもなくよく似合っていた。優雅なスイセンの香りもピッタリで、まるでどこかの国の王子様みたいだ。

アビゲイルの笑顔に、乾いた笑いを返す。ああ、何もかもが台無しになる気がするぞ。今度はなにをしてくる気だろう。

そんな予感に身を震わせていると、後ろのジーンが小さくぼやく声がした。

「……こんな時までわざわざ声をかけてきて。ご苦労様だこと」

何故《なぜ》だろう。そのセリフを聞いた瞬間、ふ、と気が抜けた。

——ああ、本当に。こんな日まで絡んできて。ご苦労なことである。

「彼とは仲よくやってるみたいで。驚いたよ。まさか君たちが付き合い始めるなんて」

アビゲイルが真意の読めない完璧《かんぺき》な笑顔を浮かべたまま、そう言った。

「ドーモ、おかげさまで」

今のはシュリンプをヒョイと口に入れたジーンが答えた声だ。もぐもぐと咀嚼《そしゃく》する形のよい唇の端からタバコみたいに尻尾《しっぽ》が出ている。

アビゲイルは、自分たちを少しも気に留めないジーンの様子に一瞬不快そうに顔を歪《ゆが》めた。

だがすぐに持ち直して、「ん?」とわざとらしく眉を上げ、僕たちへの嫌みを再開した。

「『おかげさまで?』……なんだ、君、知ってるのか」

当てが外れたと言うようなその様子に、彼が話しかけてきた意図を察して眉を顰《ひそ》める。ああ、なるほど。

つまり彼は、僕がジーンに告白したのは罰ゲームだったってことをこの場でバラそうとしたわけだ。

交際の噂《うわさ》が学院中に広まって、僕とジーンが仲よくなった今、実は皆僕に騙《だま》されてたんだよ、酷《ひど》い奴《やつ》だよなコイツ、なんて言って、僕をひとりぼっちにしようとしたのだろう。それはもう楽しい見せものになったに違いない。彼にとっては。

後ろで同じことを考えたらしい、「根性ひねくれ曲がってんな」と呟《つぶや》くジーンに、全力で頷いてやりたかった。もはや恐ろしいほどの執着である。一体彼みたいな人がなんだってここまで僕に構うんだろう。

「……じゃあ、もう話は終わりでいい？」

僕の弱気な声が響いた。これ以上、彼のお遊びに付き合う気はない。

彼の機嫌を伺って、彼の言葉にいちいち傷ついて。そんなことはもうやめたんだ。

すぐ隣にいるジーンの腕をそっと取った。アビゲイルの目が不穏に光ったのを見て、やっぱり一刻も早くこの場から退場しようと決める。ジーンはアビゲイルが嫌いだから、喧嘩《けんか》を売られたら迷いもせずに買うだろう。「お前から殴ったんだから正当防衛だよな」なんて言って、それはもういい笑顔で、彼をボコボコにしてもおかしくない。

「……つれないな。早く寮に帰って恋人と楽しみたいって？」

何が気に障ったのか、アビゲイルの声に確かに怒りが混ざったのに気づいてギクリと動きを止めた。

「隣にデカい男を侍《はべ》らせて、偉くなったつもりか？　エルマー・グラント」

「……君が怒っている意味が分からないよ」

「怒っている意味だって？　本当に、愚鈍な奴だな。トロールだってもう少し頭が回るぞ」

「……」

黙った僕に、フンとアビゲイルが残酷に顔を歪めた。

「お前みたいな奴が、いつまでも監督生なんてやってるのがどれだけ迷惑か、僕たちはずっと教えてやってるんだよ。何年も、何年もかけてな。分かるだろ？　この学校のみんな、お前が嫌いだ。魔法もロクに使えないくせして、監督生だなんて。面の皮が厚いにもほどがある。さすが商人の子だよ」

19. 変化の夜

いつのまにか、広間の視線が僕たちに集まっていた。

一部のグループからクスクス笑う声が聞こえてくる。

だけど誰もアビゲイルの暴走を止めようとしないのだ。

揉《も》め事《ごと》を楽しむ視線と冷笑的な視線に、なるほど確かに僕は嫌われ者なんだろうなと思う。そして、それは仕方のないことだなとも思った。だっていつも弱気でビクビクしている地味な平民が、どんなに嫌がらせをされても、陰口を叩《たた》かれても、貴重な監督生の立場だけは握りしめて決して離さなかったら腹が立つだろう。

僕からすれば応援してくれている家族に報いたい一心の行動なのだけど、そんなことを彼らに理解してもらえるとも思えないし。彼らだってきっと平民に負けるなんてと親からせっつかれているに違いないのだ。そりゃあ、嫌われもする。

「……もう、終わり？　帰ってもいいかな」

別に、今更こんなことで傷ついたりしない。

散々言われてきたことだ。

グッと引き絞るみたいに狭くなった喉《のど》から、なるべく穏やかな声を出して、今度こそジーンの腕を引いた。その時にずっと彼の腕をまるで縋《すが》るみたいに握りっぱなしだったことに気がついた。鬱陶《うっとう》しかったろうに、振り払わずにいてくれた彼に内心で感謝する。

こんな時、隣に立っていてくれる存在がいることがどんなに心強いか。僕は彼に借りを作ってばかりだ。彼と〝別れる〟頃には、宮殿でも買ってお礼に送らなくちゃならないくらい借りが溜《た》まっていたらどうしよう。

「ごめん、待たせた。行こ、ジーン」

今度こそ、呼び止められないように顔を背けて、出口に向かって歩き出す。

「……っ。……この〝尻軽《しりがる》〟、僕は話が終わったなんてまだ一度も……」

ジーンを引っ張っているのと反対の腕を、何かが掠《かす》った。アビゲイルの声が、不自然に止まった違和感に振り返る。「あっ」と思わず声が出た。ジーンが僕に摑《つか》まれてない方の手で、アビゲイルの胸ぐらを摑み上げていたからだ。

「触るなよ、その悪臭が移る」

ジーンが吐き捨てるように言った。

アビゲイルの腕が不自然にこちらに伸びているのに気づく。僕の腕を引っ張ろうとしたアビゲイルを止めてくれたんだ。

ジーンの顔が、不快でたまらないと言うふうに歪んでいた。

これだけ分かりやすく怒る彼を見るのは、二年生の時のあの事件以来だった。

彼は噂で聞くような直情的な人間なんかじゃないことを僕はもう知っている。学校で彼がいくらか不真面目《ふまじめ》に振る舞って見せる理由も。

本当は僕や、それこそアビゲイルみたいな貴族連中よりよっぽど冷静な人だ。滅多に怒らないし、怒る時にはちゃんとした理由や意志を持って怒っている。二年前だって、彼が怒ったのは自分のためじゃない。アスター辺境伯を馬鹿にされた時だけだった。

じゃあ、今彼は誰のために怒ってるのかって、流石《さすが》にそれが分からないほど僕も鈍くはない。

「……悪臭だと？」

ジーンの悪態に、アビゲイルの顔が引《ひ》き攣《つ》っていた。

自分の胸ぐらを掴むジーンの手首を、上から握《にぎ》り潰《つぶ》さんと掴み返しているのが見える。

今日のアビゲイルは、なんだか様子がおかしい。外面を取り繕うのを忘れているように見える。今日だけじゃない。ここ最近、あの馬小屋にわざわざ僕を追いかけてきた時から、彼はなんだか少しおかしい。

「……ジーン、いいよ、行こう」

僕のそんな声が広いパーティー会場でやけに響いた。

さっきまで、突然始まった愉快な見せ物を楽しがっていた野次馬たちがピタ、と静かになっていたせいだ。

喧騒《けんそう》がすっかり止《や》んでいた。

広い会場中が、息を潜めるようにして一触即発の二人を窺《うかが》っているのだ。

無理もない。首席のアビゲイルと、あのジーン・アスターの喧嘩である。杖《つえ》が出てきたりしたらまず一目散に逃げなくちゃならない。だけど今すぐ逃げるのは貴族としてあまりに面目が立たない。可哀相《かわいそう》に、まるで猛獣たちの喧嘩に巻き込まれた哀れな草食動物たちのようである。

もちろん僕もその一人。なんなら一番無力なのに、一番渦中に近いところにいる。渦中っていうか、僕自身が火種だ。ああ、どうしよう。

この二人が魔法の撃ち合いなんか始めて、止められる自信がまるでない。

ジーンの腕を引っ張る。

気持ちはすごく嬉《うれ》しい。僕のことでこんなに怒ってくれるくらいには、仲よくなってたんだなって。でも、いつも言われ慣れてることだ。そんなに怒る必要なんかないんだよ。

結局、一つも遠慮なしにグイグイ腕を引っ張ったけど、ジーンの腕は微動だにしなかった。

こんなところで彼の身体能力の高さを実感する。

ああ、殴り合いになったらアビゲイルは殺されるぞ。だけど、彼は優秀な魔法使いで。いや、ジーンだってあのアスター辺境伯の息子《むすこ》だ。実践魔法なら。

いやいや、だから、揉め事は避けたいんだって。

「僕が、臭いだって？　オイ、冗談だろ？　君こそこの臭い腕を離せよ、〝獣臭い〟のが移る」

まるで仇《かたき》か何かでも見るみたいに残酷に顔を歪めてアビゲイルが吐き捨てる。その言葉に、混乱やら焦燥やらでぐちゃぐちゃになっていた思考がピタリと固まった。

……なあ、今彼は、なんて言ったんだ？

「お似合いだよ、お前たち。ガメツイ商人の息子と獣まじり」

冷水を引っ掛けられたみたいだった。

それまで慣れないパーティーの熱気で熱《のぼせ》ていた体が急激に冷えていく。

なんとか冷静になろうと思って、ジーンの顔を窺《うかが》う。彼に対して投げられた、品位にかける最悪な言葉に怒る様子はない。スンと澄ました、いつものジーンの顔に戻っている。

「知ってるか？　隣の国じゃ獣人は高値で取引されるんだってさ。変態が欲しがるんだと……、ッ」

次の瞬間、広間のどこかから「ヒ」と息を飲むような声が聞こえた。

アビゲイルの勝ち誇ったような生意気な顔が、真っ赤に濡《ぬ》れている。ポタポタと、彼の髪や顔から赤い液体が滴り落ちる。

ふと、自分の手の中を見た。すぐ近くのテーブルにあったワイングラスが握りしめられている。

「……」

――ああ、そうか、僕が彼にワインを引っ掛けたんだ。

そう気づいたあとに思ったことは『なんてことを』だとか『どうやって謝ろう』とかじゃなくて、ああ、手元にあったのがナイフやフォークじゃなくてよかったな、ということだった。アビゲイルのせいで牢獄《ろうごく》に行くなんてごめんだから。

「なにを……」

顔からオフホワイトのニットにボタボタと大きなシミを作って立ち尽くす姿のなんと情けないことか。気取り屋のアビゲイルがする呆気《あっけ》に取られた表情に、喉から笑いが溢《あふ》れるのが分かった。

「ああ、ごめん。わざとだ」

「わざ、と……」

「ア、アビゲイル……！」

アビゲイルのすぐ後ろに控えていた取り巻きが、呆然《ぼうぜん》としているアビゲイル自身より先に我に返った。大した忠誠心だ。ポケットから取り出した真っ赤なハンカチーフを立ち尽くしたままのアビゲイルに差し出す。

僕は彼がハンカチを受け取る前にそれを手に取って、ワインで濡れた自分の右手を淡々と拭《ふ》いた。たまらなく腹が立っている。酷く残酷な気持ちだった。

このバカな男が、あと一度でも下劣なことを口にしたら、どうしてくれよう。

「……アビゲイル。君って、見た目ばかり綺麗《きれい》なのに、中身はどぶ川みたいに醜いね。どうしてそんな風になっちゃったんだ？　いっそ哀れになるよ」

思っていたよりずっと冷静な声が出た。

ヒンヤリとした体から出た声だ。

目の前のアビゲイルの顔が屈辱に赤くなっていくのが分かった。

こうしてみると、美人も形なしだ。ああ、やっぱりどんなに骨と皮の形が綺麗でも中身が汚いと皆ブスになるんだな。

「……こ、このッ」

僕の右手で響いたガラスの割れる音に「ヒイ！」と悲鳴が上がった。こんなことで怖がるなんて、やっぱりお坊ちゃん連中だ。なんて、どこかに残った冷静なところで思う。

「ねえ、言葉に気をつけてくれよ。これ以上、僕の恋人を貶《けな》すようなことを言って僕を怒らせないでくれ」

ただ、割れたグラスを見せてそう唸《うな》るだけで、猛然と歩き出そうとしていたアビゲイルの動きがピタリと止まった。

ああ、なんだ。

こんなことでよかったのか。

シンと冷えた頭の中でそう思った。

平民の友達にこんな真似《まね》をしようものなら「テメェ舐《な》めてんじゃねえぞ」と摑み掛かられて、今ごろ取っ組み合いの大喧嘩《おおげんか》になっている。お互いタダじゃ済まない。

なのに、見てみたらいい。

今まで威張り散らしていた貴族たちが、僕のほんのちょっとの脅しに戦慄《おのの》いている。

お坊ちゃんたちは、こんな粗暴なことをされたのは初めてなのだ。

なんだか、ガックリくるような気持ちになった。

こんな奴《やつ》らの言いなりに僕はなっていたのか。

釣り合わないとか釣り合うとか、目立つとか目立たないとか、人目を気にして縮こまっていた自分がバカみたいだった。

こんな奴らの視線を、どうして気にしていたんだろう。

「……バカみたい。こんな奴らに構って何年も無駄にした」

「ギャア！」

後ろでコッソリ杖を取り出そうとしていた取り巻きの足元に手の中に残っていた割れたグラスをポイと放り投げてやった。それだけで飛び上がって不細工な悲鳴を出して、取り巻きたちがザッと慌ててアビゲイルの周りから離れていった。

ああ、結局人の悪口を言い合ってできた友情なんてそんなものだよ。

普段は、アビゲイルを囃《はや》し立てる外野もグッと口をつぐんだまま。哀れな男だと思う。

「……ジーン、行こう」

三度目の正直。一番小さな声だった。

目を丸くしたまま僕を見ていたジーンが、ゴミでも捨てるみたいにアビゲイルの胸ぐらからパッと手を離した。

「……少しワインが飛んでる。ごめんね」

「いや、」

いつもより目を大きくしたまま、ジーンが首を振った。

広間中の視線が突き刺さっていたけれど、その時の僕には一切気にならなかった。

背伸びをして、ジーンの頬にほんの少し飛んだワインを袖《そで》で拭《ぬぐ》う。

「おい、お前の服が汚れる」

「いいんだ。元からこの服、気に入ってないから」

僕、暖色ってちっとも似合わないし。

そう言うと、パチパチと目の前の瞳《ひとみ》がまたたく。その子供じみた仕草が妙に可愛くて、ふと顔が綻《ほころ》んだ。

歩き始めると、生徒たちが後退《あとずさ》りするみたいに道を開けた。

途中のテーブルの上にあったカクテルシュリンプの皿をヒョイと手に取る。

お行儀が悪い、なんていまさらだ。

ついさっきまで、ワイングラスを叩《たた》き割って、伯爵家の人間の喉元《のどもと》に突きつけようとしていたところなんだから。

どうせここにいる気取り屋たちは大して食事に手をつけないまま帰るんだし。

挨拶回《あいさつまわ》りをしてばかりで腹ぺこなのだ。もらって帰ろう。

「ねえ、ジーン」

僕の隣に並んだジーンを見上げる。

「ウインターホリデーさ、暇なら、僕の家においでよ」

「……は？」

「ここにいるよりよっぽど楽しいよ。王都をあちこち回れるし。それに、今日こんなことをしちゃったから、今まで受けていた嫌がらせごと、いい加減父さんたちに報告しなくちゃならない。その時、隣に居てほしいんだ」

「……」

彼をジッと見上げて言う僕の言葉にジーンがコクリと頷《うなず》いてくれる。

「ありがとう」

アビゲイルたちも、アスター辺境伯の長男相手に言ったとんでもないセリフを公にしたくはないだろうから、騒ぎはそこまで広がらないだろうけど。僕が貴族相手に喧嘩《けんか》を売ってしまったことは事実だ。父さんたちに説明して、対策を考えなくちゃならない。

だけどこんなところにジーンを置いてなんていけない。

そう思ってした提案だった。

「……ねえ、ジーン」

パーティー会場の扉を開ける寸前、後ろを振り返った。

「僕、やりすぎだった？」

少しも後悔していないけど、色々やらかした自覚はある。ちょっと貴族相手にしては乱暴だったし。

彼は僕が嫌いになっただろうか。

そう聞いた言葉に、ジーンが神妙な顔で首を振った。

「……いいや。とびきり控えめだった」

真面目《まじめ》な表情を作って僕を見つめたまま、シャンパンボトルを鷲摑《わしづか》む彼にプッと吹き出す。

「……なあ、おふざけなしで。最高にイケてたよ、お前。それでこそ俺の惚《ほ》れた男だ」

そんなことを言う彼に扉を開けてやって、僕たちは雪で真っ白になった外へ出た。

今夜のうちにさっさと帰り支度をして、この場をとんずらしなくてはならない。

20. 帰郷

ウインターホリデーがやって来た。寮の廊下は、大きなトランクや生徒たちでごった返している。

久しぶりの帰省に喜ぶもの憂鬱《ゆううつ》になるもの。

そんな悲喜交々《こもごも》の声で、僕は目を覚ました。

「……飲みすぎたな」

ゆっくりと身を起こし、自分の体に残るシャンパンの香りに苦笑いする。

そもそもアルコールにはあまり強くない家系なのだ。父さんもお酒を飲むとすぐに真っ赤になってふにゃふにゃニコニコ、話が通じなくなってしまう酔い方をする。

――酔っ払った僕は、何か妙なことを言わなかっただろうか。

乱れたシーツの上にパタリと横たわったままの男へ視線を移した。

「……ふふ」

枕に薄い頬が潰《つぶ》されていて、つい笑いが溢《こぼ》れる。

昨夜パーティーに出た時の服装のままだ。眠りづらかったろうに。

スヤスヤと眠る顔は、普段の彼からは想像できないほどにあどけなかった。薄い唇が小さく開いて、スウスウと寝息をたてている。安心しきった寝顔だ。

その寝顔に二日酔いの気配はない。

……よかった、今日は王都まで馬車に揺られることになるし。

部屋に戻ってから、二人で酒盛りしながら乱雑にまとめたトランクが、部屋の隅でパタリと倒れていた。

昨夜はとても盛り上がったのだ。……一応言っておくが、断じていかがわしい意味でじゃない。友人として、秘密の共犯者として、あのアビゲイルたちに文字通り一泡吹かせた快感に、二人で大騒ぎしたのである。

「あのマヌケな顔！」

「オフホワイトのニットを着ていたのがまたよかった」

「普段チヤホヤされてる取り巻きにも見捨てられて」

「ああ、気分がいい」

「僕、人にワインかけるの趣味になりそう」

「アハハハハ」

二人してちょっとハイになっていた。

シャンパンの瓶はもう空っぽ。

お皿の上には、メロンの皮やらエビの尻尾《しっぽ》やらが残されている。

「……」

ところで僕のトランクの隣に並ぶ、見慣れない黒のトランクは誰のものだろうか。

ポリポリ頬を掻《か》きながら記憶を辿《たど》ると、誰もいない廊下をケラケラ笑う酔っ払い二人が縺《もつ》れあいながら走ったり転んだりする様子が蘇《よみがえ》ってきた。

彼の部屋に入って……服を彼の黒いトランクに片っ端から詰めて……「服なんかうちにいっぱいあるよ！　も〜手ぶらでいいよ！」「あ、そっか。グラント商会で買い物できるのアガるな。服じゃなくて金ありったけ詰め込んでいくか」とか、そんな話をした気がする。

「……」

僕はチラ、と黒いトランクに視線を送った。

金が、ありったけ詰め込まれてるんだろうか……。

いいや、だとしても、床に乱雑に転がされているトランクにまさか大金が詰め込まれているとは誰も思うまい。目を離したって盗まれやしないだろう。

そうと決まれば、迎えの時間までに身支度をして朝食を食べて。

「……いや。まだ、眠れるな」

パタリ。

隣から伝わってくる体温に負けて二度寝を決め込むと、ムニャムニャ言う男の腕がぎゅっと体に回った。

「ム……」

暖かい胸板にほっぺたを押し潰されながら目を閉じる。トクントクンと一定の音が聞こえる。

彼は体温が高いのだ。起きていた数分で冷えた体がじんわりと温まっていく。

……ああ、これは寝過ごすな。

眠りに落ちる直前の無責任な予感を感じながら、特に抵抗もせず僕は眠りに落ちた。


「だからなんで二度寝したんだよ」

「君が、僕をベッドに連れ込んだんだろ」

窓の外は、雪景色。

この調子じゃもうちょっと積もりそうだ。

「おい、待て。語弊があるぞ。絶対それご両親の前で言うなよ」

ガタガタ揺れる馬車の中で、未《いま》だに文句を垂れるジーンにやれやれとカーテンを閉めた。

起きてからずっとこの調子。

そう、遅刻したのだ。

御者を一時間も待たせた。もちろんこの寒空の下で一時間も待たせたわけじゃない。この学校には外部の人が入れるサロンがあるし、馬車を預かってくれる繋《つな》ぎ場《ば》もある。

それでも、申し訳ないことをした。

お酒の残った寝起きの頭じゃ正常な判断ができなかったのだ。大慌てで準備した。

トランクを持って、「やばい！」「うわもう最悪！」とか叫びながら部屋から転がり出てきた僕たちに、寮生はみんなギョッとしていた。

昨日あんな揉《も》め事《ごと》を起こした後である。僕とジーンは時の人だ。……いや、前から騒がれてたな。なんならお互いに入学してから、各々の理由でずっと騒がれ続けてるな。

「どうしようどうしよ、父さんが『野盗に襲われたんじゃないか！』とか言って警吏《けいり》に連絡しちゃうかも！」とか「最悪、クソ、ストレスやばい」とか、ワーワーギャーギャーと騒ぎながら廊下を早足で歩く僕たちに、寮生が壁に張り付くみたいにして道を開けていた。

途中「エ、お前たち昨日同じ部屋で寝てたの？」と言うような顔をしたクラスメイトを見かけたけど、今はそれどころじゃないのだ。また今度、クラーク。

「……平民の間でヒステリーが流行《はや》ってるって聞いた」

「……ウソ、じゃあ昨日のアレも病気のせいだったってこと？　ってかヒステリーって伝染すんの？」

なんて、失礼な囁《ささや》き声《ごえ》も確かに聞こえたけど、無視をした。

「うわ。俺、平民に近づかないでおこ」

ピタ、つい足が止まった。

……だめだ。我慢ができなかった。

「……知ってるか、ヒステリーっていうのは古い言葉で〝子宮〟という意味がある。かつてヒステリーが女性特有の病気だと思われていた時代のなごりで、差別的な表現だから今じゃほとんど使われていない。正式な病名が他にある」

僕の言葉に、シン、と廊下が静まり返った。

「……それからヒステリーは伝染しないし平民の間でも流行っていない。ラムサス生だと偉そうな顔をするなら、医学書や論文に目を通すくらいはしておいた方がいい」

振り返りもせず、魔法史の年表でも読み上げるみたいにツラツラ喋《しゃべ》った僕に、後ろの失礼な生徒たちが「……ご、ごめん」と小さな声で謝った。

……そんなに怯《おび》えるようなことはしていないと思うんだけど。

同じく立ち止まって、こちらの様子を見ていたジーンがニンマリ笑った。

「いーねえ」

「……仕方ないだろ」

街で伝染病が広がってるなんて噂《うわさ》が立ったら、他の平民の生徒たちの肩身が余計狭くなる。

いらないことに首を突っ込むのは僕の悪い癖なのだ。

もう直りそうにない。

それから、二人してハッと我にかえって大慌てで向かったサロン。御者の男はのほほんと珈琲《コーヒー》を飲みながら待っていた。

僕も知っている。三年前から長期休暇の時の送り迎えをしてくれている馴染《なじ》みの男だ。

「すまない！　待たせてしまった！」

けれど彼は怒るでもなく、僕の後ろにいるジーンを見て、嬉《うれ》しそうに顔を綻ばせた。

「いえいえ。構いませんよ、坊ちゃん。その方はご学友ですか？」

そういえば、僕が友人を連れて彼の前に現れるのはこれが初めてかもしれない。いつも時間より早くに現れて誰と別れを惜しむわけでもなくサッササと家に帰る僕を見ていた彼は、むしろ僕の遅刻を喜んでいる様子だった。

しかし、嬉しそうな顔をしてくれている彼にはひとつだけ、訂正しなくちゃならないことがある。

「……あ、いや、彼は」

「エルマーの恋人の、ジーン・アスターです。はじめまして」

――だ、誰だこいつ。

隣で目を細める美しい男を僕は二度見した。

いつも怠そうに丸めている背筋をピンッと伸ばして、胸に手を当てて微笑《ほほえ》む姿。端整な顔つきと優れた体軀《たいく》を持った彼がそんな風にすると、まるで名のある騎士のように見える。

凛々《りり》しい彼の様子にすっかり騙《だま》された御者の男が「おお」とこれまた嬉しそうに笑った。

「なんと、こりゃまた、素敵な方をお捕まえになられましたなあ。エルマー坊ちゃんにピッタリだ」

「……あ、あは」

「恐縮です」

おかしい。なにかがおかしい。

引《ひ》き攣《つ》った笑顔のまま、僕は馬車に乗り込んだ。

「……突然、家に押しかけるんだぞ」

そして馬車の中で、さっきのキラキラしい顔はどこに置いてきたんだと聞きたくなるくらいにムスッとした男が、唸《うな》るみたいな声でそう切り出したのだ。

その言葉にさっき見た妙な態度の理由が分かって目を見開く。

「……嘘《うそ》だろ、待ってくれ。まさか君、緊張してるの？」

友人……いや、一応恋人か。なんにせよ、恋人の家を訪ねるのに緊張するなんてかわいい一面が、彼に存在したのか。

驚き半分からかい半分、笑う僕をジトリとした目が睨《にら》んだ。

「……いいか、この時期に、なにも言わずに押しかけるんだぞ。辺境伯の子供が、このクソ忙しい時期の商人の家に。ノーアポで」

「わはは」

ジーンの方は何やら鬼気迫る様子だが、父と母をよく知っている僕からすると笑い話である。大丈夫、大丈夫。むしろ心配しなくちゃならないのはそっちじゃないかもしれない。

「挙句の果てには遅刻。一時間も……」

「マアマア。唯我独尊、自由奔放なのが君のよさだろ」

「誰が、なんだって？」

正直、恋人の実家を訪ねる彼の緊張や不安を侮っていた。完全に僕の落ち度である。だけど素直になれなくて、ついつい言い返して。

そして結局、僕たちは馬車が屋敷に着くまで。ず――っと口喧嘩《くちげんか》をすることになったのである。

「……そもそも、君だって寝過ごしただろ」

「お前は一回起きてたのに二度寝した」

「坊ちゃん方、そろそろ着きますよ」

笑いと呆《あき》れを含んだ御者の声に、長い間続いていた言い合いが止まる。

だって、いくら謝ったってジーンが折れないんだもの。そりゃ、僕も色々といらないことを言ったけど。

向こうも向こうで八つ当たりの自覚があるんだろう。プイと顔を逸《そ》らしたままこちらを見ない。

ハア、とため息をついてもう一度カーテンを開けた。

窓をキュッキュと袖《そで》で擦《こす》って窓の外を見る。

景色はすっかり見慣れたものに変わっていた。

グローヴナー通り。僕の生まれ育った通りだ。

「……あ、父さん」

ヒンヤリとした窓に頰を押しつけるみたいにして呟《つぶや》いた瞬間、俺の服の裾《すそ》を何かが摑《つか》んだ。

「……」

ジーンの手。

ついさっき、口論の末、僕の頰を思いっきりつねった憎き手である。

チラッと手の持ち主を見ると、本人の方には僕に縋《すが》っている自覚はないみたいだった。

何を言われたって飄々《ひょうひょう》としているあのジーンが、ただ僕の家に遊びに行くだけでこんなに緊張している。

さっきはあんなに言い返したけど、僕がもし彼の立場でも、きっと緊張しきって八つ当たりくらいしたかもしれない。

恋人の家に行くなんて、生まれて初めてだし。どんなふうに挨拶《あいさつ》して、どんなふうに振る舞ったらいいのかなんて分からないし。

そう思うと、途端に目の前の男が可愛く思えてきて、僕は向かいの席から彼の隣の席に座り直した。

ビクッと体が震えて、そっと視線がこちらに寄越される。

「ねえ、ジーン」

「……なんだよ」

「君はそのままでいいよ。いい子に振る舞ったりしなくていい。いつも通りのジーンでいいよ」

僕、母さんに似てるって昔からよく言われるんだ。

「母さんに好かれたらもうジーンの勝ち。母さんは、僕に似てるからジーンのことすぐに好きになると思うよ」

この数時間、ずっと不機嫌だった彼の目が初めて丸くなった。

「……は？」

何を驚くことがあったんだろう。呆気《あっけ》に取られた顔をするジーンの表情に、もう緊張の色は見えない。とりあえずよかったと目を細めれば、そんな僕の表情をジーンがポカンと見つめた。

「父さんも基本、人間全員大好きだから大丈夫。あとは兄さんだけど……」

ゆっくりと、馬車が止まった。

扉が開く。

「エルマー！！！」

外から、聞き覚えのある声が聞こえてくる。兄さんの声だ。

「……兄さんの言うことは、気にしなくていいから」

馬車の外に視線をやった後、もう一度ジーンの方へ振り返って言葉をかける。

ハンサムで賢くて優しくて自慢の兄さん。

だけど、兄さんにはちょっとだけ困ったところがある。……完璧《かんぺき》な人間より、少しくらい短所があった方が親しみやすいだろ。つまり兄さんはその短所も含めて完璧ってことなんだ。……そう。

まず僕が、ぴょんと馬車から飛び降りた。

「エルマー！　おかえり！」

「ただいま、父さん」

ニッコリ、優しい笑顔でこちらに近づいてくる父を早足で追い抜いて両手を広げる兄。

輝く金髪に明るい色の瞳《ひとみ》。どこぞの王子様のような、眩《まぶ》しい笑顔。

「ああ、エルマー！　お帰り！　大丈夫？　長旅でつかれてないかい？　ラムサスのアンポンタンどもに囲まれて大変だったろう、ゆっくり休んで……は？」

俳優の口上のような、高らかな声色が、一瞬で濁った。

盗賊の親分もびっくりなドスの利いた声。

僕の後ろから、サクと地面に降りた足音と共に「なるほど」なんて小さな呟きが聞こえる。

「エ、エルマー？　こ、この男……、彼は、誰だい？」

「……あ〜、彼は……」

「初めまして。お兄様。ジーン・アスターと申します。エルマーの恋人です」

……ジーンの、こんなに綺麗《きれい》な笑顔は初めて見た。

いっそ嫌みなほど美しく微笑んで、完璧な礼をして見せたジーンにさっきまでのギクシャクした様子はない。

むしろすっかりいつもの調子を取り戻しているように見える。

いじめがいのある人間を揶揄《からか》って地面を転げ回って喜ぶ、いつもの調子だ。

「……は⁇」

「ウグッ」

兄さんの腕の中にムギュッと抱き込まれて不細工な声を漏らしつつ、僕は諦《あきら》めに目を閉じた。

……ほら。

この二人、絶対に相性が悪いと思ったんだよ。

21. 作戦

「フム、なるほど」

パチパチと炎の音のする暖かな客間で。いつもは朗らかな父さんが静かに目を閉じ、難しい顔で頷《うなず》いた。

「三年も？　三年も俺の可愛いエルマーがクソッタレ貴族に嫌がらせされてたっていうの？」

……先程から兄さんが少々うるさい。

「……ごめん、父さん。その……」

帰ってきて、一通りの挨拶を済ませて早速。僕は昨日のパーティーで起きたことを父さんに報告した。昨日起きたことの経緯を説明するためには、これまで黙っていたことを話さなくちゃならなかった。

つまり、ラムサスでこの数年受けていた嫌がらせの話である。

こんなことを言っては、くだらないプライドだと笑われてしまうかもしれないが、年頃の男にとって学校で嫌がらせを受けているなんてことを家族に報告するというのは、かなりの屈辱を伴う行為であるということを分かってほしい。

隣の友人の存在が、随分と心の支えになった。

そして、父さんに特に驚いた様子がなかったことにも助けられた。普段は明朗快活な明るい人だが、それは考えなしってことじゃない。この人は僕よりよっぽど賢いので、きっと何か予想がついていたのかもしれない。

「……いいや。お前は何も間違っていない。引っ叩《ぱた》いてやってもいいくらいだ。呆れた奴《やつ》がいたものだ全く。この国はもうダメかもしれんな。他所《よそ》に引っ越すかね」

「やっぱりラムサスなんかにエルマーを行かせるんじゃなかった……！」

何やら劇的な嘆き声が挟まる。

「……引っ越すってまたそんな極端な」

「極端なんかじゃないさ」

父さんが首を振った。

「バカな貴族ばかりだ。こんな斜陽の国じゃ、商売あがったりだ」

「アビクソゲイルめ……絶対に許さん」

……今のも兄さんである。

何と言うべきか言葉を選びかねた僕は、隣のジーンをそっと窺《うかが》った。

彼は僕の隣で、紅茶を飲みながらじっと黙っていた。姿勢よくソファーに腰掛けて静かにしている彼は、立派な貴公子にしか見えない。実際に、彼は貴公子なのだからそれは当たり前なのだが。あまりに見慣れなさすぎて隣に視線をやるたび「誰だこの男前」と馬鹿みたいに驚いてしまう。

ちなみに、その男前は父さんに勧められた紅茶に口をつけながら何をしているのかというと、先程から悪霊か何かみたいに一人でブツブツ喋《しゃべ》り続けている兄さんを、まじまじ観察していた。

しかし、ついに我慢できなくなったらしい。こちらにそっと顔を寄せてボソリ。

「……お前の兄さん、聞いてた話と随分違うんだが」

耳元でした低い声がくすぐったくて肩をすくめた。

……ああ、そうだ。ただ耳打ちされただけなのに、大袈裟《おおげさ》な反応をした僕が悪い。

斜め前から、キッ！　と向けられた鋭い眼光に首が縮こまる。

「……おい、お前、なにをしている」

「なんでしょうか、お兄様」

「……今なんと言ったんだ？　『お兄様』だって？　まさか……」

……やれやれ。

わなわなと震える兄さんに父が笑い、僕が天を仰ぐ。

普段はいい人なんだ。僕さえ関わらなければ、こんなに完璧な紳士はいないってくらいに。

ああなった兄さんは放っておくのが一番いい。つつくと余計に面倒になるのだ。

先ほど、客間に顔を出した母さんも、兄さんの興奮した様子を見て『ああ、いつもの発作ね』という顔をして静かに去っていった。ちなみに、つい先刻、毛並みのよい猫を百匹くらい被《かぶ》ったジーンの自己紹介を聞いていた時の母の顔は、確実にこう言っていた。『アラ、恋人ですって。玉《たま》の輿《こし》だわね。さすが私の子』。

「リアム。ほら。騒いでいないで、対策を考えなさい。……エルマー、この件はリアムに任せることにする。兄弟二人で対処を考えなさい。まあ、何がどう転んでもうちは大丈夫だから。商売なんてやろうと思えばどこでもできる。何も気にするな。いいね。——それでは、ジーン様、私はこれで失礼させていただきたく存じます。どうぞごゆっくりしていかれてください」

カジュアルな調子で、ジーンに声をかける父さんは、何やらジーンのことを気に入った様子だった。面白いことに目のない人なので、ジーンみたいな変わったタイプはそりゃあ好きだろう。別に驚きはしない。

「……ご子息を私の問題に巻き込んでしまった上に、突然屋敷に押しかけてしまい申し訳ございません。二週間お世話になります」

「いえいえ。エルマーと仲よくしてくださってありがとう。これからも、どうぞよろしくお願いします。ハハ、結婚式が楽しみだなあ。今から感動で泣きそうだ」

「……父さん」

兄さんの持病が悪化するから、ふざけるのはやめてください。なにより、学生の恋人に結婚のプレッシャーをかけてくる親は嫌すぎます。

「わはは、では、年寄りはこれで失礼」

「……」

最後に場を散々荒らして、ニコニコ白い歯を見せて去っていきやがった父さんの後ろ姿を睨《にら》む。僕が恋人なんて連れてきたから面白がってんだあの人。あとで母さんに告げ口してやろ。どうかこっぴどく叱られますように。

魔法使いのこういう祈りは結構効く。祈りっていうかこの場合呪いだ。僕はとびきり真摯《しんし》な気持ちで実の父親の背中を呪った。

さて残されたのは、向かいで「結婚式……？」なんて譫言《うわごと》を言っている兄さんに、隣で「ふぐっ」と笑いを押し殺すのを失敗して妙な声を出す男。——と、その間に挟まれた僕。

心なしか、遠い目になりながら、文字通りお茶を濁すためにテーブルの上のティーカップを手に取った。ああ、懐かしい味。母さんのブレンドティーだ。心が安らぐ。

ふう、と息をついてカップを置き立ち上がる。そしてそれまで父さんの座っていた席、つまり兄さんの隣の席に座り直した僕は、兄さんの袖《そで》をぎゅっと摑《つか》み頼み込んだ。

「……兄さん、改めてお願い。僕たちを助けて欲しいんだ」

「え？　……ああ！　もちろん！　兄さんに任せてくれ！」

弟のお願いにより目が覚めたように、パチパチ目を瞬《しばた》かせて焦点を合わせた兄さんが力強く頷く。口元には優しい微笑《ほほえ》み。兄さんは弟からされる頼み事が大の好物なのである。

「兄さんが頼りなんだ。僕はどうしたらいい？」

「……グッ、兄さんが頼り、いい響きだ。……あ、いや……そうだな、この場合避けたい事態は、こちらが悪役になることだな」

「ウン」

ベタなおねだりに文字通りグッときながら、なんとか話を始めた兄さんに相槌《あいづち》を打つ。

「つまり、君がなぜアビクソゲイルに反抗したのか。その理由をきちんと周知できていれば、——今回の場合はパーティーの場でってことだから問題はないと思うけど――公に、君を責める人間は少ないと思うよ」

アビゲイルがジーンに言った言葉は、この古臭い国であっても流石《さすが》にあんまりだった。

それに、彼は伯爵の家でジーンは辺境伯の家の出だ。家格で言えばアビゲイルの方が下。それであの罵《のの》り文句。いくら学内のことであっても、問題になるはず。

……というより、なぜアビゲイルはあんなことを言ったんだろう。

彼は馬鹿じゃない。馬鹿どころか、賢い奴だ。だからこそ、学校内であの立ち位置を維持できている。

人前であんなことを口にしたら不利になるのはどちらか。アビゲイルに分からないはずがない。

「まあ、だけど念には念を入れて、だけど。アビゲイルが君を嫌う理由を作った方がいいよね」

「え？」

兄さんの言葉に、余所事《よそごと》を考え始めていた思考が本題に戻ってくる。

「君たちを攻撃した、アビゲイルの悪意を強調できる。あいつこそが悪者なのだと示しやすいだろ。外から見たときに分かりやすい理由があるとさ」

「あ、うん、なるほど」

たしかに、あの優秀なアビゲイルが僕に嫌がらせをしていると聞いた時、今のままじゃ『なぜ？』『まさか』という印象の方が強いだろう。兄さんの言葉にすぐに納得して頷く。

僕自身もアビゲイルがどうして僕にあれだけ嫌がらせをしてくるのか、その心当たりがなくて悩んだことがあった。

彼は僕より家柄も成績も容姿にも優れている。

彼から特別視されてしまうような要素が僕にあるとは思えないのに。

「何かいい案は？」

「……ええっと」

ぼふり、とソファーの背もたれに身を沈める。

つまり、あのアビゲイルに分かりやすい動機を与えなくちゃならないわけだ。

動機？　動機……なんだろ。彼の好きな人でも誘惑したらいいんだろうか。

いやいや。それじゃあ僕が悪者だ。完全に逆効果だろう。

「簡単な話だろ」

父さんが客間を去ってから長い足をふてぶてしく組んで、ポリポリ首を掻《か》きながら話を聞いていたジーンが口を挟んだ。回りくどい兄弟だな、とでも言いたげな顔でこちらを見つめている。

さっきまで被っていた可愛い猫たちはいったいどこに逃げてしまったんだろうか。とても素敵だったので、どうかもう一度戻ってきてほしい。

「アイツを嫉妬《しっと》させればいいんだ」

「だから、それをどうしたらいいかって、……ん？」

ピタリ、僕の言葉が止まった。

こういうときだけ回転の速い脳みそが憎い。

ついさっき、自分が考えていたことを思い出したのだ。彼が僕より優れている要素。

「……家柄、成績、容姿」

ニタリ。上出来だと言うように悪魔が微笑んだ。

当たりらしい。

「最初の一つはともかくあとの二つはどうにでもなるな」

「……いやいや、まさか。どうにもならないよ。……ね？」

兄さんの方を見る。

すると兄さんまで、大変癪《しやく》だが悪くないアイディアだ、と眉《まゆ》を上げているのだ。味方がいなくなってしまった。これは大変まずい。

「待って、待ってよ。アビゲイルを抜かすってなると……ラムサスで一位を取るのがどれだけ大変か分かって言ってる……？」

「またまた、ご謙遜《けんそん》を。筆記試験満点の監督生サマが何を仰《おつしや》るんですか」

大袈裟に両手を広げ肩をすくめてみせるジーン。随分嬉《うれ》しそうである。この男は人をおちょくる時にこそ一等輝くのだ。本当にいい性格をしていると思う。

「実技が……」

「実技なら俺が教えられる。これでも国を守る辺境伯の息子《むすこ》だからな。父上には散々扱《しご》かれて育った」

「……アスター辺境伯に？」

国の英雄直々の扱きを受けて育った彼からの指導。

とても興味がある。受けてみたい。

そんな風に考え始めたチョロい頭をブンブン振って咎《とが》めた。

「……容姿は？　顔は変えられないよ」

「ちょっと失礼」

テーブルの上に乗り出したジーンの指先が、僕の前髪を持ち上げた。

カーテンを捲《めく》るみたいにして、その下を覗《のぞ》き込《こ》んでくる。前髪のないクリアな視界で、美しい顔と視線が交わった。

——ああ、嫌だ、勘弁してほしい。

僕の顔はお世辞にも美しいとは言えない。

肌は冗談みたいに白いし、血色が悪い。

目つきも最悪。目の色素が薄くて、瞳孔《どうこう》が小さいせいで、普通にしていても相手を睨《ね》め付《つ》けているみたいに見える。

それにこのソバカス。鼻先から目の下にまで散った小さなソバカスが、ひどく目立つ。

老人みたいな髪だし、体も針金みたいに痩《や》せているし、それに、それに……。

「……なんだよ。醜くて声も出ないって？」

「……商人って物の価値だけじゃなくて人の美醜にも厳しいのか？」

振り返って言ったジーンの言葉に、それまで黙って様子を窺っていた兄さんが首を横に振った。重病なんです、という顔をしている。

「いいか、エルマー。『人は顔じゃない』なんて言う奴《やつ》はみんな偽善者だ。信用するな」

「……」

おや、この男、またとんでもないことを言い始めたぞ。

僕は前髪をペラリと捲られたまま、目を白黒させた。

もう一秒だって、この美しい男の前に自分のみっともない顔を晒《さら》していたくないのに。

「人間って言うのは外見やくだらない噂《うわさ》で必ずレッテルを貼る。いくら綺麗事《きれいごと》を言ったってそれが事実だ。そういう生き物なんだ。分かるだろ」

「……」

ああ、分かる。よく分かる。

この数年、僕たちが散々苦労してきたことだ。

「だからこそ。美しさっていうのは分かりやすい力になる」

彼が瞬く度に、音がするような長い睫毛《まつげ》に眉を顰《ひそ》めた。

そんなことは、君を見ていれば分かるよ。

ジーンにただこうして見つめられるだけで、言葉が喉《のど》の奥で詰まって出てこなくなる。

彼に陰口を叩《たた》く奴らだってそうだ。ジーンを前にすると怖《お》じ気《け》付くのは、彼が強いからだけじゃないはずだった。

「顔の形だけじゃない。立ち振る舞い、服装、姿勢。全部そうだ。見た目っていうのは、自分のイメージを操作するのに一番手っ取り早い手段だ。お前が、爺《じい》さんみたいな格好をして背を丸めて歩いているのも、同じことだろ」

「……」

図星だった。

初めの頃は、前髪で顔を隠して歩いてなんていなかったのだ。ただ、『成金』と呼ばれるのが嫌で、地味に目立たないようにと思っているうちに段々と今みたいな自分になっていた。

「どうする？　お前がそのままでいいって言うんならそれでいいけど」

目の前の悪魔的に美しい男が、僕から身を離し首を傾《かし》げた。

垂れてきた前髪が、視界を邪魔した。

いつだか、同じような光景を見た気がする。

「……」

僕は首を振っていた。

それは、勿論《もちろん》アビゲイルをギャフンと言わせたかったからでもある。もう、あの学校の生徒たちに馬鹿にされたくなかったからでもある。僕がどう振る舞ったって僕のことが気に食わない人たちと、これから何をしたって僕自身を見ずに僕を馬鹿にする人たちの視線を、もう気にしたくなかったからでもある。

だけど何より……。

「……」

僕はシャンデリアの光の落ちる上質なソファーの上でのんびりとこちらを見つめるジーンに。彼の背中まで流れる真紅に、視線をやった。

彼の隣に立っていて恥ずかしくない人間になりたい。

「……君の助けを借りてもいいかな」

「ああ、勿論」

シャンデリアの光の下でジーンが柔らかく目を細めた。

ジーンの言葉を聞くだけで、僕の心にくすぶっていた迷いみたいなものが、すっと薄くなっていくのがわかる。

いつもそうだ。彼は考えすぎる僕の腕をとって、引っ張ってくれる。

「……まあ、様子を見るか。父さんに報告してこよう。……おい、僕の可愛い弟に何かしようものなら……いや……」

それまで何かを確かめるみたいに黙って僕たちを見ていた兄さんが何かを言いかけて、首を振り振り部屋を出て行った。

最後、僕の頭を優しく撫《な》でた兄さんは、何故《なぜ》だかジーンをもう睨《にら》んではいなかった。

22・変身

「ヨシ、大仕事だぞ！」

僕の部屋の扉を開け放ったジーンがそう言ったのは、次の朝のことだった。つまり家に着いた翌日。長時間移動の次の日。

……のはずなのに、全く疲れを感じさせない嬉々《きき》とした声が聞こえてきて、僕は毛布からモゾモゾと顔を出した。一体何がそんなに楽しいって言うんだろ。

開き切らない目で彼の長身のシルエットを見る。

「一度でいいから、人間を着せ替え人形にしてみたいと思ってた！」

うーん、歯に衣着《きぬき》せぬ物言い。もう少し言葉を選ぶべきなのかもしれないけど、僕は君のそう言うところ好きだ。

内心でそんなことを呟《つぶや》きながら寝台の上で身を起こすパジャマ姿の僕にジーンがツカツカ近づいてきた。朝だと言うのにスリッパなんかじゃなくて高らかな革靴の音がする。

彼が杖《つえ》を一振りすると、カーテンが開け放たれた。

「うぅ」と、嗄《かす》れたうめき声を漏らすと、腰に手を当て、こちらをキラキラした表情で見下ろす彼と目が合う。

部屋が明るくなったことで彼の姿がよく見えた。細身の脚に沿うスラックスにタートルネックのニット。髪の毛は無造作に掻き上げられている。

寝起きですぐに身支度を済ませてきたんだろうか、相変わらず絵になる人だな。

チラリと部屋の隅の鏡を見れば、案の定寝起きの僕と朝だというのに完璧《かんぺき》な姿のジーンが映っている。モデルと、……長い間トリミングに行っていないシープドッグのツーショットって感じ。頼むからその美しい瞳《ひとみ》で僕を見ないでほしい。

「しかもお前の家は商会だ、雪の王都をグルグル歩き回る必要もない」

最高！　とでも言うような、かつてないほど楽しそうな恋人の姿に、僕はパタンとまた寝台に倒れ込んだ。

「なあ、本当に俺に任せていいんだな」

「……」

彼に何もかも頼るつもりはない。自分の服装なんて自分で決めるべき。分かっている。

ただ、彼はセンスがいいし、初めに似合う物を教えてもらいたい。

そう、つまり僕は、今日彼の着せ替え人形になる。なるべくしてなるのだ。全く気は進まないが。

「知ってるか、アスター家の家訓」

寝台に人形みたいに手足を投げ出して横たわった僕を、金色の瞳がパチリと覗き込んだ。

「やるなら徹底的に」

「……いい、家訓だね……」

長い一日が始まった。

「まず、その髪だ。何だそれは。埃《ほこり》を被《かぶ》った箒《ほうき》の真似《まね》か？　よくできてる。最高だ」

「……」

楚々《そそ》とした様子で壁際に並んでいたメイドの一人が、ス……と前に出た。

部屋の中心で、人形みたいに椅子に腰掛けたままの僕の髪がシャキシャキ手際よく切られていく。

髪の束が床に落ちるたびに、頭が軽くなって視界が開けた。

僕の髪を指先で掬《すく》って、顔を顰めるジーンの様子もよく見える。「俺の愛馬の尾っぽの方がまだツヤがあるぞ」なんてボヤキについ見えもしない空を見上げた。

僕の見た目について随分と言いたいことが溜《た》まっていたようだ。そりゃあ、彼みたいなセンスのいい人間からしたら僕なんて馬以下でしょうけど、もう少し手心とか加えてもらえないかな……。

「髪が細いせいで広がりやすいな。癖が出る手前からすっきり切ってしまった方がむしろ落ち着きそうだ」

目の前にヘアケア商品の山ができた。

嘘だろ。僕の頭は一つしかないんだけど、これ全部使うの？　一度の入浴で？

「それにその服……まるで教会勤めの老人だ。これから葬式にでも行くのか。暖色はお前の髪と目の色に似合わない。よっぽど好きなら止めないが」

「……いや、好きじゃないですけど」

優しげに見えるかと思ったんです……。

まるで動機を自供する犯人の心持ちである。

哀れな生き物を見つめるみたいな顔をしたジーンが神妙に頷《うなず》いた。

「ヨシ、じゃあ気兼ねなく手放せるな」

壁際に並んでいた侍女二人がトランクケースの中の服をわっさり摑《つか》む。腕の中に抱えられた大量の服が、僕の部屋から退場していく。

「……」

「あと、その悪夢みたいな靴は今すぐ捨ててくれ。頼む。後生だから。見てると眩暈《めまい》がするんだ。

……お前狙ってやってる？」

「無難で退屈な格好がテーマです……」

「なら大成功だ。お前の選択は正しい。彼らにお別れを」

侍従の男が恭しく僕の踵《かかと》を支え、足から履き慣れた革靴を没収していく。ああ、さようなら。デザインは置いておいて君たちは履き心地のよい最高の靴だったよ……。

代わりに目の前に並べられた革靴を見つめる。

どれもソールが金属だったり、靴底に洒落《しゃれ》たデザインが仕込まれていたりする洒落た靴ばかりだ。

きっと後に残る靴跡でさえ洒落ているに違いない。

あんなに美しいものを、踏みつけにして歩けと……？

「……」

いいや、分かってる。僕だって流石《さすが》に分かっている。自分に似合う服装は分からないけれど、商人の子供として流行や物の善《あ》し悪しは分かるのだ。いい商品だ。いい商品だよ。間違いない。

「その服、見せてくれ。ああ、そのピアス。うん、いいな」

それからもジーンがアイテムを選別していくたび、目の前にありとあらゆる服飾品がズラリと並んでいった。

ダイヤモンドのカフスに、シルバーの指輪、モーヴのリボンに、ブラックのドレスシャツ、ダークグレーのスラックス。黒とシルバーのローファー。その他諸々《もろもろ》。

選ばれていくのは、寒色系やモノクロのハッキリとした色合いのものばかりだ。なるほど、たしかに僕の髪や目の色と合う気がする。

待つこと数十分。美しい顔を子供みたいに興奮で輝かせたジーンがパッとこちらを振り返った。

「選べよ」

「……選ぶ？」

「全部、お前に似合う。だから後はお前が好きなのを選んだらいい」

「……なるほど」

とりあえず、ついさっき目についていた物を手に取りそっと隣を窺《うかが》うと、「うん」と頷かれたのでホッと胸を撫で下ろした。

よかった。センスのいいものしか並んでいないのに、天性の才能で奇跡的なダサコーディネートを生み出してしまったらどうしようかと思った。

「こちらへ」

執事が僕を部屋の外から呼んだ。

呼ばれるがままにそちらに向かう。なんせ僕は今日着せ替え人形なので。

連れて行かれたのは浴室。

大きなバスタブにはもう湯が溜められていた。

ポイポイと服を脱がされ、いい香りの白濁したお湯の中へポーイッと入れられる。

それからは、体中を揉《も》まれ、髪に何かを塗りたくられ流され。

もうクタクタ、勘弁してくださいと弱音を吐くギリギリのところでお湯から引き上げられ、タオルでクルクル包まれた。

かと思えば、タオルを腰に巻きつけたままの格好でシェーズロングに座らされ、また体中に何かを塗り込まれる。

体中をさすられ続け、そろそろなめし革になってしまったんじゃないかと思い始めた頃「坊ちゃん、お好みの香りは？」と声がかかって、自分がなめし革ではなく人間だったことを何とか思い出すことができた。

「え？」

「香水をおつけになられていないでしょう。お好みの香りはございますか？」

疲れ切った僕の頭になんとか浮かんだのは、寮の自室から見えるライラックの花くらいだった。試験勉強に明け暮れる僕を何度も励ましてくれた紫や白の小さな花。

「よい選択です」

「今の時期にライラックはおかしくない？」

「ライラックは甘い香りの花ですし、おかしいということはありませんよ。香りというのは結局好みですからね」

せっかく乾いていた頭に何か薬剤がふりかけられて、それからゆっくりと頭皮に揉み込まれると、みるみるうちに髪に艶《つや》が出た。

「強い癖の出る手前から切った方がよさそうだ」というジーンの言葉通り、僕の輪郭に沿うようにすっきりと切られた髪は、ただ艶々と波打つばかりになっている。

甘い香りのオイルを揉み込まれて、丁寧に櫛《くし》を通されれば、優しく揺れた髪がまるで外に降っている雪のようにキラキラ輝くのだ。僕はそれをただただ信じられないような気持ちで見つめていた。僕の髪は、こんな色だったろうか。

勉強に明け暮れて、自分のことを随分疎《おろそ》かにしていたのかもしれない。

乾燥していた肌がしっとりと潤うと、青白いばかりだと思っていた肌が、パールのように白い光沢を放つようになった。魔法ってすごい。

我ながらに脱皮でもするような変貌《へんぼう》で。侍従のうちの一人がポカンと口を開けてこちらを見つめていた。

「こら、おやめなさい」

鏡を持ってきたメイドが静かな声で彼を咎《とが》めた。

恐る恐る鏡を覗《のぞ》き込《こ》む。

猫のように目尻《めじり》が吊《つ》り上《あ》がった生意気な瞳も、ツンと尖《とが》った鼻も、拗《す》ねているような小さくて薄い唇も変わらない。

ただ、埃を被ったような髪の色が明るくなって、明るい色の目に落ちていた前髪の暗い影がなくなって、肌の色が透明になる。それだけで、自分の見た目もそんなに悪くないような気がするんだから不思議だ。

ソバカスなんかはもちろん消えていないけれど。前みたいに鏡から目を背けたくなるほど嫌にも感じない。

乾燥がなくなって赤みが引いたおかげで、小さな銀色の砂を鼻先から悪戯《いたずら》にばら撒《ま》いたように見える。

ついさっき選んだ服に袖《そで》を通す。

短く切った髪を、耳の後ろに流した。

「……君、魔法が使えたっけ？」

相変わらず、自分の顔は好きじゃない。生意気で、冷たくて、人好きのしない顔だ。

だけど、シープドッグや歩く箒よりはよっぽどマシ。

浴室の指揮を取っていた執事を振り返ると、「魔法薬は少々使いましたが、坊ちゃんのお顔立ちはそのままですよ」と、ニッコリとした笑顔とともに答えてくれた。

「毎日手をお掛けになれば、もっとお綺麗《きれい》になります」

「『お綺麗』」

耳慣れない言葉を繰り返す。

浴室に入る前と印象が随分変わったので、ジーンの前に戻るのに変に緊張した。

執事に恭しく開けられた扉をくぐって、シルバーのソールで赤い絨毯《じゅうたん》が敷き詰められた自室に足を踏み入れる。

「ジーン」

暖炉の前の一人掛けソファーに腰掛け、一仕事終えて疲れ切った様子のジーンにそっと声をかけた。

「長かったな。なにか問題でも……」

立ち上がり振り返った彼の顔が、カチリと石化の呪いでも受けたみたいに固まった。何か言おうとしていたのを失敗したみたいに、音を出さないまま唇がはくりと動く。

お得意の軽口をどこかに忘れてきてしまったらしい。

何か空気を読んだらしい執事がパタリと扉を閉めたせいで、そのまま二人きり部屋に取り残された。

「………」

前髪のカーテンがなくなって、開けた視界が落ち着かない。向かいの彼にまじまじ見つめられていると尚更《なおさら》だ。

「……そんなに変だった？」

自分的には、みにくいアヒルの子もビックリの変身を遂げたつもりでいたんだけど。

たっぷり三十秒ほど固まっていたジーンが、額から頭までを大きな手で掻《か》き上げるみたいに撫《な》でて、それからゆっくりと瞬きをした。

「……いや、驚いた」

――悪い方の驚きじゃないことはたしかだ。

僕にしては珍しいことに、ジーンのその言葉を聞いて確信を持ってそう思った。

彼の方に近づくと、彼が一歩後退《あとずさ》りする。……あのジーンがだ。

すっかり気分がよくなった僕は、逃げるみたいに顎《あご》を引くジーンの首に両手を回した。もちろん男友達にする悪ふざけってやつだ。

「なんだよ、逃げるほど醜いって言うの？」

彼に体を寄せるように背伸びすると、グッと骨張った喉仏《のどぼとけ》が上下した。それじゃあ、まるで僕に見《み》蕩《と》れてるみたいだ。

悪女を演じる女優みたいに、唇を吊り上げ彼を引き寄せる。

金色の目が、僕の唇を見るのが分かった。

「なんだよ、君、僕に似合う服を見立てるって言っておいて、その実僕を好みに仕立てただけなんだろ」

「……は」

お互いの息がかかるくらいに近づいてぼやける顔がカッと赤くなった。あれ、図星？

「……え、本当に？」

「……っ」

「……ふ、あはは！」

僕の腕から抜け出したジーンが「うーーー！」と言って髪をワシワシ掻き回した。僕に揶揄《からか》われたのが悔しいんだろう。いつもは逆の立場だから。

僕はおかしくて、もうとてもじゃないけど我慢ができなかった。

笑い転げる僕の横で、ジーンが「あー!!」だの「笑うな！」だのしゃがみ込んで顔を覆い悪態をつくものだから、それを見た僕はもうひきつけを起こしたみたいにヒーヒー笑う羽目になった。

プロの手を借りて、ちょっと見られるようになっただけのちんちくりんに顔を赤くする奴《やつ》があるかよ。

変身の効果は絶大だったらしい。

数十分前までの埃《ほこり》を被《かぶ》った箒《ほうき》姿であんなことをやっていたら、笑い転げるのはジーンの方になっていたはずだ。

「おい、エルマー！　笑うのをやめろ！」

「あはは、ごめん、悪いとは思ってるんだけど！」

彼をバカにしていると言うよりは、彼が僕を見て照れていたのが嬉《うれ》しくて。ほっぺたが痛くて上がらなくなるまで、結局僕の笑いは止まらなかった。

23. 雪のホリデー

どうやら僕のイメージチェンジは、なかなかに上手《うま》く行ったらしかった。

父さんは「おや、エルマーの可愛い顔がよく見える」と言って笑ってくれたし、母さんは「あら、素敵。あんまり笑顔を安売りしないようにね」と、母さんらしい感想をくれた。

我が家で働いてくれている人々も皆褒めてくれた。廊下ですれ違う使用人にいつも通り挨拶《あいさつ》をすると、「キャア！」と叫ばれたり、挨拶を返してくれないまま目で追われたり。

それからジーンにポカッと後ろ頭を小突かれることが増えた。

「むやみに愛想を振りまくな」

愛想を振りまくな。ホリデー中に耳にタコができるほど言われた言葉だ。

僕がヘラヘラにこにこしているのが悪いんだろう。普通にしていると、澄ましているとか気取ってるとか、愛想が悪いって言われるから。

——と、そんな風に呑気《のんき》に過ごしていたら、気がついたらホリデーの終わりが迫っていた。

父さんや母さんとは、数日前に別れの挨拶を済ませた。どうしても断れない仕事が入ってしまって、二人とも屋敷を離れることになってしまったのだ。

別に今生の別れじゃない、また数ヶ月後には帰ってくるからと、お互いに軽くキスを交わし、あとは忙しそうに働く兄さんを手伝ったりしながら、ジーンと実技試験に向けた特訓に取り組む。

今年は雪の多い静かな冬だった。

本当ならもう少し王都で遊びたかったけれど。ほとんど毎日、降り積もる雪のせいで屋敷に籠もりきりだった。

暖炉の薪《まき》の燃える音と時々外を通りかかる馬車の音。それから雪の降り積もる静かな音を聞きながら、同じ部屋で本を読んだり、勉強をしたり、甘いものを摘《つま》んだり。

「お前、それだけ食べてて なんで太んないの？」

自分の理想的なスタイルを保つため、いつもコーヒーを飲んで、時々ほんの一粒チョコレートを摘むばかりのジーンが恨めしげに言った。

「なんだよ、嫌み？ 肉もつかないけど君みたいに筋肉もつかないんだ。あんまり言うなよ」

芸術家に彫刻のモデルにでもされそうな、しなやかな肉体を持った彼と比べたら、僕の体なんて笑ってしまうくらいに貧相だ。

だけど、ウエストの締まるスラックスや、袖の広がったドレスシャツなんかはこの硬質な体にそれなりに似合うと知ってから、少し前みたいにやたら厚手の服ばかり選ぶことはなくなった。

何より、僕の好きな人たちは、僕のこのそばかすだらけの顔や細い体を好きだと言ってくれる。

他人と、たった数人の大切な人たちと。どちらの言葉が重要かなんてもちろん比べるまでもない。

そんな風に思えるようになったのは、きっと頼もしい友人がいつだって隣にいてくれるからだ。

別に、僕は美しさで食べていく職業をしているわけではないのだし。隅々まで、完璧《かんぺき》である必要はない。

この体に可能な限り目をかけて手をかけて、それで出来上がる形で充分だと思えるようになった。

……ただ、友人の隣に立った時に釣り合うようになりたい、とは常々考える。

「陳腐なラストだった」

「まあ、昔の悲劇だからね」

その日は二人で観劇に出かけた。あまりに長い間、雪と屋敷に閉じ込められていたせいで、退屈嫌いのジーンが半ば癇癪《かんしゃく》を起こすみたいに出かけたがったからだ。

僕も少し気分転換したい思いだったので、その誘いに乗ってサクサク雪の中を歩いた。時々転びそうになった時は、遠慮せずに彼の腕に摑まった。

「僕一人の体重くらい君ならへっちゃらだろ」

「図々しい奴め」

体幹の優れた友人のおかげで、なんとか腕の一本も折らずに劇場にたどり着き、素晴らしい劇にありつくことができた。

数時間の観劇を終え、僕たちは興奮も冷めやらぬまま、劇についてあれこれ話し合いながら劇場の赤い階段を並んで降りる。

外では相変わらず、雪が降っていた。馬車は置いてきてしまったから、また屋敷までしばらく歩かなくちゃならない。

「ここで待ってろよ」

「え？」

「凍え死ぬのはごめんだろ」

凍えそうに白い外を見て、唐突にそう言ったジーンがスタスタとどこかに消えていく。取り残された僕は劇場のラウンジで、一人ストンとソファーに腰掛けた。

「……」

何が凍え死ぬだ。ジーンは少しも寒がりじゃないくせに。寒がりなのは筋肉のついてない僕の方。

今日だって、真っ白のロングコートの上にグレーのマフラーをぐるぐる巻きにして、完全防備で出てきた。雪の上を歩く僕を見たジーンが「完璧な擬態だ」と呟《つぶや》いたのを忘れちゃいない。たしかに頭の天辺《てっぺん》から爪先まで真っ白である。髪まで白いんだから本当にうっかり見失われかねない。寒さで赤くなった鼻と顔だけが僕の目印だ。

「はあ……」

観劇の心地よい疲れにため息をつきながら、ふわりと頬に流れる白い髪に目を落とした。ホリデーの間ケアを頑張ったおかげで、随分と指通りがよくなった。魔法薬入りの商品はさすがだ。

……効果が分かりやすい代わりに、使い方を少しでも誤ると酷《ひど》いことになるので、あまり人には勧められないのだが。

僕の髪を艶々《つやつや》と輝かせてくれたヘアオイルと同じところが出している商品に、髪を伸ばすヘアミストというものがある。それをうっかり顔にまでかけてしまったせいで、イエティのようになってしまった貴族の女性の話は、この国じゃ有名だった。

魔法薬入りの商品を魔法の知識のない人が使って、悲劇に見舞われる事故は割としょっちゅう起こっている。そのせいでイメージがあまりよくない。ちなみに言うと、売上げもあんまりよくない。

「お隣、いいですか」

そんなくだらないことを真面目《まじめ》な顔であれこれと考えていた僕に、爽《さわ》やかな声がかかった。

ふと顔を上げると、こちらを覗《のぞ》き込《こ》む人影。彼の顔を見て僕は内心「おや」と思った。

癖毛の短いブルネットを右に掻き上げたスタイリッシュなヘアスタイルが爽やかにキマっている。随分ハンサムな青年だったからだ。

「どうぞ」

昔ならこんな人に声をかけられたら、分かりやすく動揺して尻込《しりご》みしていただろう。だけど、毎日隣に美の女神もため息をつくような色男を連れて歩くのに慣れてしまっていた僕は、目の前のハンサムボーイがちょっとあからさまなくらいに目を合わせて「ありがとう」と白い歯を見せてきても「いいえ、どういたしまして。雪で馬車も混んでいますものね」という感想しか心に浮かばなかった。

そして、そのせいでちょっと素気ない態度になっていた自覚もなかった。

なぜって。今日もソファーで一緒に雑魚寝していた例の美しい男を、ウッカリ床に蹴落《けお》として、「……う、……ころ、す」と唸《うな》る声に「ごめんって」と少々素気なく謝ったりして、バタバタ用意してここまで来たからだ。これで素気ないとか言われたらジーンに対する僕の態度も、僕に対するジーンの態度もお互いを引《ひ》っ叩《ぱた》き合わなくちゃならないくらいに失礼である。

「すごい雪ですね」

「……。ええ、本当に」

だから横のハンサムくんに声をかけられた時も、僕は指にはめた指輪を手慰みに回しながら、組んだ脚の上で開いたパンフレットに目を落としたりしていた。

「馬車が混んでて困ってしまいますね。帰りの目処《めど》はつきそうですか？」

「ええ、まあ」

「もしよろしければ、私がお送りしましょうか」

……ん？

あれ。……なんだか、これって。

顔を上げて視線が交わる。僕はハッとした。ハンサムくんの瞳《ひとみ》の奥には、恋愛沙汰に慣れていない僕にでも分かるくらいの興味と関心と。そして、ちょっとした熱みたいなものが見て取れたのだ。

……興味と関心？　彼にそんなものを抱かれる理由が、僕にあっただろうか。

そんなことを彼の瞳をじっと見つめたまま考えて、ああ、なるほど、と僕は一つの仮説に思い至った。

こういうかっこいい人って、声をかけたら喜ばれるのが当然で、素っ気ない態度を取られることに慣れていないんだ。

……ただ、観劇で疲れていて、あまり会話をしたくなかっただけなのだけれど。それが逆に彼の興味を惹《ひ》いてしまったらしい。

ゆっくりと瞬きをして、輝く瞳を見つめながらそんな気づきを得ていると、目の前の顔がじわじわと赤く染まっていくのが分かった。

「……寒いんですか？」

「……っ」

……ここで少し言い訳をさせて欲しい。

自分に見つめられて、分かりやすく赤面してしまった相手にかける言葉の引き出しなんて、この僕にあると思うだろうか。つい最近まで、埃まみれの箒だのトリミングをサボったシープドッグだのにそっくりだった僕に？

もちろん、そんなものはない。

だから、なんとか間を持たせるために言ったトンチンカンな発言。それが図らずも照れた青年を揶揄《からか》ったみたいな響きになってしまって僕は混乱した。

目の前の青年の顔が僕の揶揄いの言葉で余計に赤くなったのも、その混乱に拍車をかけた。

ジーンを待っているせいでこの場を離れることもできない。

「暖かい飲み物でも頼んだらいかがです？」

「……あ、何かお飲みになられますか？」

さりげなく青年を追い払おうとしたのだけれど、それも大失敗。

まるで「人を口説くのならスマートに飲み物の一つでも奢《おご》りなよ、気が利かないな」。そんな風に言ったみたいになってしまった。もうどうしたらいいか分からない。

さっきよりも熱を帯びた視線が気まずくて「結構です」と、フイと顔を背けた。これもまた悪手である。

「……あの、あなたは、ここの俳優の方？」

「はい？」

思いがけない言葉を投げかけられて、素《す》っ頓狂《とんきょう》な声が出た。

「とてもお綺麗《きれい》なので」

他人《ひと》に綺麗なんて言われるのは初めてだった。驚いて視線を合わせると、愛嬌《あいきょう》のある青年の顔が嬉《うれ》しそうにホッと綻《ほころ》ぶ。

……どこでこんなに好感を持たれてしまったかな。

「……いいえ、違います」

「おや、それは失礼しました」

それから青年が、僕の膝《ひざ》の上のパンフレットを見て話題を探るように言った。

「主演女優の、妖艶《ようえん》な演技は素晴らしかったですね」

「ええ、ほんとうに」

話を弾ませてどうする。答えてしまったあとにそう思うけど、劇の内容について語りはじめた青年につい相槌《あいづち》を打ってしまった。だって本当に、今日の主演女優の演技は素晴らしかったから。

すると彼の顔が分かりやすく明るくなるのが分かった。僕からの反応が嬉しくて堪《たま》らないって態度だ。なんというか、ここまで好意を前面に出してグイグイ来られると、やりづらいな、と思う。こんなに好青年なのに。苦手だ。

きっとここまで行くと相性の問題なのだろう。パンフレットを閉じながら、僕は少しだけ身を引いた。

「まさに妖婦《ようふ》だ。夫を囃《はや》し立てるあの張り詰めた声。鳥肌が立ちましたよ」

「素晴らしい歌声でしたね」

「恐ろしい女です。欲に囚《とら》われたものの転落劇、スッキリとするような陰鬱《いんうつ》とするような」

「……」

興奮して身を寄せる彼の方から、万人受けするシトラスのパルファムが香る。冬にシトラスとは、なんだか寒々しい。

いつだか、香りの好みが合う人とは相性がいい、なんて眉唾物《まゆつばもの》の占いが街の若者の間で流行《はや》ったことがあったな。ふとそんなことを思い出して、僕はなるほど、と隣の彼を見遣《みや》った。

……やっぱり僕と彼はあまり相性がよくないのかも。

さて、困ったぞ。

小さなため息を落としながら視線を赤色の天井に滑らせていた時、ふと肩を引かれて、僕は隣に腰掛けた男の硬い胸板に体を預けることになった。

「俺は、愛の物語だと思って見ていたけど」

突然、会話に加わってきた声に口元が緩む。

「……愛の物語だって？」

僕の肩に回る腕に青年が眉《まゆ》を寄せ、険のある声で聞き返した。

「そうさ。あれは悪の道に囃し立てるための歌じゃない。愛の歌だ。あの女は夫よりも夫の可能性を信じたから彼に行動を起こさせたんだよ。夫に起こる全てのことに我が事のように情熱を燃やし、憤る。あれこそまさに真実の愛だ。……どうぞ」

渡されたカップの中から甘いチョコレートの香りがして顔が綻ぶ。ホットチョコレートだ。

「君が持ってきたの？」

「そうだ。俺の他に誰が？　見てただろ？　果敢にもこの人混みに立ち向かっていく姿を。この混雑で給仕を待ってたら夜になっちまう」

「ふふ。うん。勇敢だったよ、あはは」

高貴な家のお坊ちゃんが、商人の子供のために給仕の真似事《まねごと》をするなんて。

「愛する人のためならバトラーにだってドアマンにだって、番犬にだってなるさ」

「ぷ」

くさいセリフ。だけど、近くの席に座っていた女性たちがポッと頬を赤くして振り返るのを見る限り、ジーンは恋人に甘い言葉を囁《ささや》くキザな男を上手《うま》く演じ切れているみたい。名俳優だ。

だけど僕は、今朝《けさ》ソファーから蹴《け》り落とされて子供みたいに拗《す》ねていた彼を知っているので。見事な猫の被《かぶ》りっぷりが、おかしいったらなかった。

笑いを口の中で噛《か》み殺《ころ》しながら、ジーンの表情を窺《うかが》う。彼が一体どんな顔でキザなセリフを言っているのか気になったのだ。

「……」

「ん？」

ついさっき舞台の上に立っていたどんな俳優も霞《かす》んでしまうような男前が、甘やかな目で僕を見ていた。

「どうした？」

「……いや」

君、本当に俳優になった方がいいよ。

まるで、本当に僕に夢中みたいに見える。

数秒、その目に見蕩《みと》れて。それから、ああ、そうだ、先程の青年はどうしているだろうと視線を戻した。

彼は、顔を赤くして僕たちを見つめていた。

肩に回った腕が見せつけるみたいに僕の体を引き寄せる。

「わ、危ない。チョコレートが溢《こぼ》れるって」

「さっさと飲んでしまえよ、雪が激しくなりそうだ」

たしかに、窓の外はだんだんと暗くなっているみたいに見えた。

ホットチョコレートをグイッと呷《あお》ると、体がポカポカ暖かくなった。ラム酒入りだったみたいだ。

なるほど、たしかにこれは必要だったかも。

僕の手の中から、空のカップが取り上げられて、目の前のテーブルにコツンと置かれた。「行こう」と、小さくジーンが呟く。

「じゃあ、俺たちはこれで」

「あ、……はい」

何故《なぜ》だか視線を集めたまま、僕たちはさっさとその場を後にした。なんだか、一人取り残される彼に恥をかかせてしまうみたいで申し訳ない。

「あんな色男を弄んで。悪い奴《やつ》」

「……わざとじゃないよ」

僕を揶揄う小さな声に、文句を返した。あまり声をかけられたくなかったから、つれなく振る舞っただけ。ちょっとつれなくしすぎたかもしれないけど。

すれ違いざま、彼の波打つ赤髪に見蕩れた二人組の話し声が耳に留まる。

「ねえ、あんなセクシーな獣混じりもいるの？」

その隣の友人に囁いた女の子は顔を赤らめている。自分の吐いた言葉が、品性を貶《おと》めるような酷《ひど》いセリフであることに気がついていないらしい。もちろん、貶められる品性はジーンの品性ではなく彼女の品性である。

それなりに大きな声だ。間違いなく聞こえているはずなのに知らん顔をしているジーンの代わりに、僕は彼女らをジッと睨《にら》みつけた。ついさっき、夫を蔑《さげす》まれた悪女が舞台上でやったみたいに。

ピタリと止《や》んだおしゃべりを見るに、悪女仕込みの睨みはうまくいったらしい。

僕はフンと鼻を鳴らし、すぐ隣の脇腹をぎゅっとつねった。少しも贅肉《ぜいにく》がないせいでうまく摘《つま》めなかったけど。

失礼なことをされたんなら、君もちゃんと怒れよ。

そう小さな声で文句を言うと、ジーンはなぜだかとびきり甘やかな瞳で僕を見下ろして、それから僕のつむじにキスをした。

「ああ、エルマー！」

ホリデーの最終日。馬車の前で大袈裟《おおげさ》に涙を浮かべてハグをしてくる兄さんの背中に、僕は苦笑いをしながら腕を回した。

「また春には帰ってくるよ」

「勿論《もちろん》帰ってきてくれ。ああ、こんなに美しくなってしまって……学校にいる間はあの真面目《まじめ》な姿のままでよかったのに。……オイ、不埒《ふらち》な輩《やから》を〝僕の〟エルマーに近づけるなよ」

「ハイお兄様。もちろん、大切な恋人ですから。〝俺の〟エルマーは俺がちゃんと護りますよ」

「……」

――今ナチュラルに煽《あお》ったな、この男。

無言でジーンの胸ぐらを摑《つか》み上げようとする兄さんを執事たちがなんとか取り押さえている間に。

僕たちは逃げるようにして学園行きの馬車に乗り込んだ。

「……」

ガタガタ揺れる馬車の中で、王都の景色を眺める。

ああ、またあの学校での生活が始まるのか。

穏やかで楽しいホリデーの後は、学校の憂鬱《ゆううつ》さがひとしおだった。

「……学校、行きたくないな」

「なんでだよ。楽しくなるぞ」

窓枠に頬杖《ほおづえ》をついていたジーンがニヤリと笑う。

「どうだろう。ガリ勉エルマーが色気づいたって揶揄われるよ」

「ニコニコへらへらしてたらそうかもな。この間の調子で行けよ」

「……このあいだ？」

「劇場で色男を弄んでたろ。あの調子さ」

「学校であんな風に気取ってたらおかしいよ」

そう文句を言うと、ジーンが顔を上げた。

「……お前、そもそもの目的を忘れてないか？」

「そもそもの目的？」

もちろん忘れてない。アビゲイルの逃げ道をなくすこと。

「僕はアビゲイルに嫉妬《しっと》されるような男になればいいんだろ？」

「そう。あの高慢ちきが嫉妬するような男が、愛想振りまいてニコニコする可愛らしい男だと思うか？　高嶺《たかね》の花くらいが丁度いいんだよ。もっと澄まして気取って歩け」

「……なるほど」

今まで、監督生に相応《ふさわ》しくないと言われないよう優等生然と振る舞ったり。目をつけられないよう地味に振る舞ったり。生意気だと言われないよう控えめな性格を装ったりしたのと同じことか。演じる役割が変わるだけ、そう思うと少し気が楽になる気がする。

「見られたい自分を演じればいいんだよ」

「……ふうん」

なるほど、とカーテンを閉じて、ジーンの隣に座る。何だ、とこちらを横目で窺うジーンの目を見据えながら、僕はパタンと椅子に横になった。

「……オイ」

ジーンの太ももを枕にして、モゾモゾと頭の位置を調節する僕に戸惑《とまど》いの声が落とされる。

「緊張でお腹《なか》痛くなりそうだから、学校まで寝る」

どんな名俳優だって、舞台裏でまで役を演じてられないはずだ。

「……それとも何、君の前でも『生まれ変わった素敵なエルマー』を演じた方がよかった？」

それとも、『優等生のエルマー』？

呆《あき》れた視線を感じながら、仰向けになる。気心許せる彼に甘えているのだ。自覚はある。

「……お前、ひょっとして演技なんていらないんじゃないか」

「なんだよ、僕が素でワガママな悪い男だって言いたいのか？」

「……そうじゃなくて」

「なんだよ」

「いや」

フン、と笑って目を閉じる。

頭の下の脚は硬くて、お世辞にもいい枕とは言えない。

そのままジッとしていると、僕の様子を見ていたジーンがヤレヤレと首を振ってまた窓の外に視線を戻す気配が分かった。なんだかんだ許してくれるんだから。優しいんだジーンは。

「……」

そのうち規則的な馬車の揺れや彼の体温に、自然と瞼《まぶた》が重くなっていく。

眠りに落ちる直前、暖かで好ましいヘリオトロープの香りのする手のひらが瞼の上に載せられて、眩《まぶ》しい冬の日差しが遮られるのが分かった。

24. 綺麗なあの子

新学期になった。

相変わらず雪の積もった学校までの道を、ブーツのヒールでサクサク踏み締める。ついさっき、人のいない裏道でツルリと滑りそうになったのを見かねたジーンが、今も僕の腕を支えてくれていた。

雪の日にヒールはダメだ。どんなに低いものであっても。勉強になった。

お洒落《しゃれ》に不便はつきものらしいけど、お洒落のために人前で尻餅《しりもち》ついてたんじゃ台なしである。

ちなみに、僕を片腕で軽々と助けてくれたジーンは、底のツルリとしたショートブーツを履いているのに、相変わらずその長い足を悠々と伸ばしてなんてことない顔で雪の上を歩いている。この違いは、なんなんだろう。

「……ねえ、見てるよね」

僕は、雪を気にするふりをして俯《うつむ》きながら呟《つぶや》いた。

銀のソールがサクサクと雪の上に跡をつける。

「見てるな」

……やっぱり。

この学校の監督生になって、それからジーンの恋人になって。視線には随分慣れた方だと思っていたけど。

「家に帰りたい」

「昨日までいただろ」

「ウソ……」

まだ一日も経《た》ってないの？　もう一週間は我慢したと思ったけど。……そんな気持ちだ。

ああ、あのフカフカのベッドに飛び込んで、頭までブランケットを引き上げて、ゴロゴロ甘いものでも食べながら怠惰に浸りたい。

心中でうだうだとワガママを言いはじめた己にムチを打ちつつ、僕はチラリと道の端へ視線を移した。

こちらを食い入るように見ている通りがかりの生徒たち。いつもの光景のはずなのに、いつもの光景とは違う。

サッと視線を雪に戻す。

「下を向くなよ」

「僕が転んでもいいって言うの？」

「お前一人くらい支えられる」

渋々、背筋を伸ばして顎《あご》を上げた。

なんだろうか、このムズムズする感じ。

今までの視線が、見世物小屋の珍獣に注がれるそれだとしたら、今日のこれは、これは……。これは、何に注がれる視線だろうか。

苦い顔をする僕をチラリと見たジーンが身を寄せてきた。

「あのソフトモヒカン男、見えるか？」

金色の瞳《ひとみ》が見ている方向に、視線をやる。

「……栗みたいな？」

「栗みたいな」

見える。ブラウンの栗頭。栗頭って言うとアレだけど、ちょっとおしゃれな栗頭、つまりソフトモヒカン。

彼には見覚えがあった。何かの部活の、代表選手だった気がする。スポーツマンだ。

ガリ勉監督生の僕とは相性の悪いタイプである。

「あいつに目配せしてみろ」

突拍子もない言葉に、「は？」と低い声が出た。目配せってなんだ。

怪訝《けげん》な表情でジーンを見上げると、ニンマリ悪戯《いたずら》な顔をしたジーンがこちらを見ていた。

「子供がするような微笑《ほほえ》ましいやつじゃないぞ、とびきり思わせぶりなやつだ」

「……君、この大事な初日に僕で遊ぼうとしてるね」

「いいや？　この学校の奴らで遊ぼうとしてる」

「……」

訳が分からない。分からないが、なんせ僕は今彼に摑《つか》まり立ちさせてもらっている立場である。彼に見捨てられてしまったら学舎《まなびや》までスケートをしながら向かわなくちゃならなくなるし、自分にそんな運動神経がないことは自覚している。つまり、隣の悪魔の戯れに乗らないなんて選択肢、僕にはないのである。

栗頭くんをじっと見つめて、目が合っていることを確認する。ずっとこちらを見ていたんだ、すぐに栗頭くんが僕と視線がぶつかったことに気づいて目を丸くした。

そのままゆっくりと瞬きをして、ちょっぴり目を細め口角を上げて微笑む。

さて、ウゲという顔で後退《あとずさ》りされるか、腹を抱えて笑われるか。僕は前者に一票。

そんなことを考えていると、ボフン、栗頭くんの顔が赤くなった。

——あれ？

首を傾《かし》げる。手順通りに材料を混ぜていたはずなのに、蓋《ふた》を開けて見た薬が想像と全く違う色をしていた時みたいに。

隣の色男が「やれやれ、罪な男だ」と言ってため息をついた。

「……んん？」

授業が始まってからも、違和感は続いた。

まず、教室の手前でいつも通り、ジーンと別れる。それから、席につくとギョッとした表情で僕の方を振り返る生徒が何人もいた。

「……君、席間違ってない？」

「……間違ってないけど」

教授が入ってきて、出席を取られる。

「エルマー・グラント」

「はい」

いつも通り返事をしただけなのに。教室に言葉にならないどよめきが走ったのが分かった。

「……エルマー・グラント？」

「いやいや、まさか。人違いだろ」

「アスターの新しい恋人じゃないの？」

どよめきの内容って言ったら大体こんな感じ。

教授まで「エルマー・グラント……？」と僕の顔をまじまじと見てもう一度名前を呼んだ。

見た目が変わりすぎててちょっと信じられない。なんて間抜けなこと教授の彼が言うわけにはいかないんだろう。まるでさっきの僕の返事が聞こえなかったとでもいうみたいな演技までしている。

「……声が小さかったですか？　エルマー・グラントです」

ポカン。口を開けた教授の鼻から、老眼鏡がずり落ちた。

あまりに威厳のないその姿に、咄嗟《とっさ》に俯いて吹き出すのを我慢した。

肩が震えていたからもしかしたらバレていたかもしれないが、誰にも何も言われなかったのでヨシとする。

「エルマー!?　君、本当にエルマーかい!?」

一限が終わって、二限三限も終わって……四限が終わった後。

クラークに久しぶりに声をかけられた。ここのところ僕に声をかけるたびに、彼は何かと興奮している気がする。

小鼻が膨らんだ彼の顔をジッと見つめながら、僕はただ一つ頷《うなず》いた。

「そうだけど……」

僕、何回名前を名乗らなくちゃならないの？

ついため息と共にそんな言葉が漏れたのも仕方がない。

なんたって、一限から四限までず――っと色んな人に、同じ反応、同じ質問を繰り返されている。

「僕は、間違いなくエルマー・グラントです」なんて訳の分からない念押しを、この数時間で何回しただろうか。

最後の方はノートから顔を上げるのもやめて、ため息までついていた気がするけど、信じられないという顔をした教授たちがそれを咎《とが》めることはなかった。

目の前の、クラークも同じである。

「なんてこと……まさにみにくいアヒルの子だ」

「……なんだって？」

彼は、詩人の子供じゃなくて学者の子供だったはずだけど。

「いいや」と、夢でも見ているみたいに惚《ほう》けた瞳でクラークが首を振った。アヒルの子が白鳥になったというのは、僕の髪の色の変化を言っているんだろうか。

もしそうなら、彼に詩人の才能はなさそうだ。童話からの発想だろうが、ありきたりすぎて、あまりロマンチックとは言えない。

あまりに子供じみた喩《たと》えに笑いが溢《こぼ》れた。

クラークの顔がとろりと蕩《とろ》ける。

……なんだその反応。

首を傾げると、灰色から銀色に生まれ変わった髪がサラサラと頬を撫《な》でた。

「ねえ、君、これからよかったら」

「エルマー」

耳に心地よい低音に、教室の入り口を振り返った。壁にもたれたジーンが首をコテと傾げた。

「ごめん、僕行かないと」

何かを言いかけていたけど、ジーンが僕を急《せ》かすように手招きをしていたから。

呆然《ぼうぜん》とするクラークに微笑んで、さっと身を翻す。ジーンがどうぞと言うように身を開き、大袈裟《おおげさ》に僕を教室の外にうながした。チラ、と彼の目が教室の中を睨《にら》んだのが分かった。

「あ……」

「それで、授業はどうだった？」

「ウーーン、なんというか……」

普段は行かない食堂に行けば、今までと比べ物にならないくらいの視線が僕たちに集まる。

流石《さすが》にもう驚かなかった。

頬を赤らめて、振り返る者までいる。ジーンを見てそうなる人ならいくらでも見てきたけれど、今日は違う。視線の先は僕である。

「うーん……」

長椅子に座り、長テーブルの上をキョロキョロ見渡す。

全身に突き刺さる何十という視線に、喉《のど》が渇いて渇いて仕方がない。僕は猛烈にレモン水を求めていた。

ギリギリ、魔法を使うまでもなく手が届きそうなところにカラフが置いてあるのを見つけて、手を伸ばす。

「ど、どうぞ」

「……ありがとう」

斜め向かいの席の生徒が、わざわざ杖《つえ》を出して僕の手元にカラフを移動させた。

「……？」

また首を傾げながら、小さく礼を言う。

ジーンが無言で僕の皿に肉を取り分けた。

僕も黙って首を傾げたまま、肉だけ盛られた彼の皿にサラダをこんもり盛った。彼の眉間《みけん》にキュッと皺《しわ》が寄る。その顔に笑いながら、僕は小声で世間話をするみたいに口を開いた。

「……ねえ、ひょっとして僕ってイケてる？」

「ゲホッ」

渋々菜っぱたちを口に運んでいたジーンが口を押さえた。

僕はサッと水の入ったグラスを寄せながら、周りをぐるりと見渡す。

「自惚《うぬぼ》れとは思えないんだけど」

「……っ、ふ、ふ、面白すぎ」

テーブルに片肘《かたひじ》をついて、顔を覆ってしまったジーンの肩がプルプル震えている。彼の顔は大きな手にすっぽり埋もれてしまって、ちっとも表情は窺《うかが》えないけど、間違いなく僕を馬鹿にしている。

「扱いが変わりすぎて怖いんだよ。君、僕に魅了の呪いとかかけてないよね」

ンプ、と隣からまた笑いを飲み込み損ねたような音がした。

「か、かけるとしても……ふ、俺ならもっと上手《うま》くやるね」

「……」

そりゃそうだ。

あからさますぎる周りの視線にコクリと頷く。

でも、僕が平民の監督生なことは何も変わってないのに。

「……ンン。だから言ったろ、結局見た目を変えるのが一番手っ取り早いんだって」

グッと水を呷《あお》ったジーンが咳払《せきばら》いをしながらそう言った。

「……見た目が全部？」

「ラッピングされたリボン付きの箱と飾り気のないただの紙袋の中、どっちが見たいかって話」

「……なるほど」

ぷすりと肉にフォークを突き刺した。

見た目を飾らなきゃそもそも中身を見てもらえないと。

なんだかちょっと世知辛《せち》い気分だ。

僕をチラリと見たジーンが言葉を付け加える。

「まあ、逆に言うなら、好き好んで根暗な地味男と仲よくなろうとする奴《やつ》には、下心があるってことだ」

「下心って？」

「気があるってこと」

「……ふうん」

肉を口に含んで、咀嚼《そしゃく》した。そんな人、いたかな。

食堂のざわつきに混じって、向こうの方から小さな囁き声《ささやごえ》が聞こえる。

「あんなことがあって学校に来られるなんてね」

「ホリデーの間に何があったんだろ」

「ちょっとファッションとヘアスタイルを変えただけだろ、皆大袈裟。だから調子乗るんだ。見てよあの偉そうな顔」

「だけど、彼、すごく綺麗《きれい》だ」

「……お前、どうかしてる。ガワが変わっただけだろ。実力もないくせに偉そうな態度」

「彼、監督生だよ」

「ドベ監督生だろ。態度に実力が見合ってないよ」

「……」

今はそうかもね。でも、すぐにそんなこと言えなくなるぞ。

コソコソ話を聞いた瞬間、そんなふうに思った自分に驚愕《きょうがく》した。

装いは、人の心を容易に操るらしい。その人本人の心さえも。

だけど、今はまるで、高級男娼《だんしょう》にでもなった気分だ。道すがら綺麗だと褒めてくれた人の目にも、僕を尊敬するような光はない。

そりゃそうだ、彼の言う通り、皮をかえただけなんだから。

だけど、もう僕を見下すような理由を与えてなんかやらないぞ。

そんな闘志を燃やしながら僕を擁護してくれていた子を見ていると、視線が合った。ありがとうの意味を込めてニコリと微笑《ほほえ》みかけると、その子の耳の縁が赤くなる。その様子を観察しながら、呟《つぶや》いた。

「だけど僕、チヤホヤされるよりずっと寝癖頭でゴロゴロしてる方が好きみたいだ」

「知ってる。ホリデー中、毎朝お前を起こしてやったのは誰だと思ってるんだ」

彼の言葉に、浮き足立っていた僕の心がストンと落ち着いた。ただ、彼がカッコつけてない僕のありのままを知ってくれているのなら。まあ、いくら周りが変わっていっても、そんなに気にすることでもないような気がした。

「ならいいや」

25. 一騒動

「好きなんです」

「んん？」

騒動の始まりは、そんな突拍子もない一言からだった。

いいや。騒動って言ったって、僕はここのところずっと騒動に巻き込まれっぱなしで。騒がしいそれが日常になりつつあるのだが。

「グラント様のことが、好きなんです！」

「グ、……」

〝グラント様〟？

顔を真っ赤にして、両手を胸の前で握りしめて。震えるような声で必死に告白する姿に、いつだかの自分の姿が蘇《よみがえ》った。

誰かに告白することが、どれだけの勇気を必要とするか僕はよく知っている。

しかしここは、東棟の一階。正面玄関前ホール。

つまり何が言いたいかっていうと、それなりに人が多い。

「グラント様を、ずっと見ていました」

「……は、はあ」

——ところで。突然何だ、と思うような話だが聞いてほしい。

二限目から三限目。魔法薬学から占い学の教室までの移動には、かなりのコツがいることで知られている。

魔法薬学の教室が、一階の一番隅にあるせいだ。これはこの学院の設計士が悪いわけではない。国からそう決められている。どこの学校に行ってもそうだ。

なぜなら、魔法薬学の授業で、床が溶けるような劇薬を作ることがあるから。

生徒がそれをうっかりひっくり返して床が溶けたりしたときに、教室が一階じゃなかったらどうなるか。穴から滴った劇薬を、下階の生徒が被《かぶ》ることになる。もちろん、建物を溶かすような劇薬に人体が耐えられるはずもなく。おめでとう。教室には、新品の骨格標本が転がることになる。

……生徒一人(それも、ラムサスでは高確率でその生徒とは貴族である)の命と交換で得られるものが、新品ピカピカの骨格標本。

そんなこと商人の息子《むすこ》じゃなくたって分かる。割に合わない。

そんな目も当てられない惨劇を防ぐため、全国どの学校にいっても魔法薬学の教室は必ず一階の隅。人通りが少なくて風通しのよい場所に設計されることになっている。

「分かってます。俺なんかがグラント様に相応《ふさわ》しくないことくらい」

「え、……そうなの?」

ちなみに言うと、占い学の教室は大概、学校の一番天辺《てっぺん》に位置することが多い。星の動きを読んだり、月明かりで水晶を浄化したりするときに、その方が勝手がよいからだ。

……だから魔法薬学から占い学に移動する時間割は、ラムサスの生徒に限らず、この国の生徒全員に言わせると〝最悪〟だった。

練りに練り上げた最短ルートを、道行く生徒たちを肩で跳ね飛ばし、風のように走り抜け、ゼーゼー言いながら教室に飛び込まなくちゃ授業に間に合わないのである。

――そして、今年の僕はその〝最悪〟な時間割に当たってしまった。

他の授業をどう組み直しても、この二つが連続するのを避けることができない。

いや、唯一避ける方法があるとすれば、オヘア教授の呪文学を取ることだけど、あの授業は3K……厳しい・煙たい・臭いが揃《そろ》う最悪な授業で有名なのだ。

オヘア教授が絶えず口に咥《くわ》えているタバコは、そのあまりの匂いから一部の生徒たちの中で〝馬糞《ばふん》タバコ〟なんて囁かれている。

ジーンなんかは、一年生の頃あの匂いで卒倒したらしい。

……彼の名誉のために、サヌスの人たちは僕たちよりも五感が鋭いことで知られている、ということを是非授業で教えて欲しいと思う。

オヘア教授の話題を出すと、彼の鼻には未《いま》だに嫌な匂いが甦《よみがえ》ってくるらしい。鼻に皺を寄せて「あんな奴を教師に雇うな」と文句を言うくらいには、彼はあの人のことが嫌いだ。いやしかし、ご尤《もっと》もな意見だと思う。

「あの、……あの、それで」

だから何が言いたいのかって。

僕は急いでいるのだ。それももう、めちゃくちゃ。猛烈に。馬鹿みたいに急いでいる。

今だって、散歩が待ちきれない犬みたいに、その場でハフハフ足踏みをしてやりたいくらいの気持ちでいる。だけど、僕は奥歯を噛《か》み締《し》めてその衝動を我慢しなくちゃならない。

なんたって今の僕はジーンの恋人でもあるし。あのアビゲイルに嫌がらせをされてしまうような魅力的な人物……のロールプレイをしている真っ最中なのだから。

頭の中ではチクタクチクタク秒針が音を立てていても、目の前で顔を真っ赤にして自分に告白をしてくれている生徒がいたら、紳士的に立ち止まって、クールに話を聞いてやらなくてはならない。

……ああ、だけどできるのなら。僕の時間割をもう少し考えて話しかけて欲しかった。照れたり喜んだり、気の利いた断り文句を考える余裕などこちらにはないのだ。

「……あ、あの、ごめん」

「俺、俺も平民なんです。だけど、エルマー様みたいにカッコいい監督生になりたいんです！」

「……へ？」

目の前の生徒が発した言葉に、よし断るぞと口を開いた僕の言葉がピタリと止まった。ついでに頭の中の秒針も。それから僕の瞬きも。

……君は平民なのか。

……え？　平民なのに監督生になりたいだって？

「お、俺がもし監督生になれたら、あなたに憧《あこが》れることを許していただけますか」

平民で監督生になった僕が一体どんな目にあってきたか。それをこの学校の生徒が知らないはずがない。

なのに、彼は監督生になりたいらしい。

僕みたいな、監督生になりたいらしい。

「……えっ」

……僕はすっかり感動してしまった。

だってほとんどの平民たちは、貴族からの嫌がらせを恐れて、監督生を目指して努力することをやめているのだ。優秀な生徒だって成績を上げすぎて目をつけられないように手を抜いたりする始末である。どんなに嫌がらせを受けても、意地になって監督生の座にしがみついたりするような変わり者は後にも先にもきっと自分だけ。

そう思っていたのに。

「……監督生になりたいって？　君が？」

「は、はい。無理なことを言ってるって分かってます。だけど、俺、ほんとうにあなたみたいになりたくて」

「む、無理なんてことないよ！　僕にできたんだもの！」

思わず手を取り、身を乗り出すと、彼の顔が赤くなった。

そうだよ、平民の優秀な生徒がもっといれば、ラムサスの環境は変わるに違いない。

「君、名前は？」

新たな同志を見つけたような気持ちになってそう聞いた僕の腕を、彼から引き剝《は》がすように力強い手が引いた。

熱い手のひら。振り返る前から、その手のひらの持ち主が誰だか、僕にはわかった。彼には腕を引かれてばかりだから。

「……、ジ、ジーン？」

振り返った先にあったのは予想通りの顔だ。だけどその顔が、予想と全く違う表情をしていたせいで僕の体は固まった。

ひどく冷めきった目がそこにはあった。氷のような凍てつく目に射すくめられて、息を呑《の》む。

握られた腕が鈍く痛んだ。幾度となく僕の腕を引っ張ってきた彼が、今まで随分と力加減していたことに気がついた。

「……どうした、……んむ」

「……」

力任せに引き寄せられて、グッと腰が反る。息が詰まって。

それから、唇に感じた熱い感触。

いつだかみたいに、親指なんかは添えられていない。間違いなく、それは唇と唇のキスだった。

びっくりして変な声が出た。

「……っ」

彼の歯が最後に、ガリと僕の下唇を噛んで離れていく。

訳がわからないまま、目を瞬《しばたた》かせる。鋭い痛みに、一粒、生理的な涙が溢《こぼ》れた。

ジーンの顔に隠れて周りの生徒からはその涙は見えなかったはずだけど、どうだろうか。

ただ、僕の顔に限りなく近づいていたジーンにはその涙がよく見えたらしい。証拠に、冷たく細められていたその目がハッと我に返るみたいに見開かれた。なぜだか人前で無理矢理、乱暴に唇を奪われた当の僕より、彼の方が傷ついているように見えた。

「……あ、君。その、告白は、ごめん。だけど君の挑戦、応援してる。お互い、頑張ろう」

僕は呆然《ぼうぜん》とジーンの顔を見上げたまま、告白をしてくれた男子生徒になんとか言った。

もう一言二言言いたかったけれど、とりあえず今は一杯一杯なのだ。勘弁してほしい。

ホールに集まっていた生徒たちの視線から逃げようと踵《きびす》を返す僕を、握られたままの腕が邪魔する。

呆然とするジーンの顔は色をなくしていた。

意味が分からない。それが、突然人の唇を奪った挙句思いっきり噛みついてきた男のする顔？

僕はその不可解な顔をジッと見据えて「……痛いんだけど」と唸《うな》るように言った。

ピクと彼の指先が震えて、腕が解放される。

理解できない態度だ。グッと眉《まゆ》が寄ったのが分かった。

「エル……」

呼び止めようとする彼の脇をすり抜ける。

僕はシンと静まり返ったホールの中、ツカツカとソールの音を鳴らしながら足早にその場を去った。

騒つく観衆の声が背後から聞こえていた。

26. 優しい人ほど怒ると怖い

「おい！」

途中、動揺したように僕を見るアビゲイルと視線が絡んだが、彼の相手をしている余裕なんてもちろん僕にはなかった。

足早に、だけど不自然じゃないように人波を抜けて、角を曲がった瞬間なりふり構わず走った。

すれ違う生徒が僕を振り返る。

それから、僕の腕の中にある教科書を見て「ああ、占い学の移動か」と気の毒そうな顔をした。今向かっているのは教室じゃないけど、ありがたい勘違いだった。

胸がジクジク痛む。

こんな風になるのは久しぶりだ。前はしょっちゅうだったのに。

こうやって惨めな気持ちのまま、嫌なことがあった場所から逃げ出したりすることが減ったのは、ひとえにジーンのおかげだった。

嫌なことがゼロになったわけじゃないけど。ずっと隣にいてくれる友人がいること。自分の代わりに怒ってくれる存在があること。それだけで随分、毎日が楽しくなって救われていた。

だというのに、久しぶりにあの部屋に逃げ込む原因がジーンになるとは。

僕の行くところなんて一つしかなかった。

この学院で、僕が一人で安心して過ごせるのは寮の自分の部屋以外にはここだけだ。

第三図書室の鍵《かぎ》を乱暴に開ける。気が立っていたせいで何回か鍵穴《かぎあな》に鍵を差し込み損ねた。

部屋の中に飛び込む。睫毛《まつげ》が濡《ぬ》れている。拭《ぬぐ》っても拭ってもじわじわ滲《にじ》む涙のせいで一向に乾かない。

「……うう」

最悪だ。

顔を覆い、しゃがみ込みながら内心で呟《つぶや》く。

最悪？　一体何が？

ファーストキスだったから？

……いいや、そんなこと気にしちゃいない。

それじゃあ僕はどうして、こんなにショックを受けているんだろう。

別に自分のことを勇敢な男だなんて思っちゃいないけど。

ファーストキスを強引に奪われたから一人で隠れて泣くなんて、そんな可愛い性格をしていたつもりはなかった。

「……」

そう。ファーストキスを強引に奪われた。

それも、友人だと思っていた男に、無理矢理奪われた。

僕なら誰かに力づくでキスしたりなんかしない。

少なくとも友達だと思っている人に、そんな酷《ひど》いことはできない。

……ああ、そうか。

僕はキスをされて傷ついた訳じゃない。彼の、僕に対する乱暴で失礼な態度に怒っているんだ。

「……グス」

自分の感情にようやく名前がついた頃。ガチャ、と扉が開かれる音がして。

しゃがみ込んだ僕の視界の端に、磨き上げられたブーツの先が映った。

「……」

「……、エルマー」

いつもより頼りない声に、グッと喉《のど》が詰まる。

「……なんで、僕が怒ってるか分かる？」

「……無理矢理キスしたからだろ。でもだからって」

――〝でもだから〟だって⁇

その瞬間、拭っても拭ってもキリがなかったはずの涙が、ピタリと止まるのが分かった。

悲しみと羞恥《しゅうち》で煮えたぎるように熱くなっていた頭の中を、ピリリと鋭い怒りが走る。

乱暴を働いた友人への第一声が「でもだから」……？

――ああ、何としてでも目の前のこの失礼な男を懲らしめてやらなくちゃならない。

「……」

僕は涙の残る顔を俯《うつむ》かせたまま、フーと震える息をついて無言でスックと立ち上がった。

——火は、ダメだ。水も、ダメ。雷も、だめ。

そんなことを嫌に冷静な脳みそがツラツラ考える。その数秒の間に、顔を柔らかく隠していた僕の銀髪が魔力摩擦でパチパチと巻き上がるのが分かった。

ギョッとしたジーンが杖《つえ》を抜く前に、その腕を素早く縛り上げるものがある。

図書館のあちこちに生えていた観葉植物たちだ。

僕の魔法によってみるみる植物の蔦《つた》が伸びて、ジーンの腕に力強く絡んでいくのである。

「うわ、……おい、エルマー！」

「……黙って、よく聞いて」

怒りと羞恥と屈辱とショックに震えたまま、唸る。

僕の喉から出た冴《さ》え冴《ざ》えとした声色に、ジーンがハッと驚いたような顔をして口を噤《つぐ》んだ。

「君みたいな色男なら、強引にキスしても喜ぶ人がごまんといるから勘違いしたんだろうけど、相手に合意を取らない力づくのキスはね、ただの暴力って言うんだよ。今時、強引なキスなんてのはフィクションの中でだって流行《はや》らないんだ。君ともあろう人が知らなかった？」

僕がこの三年、丹精込めて可愛がっていた植物たちが僕のかけた成長魔法にしっかりと応えてくれる。彼らは図書室のあちこちから目にも止まらぬ速さでニョキニョキ伸びて、ジーンのスラリとした腕や脚をきつく縛り上げていた。

咄嗟《とっさ》に魔法を使おうとしたジーンの動きは「……この植物たちはみんな貴重な子たちでね。トールマン教授のお気に入りだ。傷つけたら反省文百枚じゃすまないだろうな」なんて言う僕の呟きによって、すぐに止まった。

その間にも、植物たちは伸びて増えて。みるみるうちに図書館の床も天井も壁も覆い尽くして。ギチギチに縛られたジーンが部屋のど真ん中で宙吊《ちゅうづ》りになる、奇妙な光景が完成した。

「……ッ！　たかが、キスだろ。ギャーギャー騒ぐほどのことじゃ……いってえ！」

僕の感情に反応して、植物たちが力を入れる。

たかが、キス？　ああ、たかがキスだ。そう、キスなんてものはどうでもいいんだ。

大切なのはそんなことじゃなくて、君が僕に、そんな失礼なことをするような人だったたってことだ。

そして僕が君にとってその程度の人間だったたってこと。僕が今まで君に感じていた親しみや友情や共感や、そういったものがあの一瞬で踏《ふ》み躙《にじ》られたたってこと。

「ちがう、今のは、……。クソ、お前、それでも監督生か！　ちょっと一回落ち着け、……いっ！」

自分の顔が勝手にニッコリと優しい微笑みを形作るのを感じた。誰かにこんなに怒るのって初めてだから知らなかったけど、僕は怒ると笑顔になるタイプの人間だったらしい。母さんと同じだ。

頭の隅で「母さんが笑い始めたら、もうその時はなりふり構わず土下座した方がいい」なんて、父さんの言葉を思い出した。

何それ情けない、なんて当時は笑っていたけれどアレは正しかったみたいだ。

なんてったって今の僕はこの顔で、怒髪天を衝《つ》いている。文字通り、髪も逆立つ魔力で蛇女か何かのように、顔の横で大きく広がっていた。

どういうつもりだか知らない。今日の彼はどうしてこんなにも僕の嫌がることばかりするのか。朝別れた時はまだ、いつもの気の合う親友だったのに。だけど、どんなわけがあるにしろ、あんな横暴なことをしたんだから。まず謝るべきだ。そうだろ？

「……ハハ、失礼いたしました、旦那様。私は監督生の前になんせ平民なので。気も短い上に品性にも欠けていて」

「……いや、違……そういうことじゃ」

「……ふん」

扉を開けてまず一番に謝ってくれたら。思いっきり足を踏んづけてやって、それでチャラにしてやろうと思っていたのに。

何をどうしたのか。

今日のジーンは彼らしくない。

普段の彼なら、ちゃんと僕に謝ったはずだ。

彼はがさつなようでいて、人の気持ちをよく観察している案外繊細な人だと思っていた。

そもそも、あんな訳の分からない行動を取るような男じゃないはずだった。

それなのに今日は意地悪なことばかり言う。

僕もこんなことばかり言われたら許す気になんてなれない。

「……謝ることもできないの？　ほんっっと最低」

宙吊りにされた時、ブレザーの中から転がり落ちた彼の杖を拾い上げながら吐き捨てた。

逆さ吊りになっているはずの、彼の顔から血の気が引いたのが分かった。僕がこれからすることが予想できたんだろう。

「エルマー、待て、悪かった、説明を」

「……僕、魔法上手になったでしょ。見た？　植物を傷つけずに成長魔法をかけるなんてなかなか難しいのに。君の特訓のおかげだ」

まさか、一番初めに使う相手が君になるとは思ってもいなかったけど。

「おい」

「じゃあね。誰かに見つけてもらえるまで、その無様な状態でいたらいいさ」

「待てよ、おい！　エルマー！」

「誰が待つか！　せいぜい恥をかけ！　バーカ!!」

バタン！！！

感情に任せて力一杯扉を閉じた。

もちろん鍵も閉めた。

だってトルーマン教授に、「貴重な本だらけだ。ドラゴンに追われていても施錠はしろ」って言われてるんだもん。仕方がないだろう。他意はない。ないったらない。

人の唇を人前で強引に奪うくらい欲求不満なら、せいぜいプリプリの植物とでもキスしてりゃあいいんだ。

「……フン」

最後に一度、扉をジトッと睨《にら》みつけ、僕はその場を後にした。

「あら、グラントさん。あなたが遅刻なんて珍しい。……ああ、あなた、今期は時間割に運がなかったのだっけね。いいわ。一度目だから許してあげる」

「ありがとうございます。マダム」

遅刻をした占い学の授業では、茶葉占いをしていた。

後ろのテーブルに滑り込むように座って、お茶を飲む。

「あら、鐘だわ」

僕のカップを覗《のぞ》き込《こ》んだ教授が興味深そうにそう言った。

「恋人との関係で、何か刺激的な進展がありそうだわ。……心当たりは？」

ジーンと僕が付き合っている、という噂《うわさ》を知っているのだろう。

意味深な目配せを送ってきた教授に僕は「ええ、ついさっき人前で血の味がするファーストキスを済ませました。ついでに恋人を縛り上げて放置してきたところです。刺激的でしょ」……なんてことはもちろん言えないので、ただ無言でにっこり微笑んだ。

27. Kiss me quick

コンコン、コンコン。

ここのところ毎朝、そんな音で起こされている。

仕方がない。

「……懲りないな」

僕は渋々、暖かい毛布の中から起き上がった。

カシミアの靴下を冷えた絨毯《じゅうたん》の上に下ろす。生地越しにも感じられる冷たい空気が足の裏を容赦なく冷やした。

薄暗い部屋の中を目を擦《こす》りながらヨタヨタ進んで、カーテンに手をかける。

「チ」

「『チ』じゃないんだよなあ……」

窓枠に止まった小さな小鳥が、黒くてまあるい瞳《ひとみ》を僕に向け「チチ」と首を傾《かし》げて、嘴《くちばし》を突き出した。

鳥には詳しくない僕でも分かる。首から上が鮮やかな橙《だいだい》色《いろ》をしたコロコロ丸い冬の鳥。ロビンである。

困ったな、とボヤきながらも、嘴に咥《くわ》えられた赤い花を僕は指先でそっと受け取った。君も、毎朝ご苦労だね。

ロビンがその小さな体でせっせと運んできたのは、少し厚くて赤い花弁をした可愛らしい花だ。

……あいにくと、僕はこの花の名前を知らない。

「今日も来たんですね？」

右側から聞こえてきた声に、僕は苦笑いをしながら「うん」と顔を上げた。

同じように窓を開けた隣人が、口から白い息を吐きながらこちらを覗き込んでいる。

「情熱的だなあ……」

感嘆するようにそう呟く隣人は、一ヶ月前、玄関ホールで大胆な告白をしてきた例の彼だった。

そう、一ヶ月。

僕とジーンの喧嘩《けんか》は思いの外長引いているのだが、今重要なのはそこじゃない。

榛色《はしばみいろ》のヤンチャな髪がよく似合うこの彼が、僕に告白をしたあの彼で、隣人だということが問題である。

彼……ジョシュアに告白されて、ジーンにキスをされて。喧嘩をしたあの日から一週間経《た》った頃には既に、僕とジーンの喧嘩は学校中の噂になっていた。

……隠していればよかったのに。そんな噂が流れた原因は、不本意だが僕にある。

喧嘩の翌日。

朝、少し気まずそうな顔をしたジーンがいつも通り迎えにきたのを、僕がプイと顔を背けてあからさまに無視したのだ。

ギャラリーがざわついたのが分かっても、今更態度を改めることなんてできなかった。

「……無視かよ」とボヤくジーンを置き去りに、スタスタと早歩きで教室に向かった。

不遜《ふそん》な表情で歩く僕の前を、人波がザザーッと割れて
いつもはそれに申し訳なさを感じて会釈をしたりするのに、そんな気にもなれない。

コソコソと小声で何かを噂する生徒をキロリと睨《ね》め付《つ》けたりしてしまうくらいには、僕は不貞腐《ふてくさ》れまくっていた。

これは僕の悪いところだ。意固地になるとしつこい。

どんなにいじめられても最終学年まで監督生の座を決して譲らなかったあたりを見てもわかるだろう。これはもう根っこからの性格である。

「エルマー、……なあ、……悪かったよ」

「……」

「……お前だって、昨日のあれはやりすぎだったろ」

「……失礼、なんだって？」

足を止めて振り返ると後ろを追いかけてきていたらしい彼が気まずそうに目を逸《そ》らした。

まるで主人に叱られた犬みたいな顔だった。昔、家で飼っていたハウンドもよくこんな表情をしていたな。ついそんなことを思い出して、ちょっと絆《ほだ》されそうになる自分を、頬の内側をぎゅっと噛《か》むことで堪《こら》えた。

だって、彼、僕がどうして怒っているのかも理解していない。

「僕が、やりすぎ？　まさか。わざわざそんなことを言いにきたの？」

「……いや」

「じゃあ、何？」

カツリ。

靴を一歩前に出す。

代わりに、僕に比べてひと回り大きな靴が、一歩後ろに下がった。

今や廊下のおしゃべりは絶え、登校途中の大勢の生徒たちが固唾《かたず》を飲《の》んで僕たちの様子を見守っていた。

「だから……」

昨日からジーンの様子がどうにもおかしい。なぜ？

眉《まゆ》を寄せたまま口を開けたり閉めたりして、言葉を続ける様子がない。そんな彼を不機嫌な思いで見つめながら、黙ったまま考えた。

僕が告白されたせい。それは間違いない。だからってどうして彼がこんなふうになるのか、それが分からない。

何が起きたって飄々《ひょうひょう》としていて、口がよく回る。人を揶揄《からか》うのが趣味の気の置けない友人。それが僕の知っているジーンである。

だというのに今の彼ときたら。

「……下手《へた》くそ」

言い訳の一つもできないのか。

僕がどうして傷ついたか、賢い君なら考えたらわかるはずだろう。それとも考える気がないのか。

「何も言えないならもうついてこないで」

ただ一言そう言うと、もう後ろから足音は追ってこなかった。

「ついてこないで」と自分で言っておいて、彼が追いかけてこないことにも腹が立った。自分でも面倒な性格をしていると思う。


——そしてその翌日。

学生新聞の一面にこんな文字が躍っていたのだ。

『我が校のニュースター！　美しき白鳥の冷酷な一面！　話題のカップルもついに破局か!?』

「……」

ゴツンと机に額を打ち付ける。なんだこれ。

あんな衆目のあるところで子供みたいに喧嘩をした罰だろうか。恥ずかしいったらない。

「……そもそもまだ別れてないし」

勝手なことを言う新聞が、手の中でボッと炎に包まれて灰になった。

……それからというもの、毎日のように学生新聞には僕らの話題ばかりが載っている。

以前からアビゲイルのような人気のある生徒に関するゴシップの多い新聞ではあったが、今や僕たちの喧嘩に関するコラムができているんだから救えない。

コラムの中では、僕の様子を遠巻きに窺《うかが》うジーンの様子について（新聞で読んで僕も初めて知った）や、それをすげなく突き放す僕について、事細かに書かれていた。

記事の中で僕は、あのジーン・アスターを振り回す魔性の男だと言われている。全くもって気に食わない。いつかあのコラムを担当している記者に文句を言ってやる。そう思うけど、今のところ騒がしい日々を乗り切るのに精一杯で、実行には至っていない。

——そう。そんなわけで。

いまや学校は、僕とジーンについての勝手な憶測で持ちきりなのだ。

貴族だのエリートだの言ったって、結局みんな、恋だのなんだのが好きなティーンエイジャーだったらしい。

毎日勉学に追われる彼らに、僕は最高のゴシップを提供してしまったというわけだ。

いつのまにか僕たちの生まれ育ちについて文句を言う人間よりも、僕たちの行く末や喧嘩の原因。どちらに味方をするかなんて話をする人間の方が多くなっている。

そして全校生徒が知っているんだから、僕を好きと言ってくれたジョシュアが喧嘩について知らないはずもなく……。

小鳥がやってきたある朝。

隣の部屋の窓から顔を出したジョシュアは勢いよく僕に謝った。

「すいませんでした!!」

「ワッ！」

僕は飛び上がった。ついでに小鳥も飛び上がった。

危うく窓の外に落としそうになった花を、すんでのところで摑まえた。

「な、なに!?　え、君、僕の隣室だったの……!?」

「俺があんなところで告白したせいで、こんなことに……！」

「ええ……??」

窓越しの全力の謝罪につい後退《あとずさ》る。いやいや、僕たちの喧嘩は既に意地の張り合いに成り果ててしまっているし、確かに彼の告白がキッカケではあったけど、誰かに告白することに罪なんて少しも……。

「いえ……ただ気持ちを伝えたいだけにしても……もっと冷静になるべきでした……俺が緊張でパニクっていたせいで……」

しかしそう言って譲らない彼に「何か償いを」と押しに押されて、僕は結局、花の手入れやら小鳥の好む餌やらを教えてもらうことになったのだ。「それだけですか」と彼は物足りない様子だったが、自分をフッたばかりの相手と毎朝話さなきゃならない。それだけで充分酷《ひど》い状況じゃないだろうか。

僕なら辛《つら》くて嫌だと思う。

「チ」

「え、お前まだ餌が欲しいの？」

この慌ただしい一ヶ月のことを思い出しながら指先でクルクル花を回していた僕に、ロビンが「早くしろ」というみたいに首を伸ばした。

ほぼ正円に近い彼のシルエットに「……うーん」と眉を下げて笑う。それくらいこの小さな鳥は太っているのだ。もうプクプクである。彼の雇い主が、賄賂《わいろ》をあげすぎているのが一目瞭然《いちもくりょうぜん》なくらいに。

……意外だと思う。何が意外って、いつも飄々とした彼が恋人の機嫌を取るために花なんかを送るタイプだったってこと。それから動物にご飯をあげすぎて、ぷくぷくに太らせてしまうタイプだったってことも。

「その花、この国じゃ珍しいんですよ。アスター様は花に詳しいんですね」

「そう。……意外にね」

花とかオペラとか。意外にそういうのが好きなんだ、彼。

ゴロゴロぐーたらしているかと思えば、手は剣だこだらけだし。

劇なんて退屈で寝てしまうようなタイプかと思えば、観劇の後は熱い議論に興じてくれたりする。

ヘソを曲げた恋人の機嫌なんて余裕の笑みを浮かべて簡単に直せてしまえるタイプかと思えば、いつまでもグズグズしているし。挙句の果てにすることが、小鳥に花を運ばせることとなんて……。

「……」

僕は手の中の花をじっと見つめた。頬のあたりがじんわりと熱くなるのを感じる。

「……これにも、砂糖を入れたらいい？」

「そうですね。糖分が栄養になりますから。水に溶かしておくと長持ちしますよ」

花に罪はない。それを毎朝せっせと運んできてくれる、この橙色の可愛いロビンにも。

だから長持ちするよう世話をしてやるだけで、別にジーンを許したわけじゃない。花が嬉《うれ》しいわけでも……。

「……」

僕は窓辺に置きっぱなしにしてあった餌袋から、また少しの餌を出して、ロビンに与えた。

「お前、少し食べ過ぎなんじゃない？」

ふわふわのロビンは見るたびに丸くなっている。これ以上喧嘩が長引いて、飛べないくらい太ってしまったらどうしよう。いや、流石《さすが》に彼もそこまでは太らせないだろうけど。

彼の健康を気にして並べた、少しばかりのお礼を綺麗《きれい》に平らげて、ロビンはパタパタ去っていった。

「……」

「それ、暖かい時期の花なんですよ」

「咲くのはもう二ヶ月は先です」と、呟《つぶや》くジョシュアの言葉に頷《うなず》く。

「アスター様は、魔法が上手なんですね」

「……まあ、魔法は上手《うま》いよ」

彼のおかげで、僕も随分と魔法が上達している。

まあ、この一ヶ月は喧嘩をしているせいで彼のアドバイスをもらえていないのだけど。

それでも教えられていた通りの練習をこなしているうちにコツも摑《つか》めて、一人でも成果を得られている。

それほどジーンが僕にぴったりの助言をくれていたってことなんだろう。

そう考えると少しばかり、彼にしている仕打ちに罪悪感が込み上げてきた。

もう、早く仲直りしてしまえばいいのに。

だけど今更、なんと言って彼に声をかけていいのか分からない。

僕はただ、たった一言の「ごめん」と本心からの謝罪が欲しかっただけなのに。

いつのまにか話が大きくなっていた。

「ディアスシア、アガパンサス、エリンジウム、ベゴニア、リナリア……、アスター様には敵《かな》いませんね」

「……すごいな、全部覚えてるの？」

僕には呪文みたいに聞こえる花の名前を、スラスラ誦《そらん》じて見せたジョシュアに驚き顔を上げる。

記憶力がいいんだろう。

さすが、監督生を目指すだけのことはある。

「最近送られてきたものだけ。覚えやすいですよ」

「まさか。僕には古代呪文の方がずっと簡単に聞こえるよ。宝飾品の名前ならいくらでも言えるけど、花に関してはさっぱりだ。バラくらいしか分からない。君はすごいよ」

「あはは。そうですかね」

ポリポリ頬を掻《か》きながら笑うジョシュアに「そうだよ」と笑みを返すと、僕の顔を見ていた彼の眉が何かを思うように、じわじわと情けなく垂れていった。

「……あの、すみません、グラント様……じゃなかったグラント先輩」

そして、突然謝罪される。

「……すみませんって、何が？」

「……、ちょっと待ってて」

僕が怪訝《けげん》そうに首を傾《かし》げると、眉を顰《ひそ》めた彼の姿がサッと室内に消えた。

今更謝られることなんて一つもないはずだけど。

告白を断った僕と、こうして仲よくしてくれているんだから。むしろ感謝しかない。

この学校で普通に会話を楽しめたのって、ジーン以外だと、彼とあとはクラークぐらい。

ジーンと喧嘩《けんか》をしてからは、また一人に戻って。なんだか周りにも昔とは違う意味で遠巻きにされているし。

朝のこの数分がなかったら今よりずっと気が滅入っていたに違いない。それかジーンにもっと八つ当たりしてしまって、余計に話がこじれていたかも。

僕はジョシュアに何もしてあげられていないあたり、先輩としては情けないばかり……。

手元の花を見つめたままそんなことを考えていると、「先輩」と、戻ってきたジョシュアが僕に声をかけた。優しく細められているその目には何か複雑な感情が滲《にじ》んでいたけれど、僕にはその感情の名前がわからない。

「これ、よかったら使ってください」

「……ん？　花言葉？」

腕を伸ばして可愛らしい表紙に書かれた文字を読み、受け取ると、ジョシュアが視線を彷徨《さまよ》わせながらポリポリと頬を掻いた。

「それ、読んでみてください」

「……花言葉を調べろってこと？」

「はい。一番初めはディアスシアでした」

手元の本に視線を落とす。

ふむ、と頷いて、ひとまず促されるままDの辺りを指でなぞって、聞きなれない名前を引いた。

「……」

朝の空気に冷え切っていたはずの顔が、柔らかく緩む。

僕の様子を見ていたジョシュアが優しい笑いを含んだような声で続けた。

「次はアガパンサス」

「……」

顔が上げられないまま、Aの項目に指先を走らせた。今度は、手が悴《かじか》んでいた最初よりずっと上手く名前をひけた。

「エリンジウム」

彼に言われる通りに名前を引いては、その意味に目を通す。

「昨日はリナリアでした」

最後まで引き終わる頃には、全身の血液が顔に上って、耳まで熱くなってしまっていた。

なんだこれ。

まさか、あのジーンが、こんなことをするなんて。

「すみません」

聞こえてきた謝罪にハッと顔を上げた。

赤くなっているはずの顔を、ジョシュアが眉《まゆ》を下げて見つめていた。

「途中から俺も気づいていて、その時に言えばよかったのに。……もう少しだけあなたを独り占めしたくて黙っていました」

「……」

「本当に、ごめんなさい」

「いや、そんな……」

君に教えてもらえなきゃ、僕じゃきっとずっと気づけなかっただろうし。

また顔を俯《うつむ》ける。

ジーンだって、僕が花に疎いことは知っているはずなのに、どうしてこんなやり方をしたんだろう。

花言葉は、もしかしたら気づかれない前提だったのかもしれない。花を送るだけでも、謝罪の意思は伝えられるし。だって、こんな恥ずかしいこと、僕にバレるって知っていたらきっとあの男はしないはずだ。

「エルマー先輩」

「……」

名前を呼ばれて、彼を見る。

ジョシュアには、失礼なことをしてばかりだ。告白にまともな返事もできなくて、そして僕を好きだと言ってくれた彼に、こんなことをさせてしまった。

「ジョシュア、ごめん。僕、好きな人……こ、恋人がいて。君の気持ちには応えられないんだ」

あの時はいっぱいいっぱいで、まともに返事ができなかったから。今度こそ改めて、僕はそう言った。

ジョシュアが「ありがとうございます」と言って、柔らかく微笑《ほほえ》んだ。無理をしているような、それでいて美しい微笑みだった。

「よく分かりました。この一ヶ月で、諦《あきら》めも、つきました」

「……」

ペコリ、と彼が頭を下げる。

「もう、俺は失礼します」

「……本、返すよ」

僕の手から、彼が本を受け取る。指先には、大きなペンだこができていた。

「……ああ、そうだ。今日の花の名前をまだ、教えていませんでした」

「……」

花の名前を聞いて、僕は頭を抱えた。

ああ、あの男ときたら。

28. 稲妻とキス

次の日の朝。

その日も変わらずやってきたロビンに、僕はたっぷりの美味《おい》しい餌をあげた。彼の主人にもらっているものより、きっとずっと美味しくて新鮮なごちそうをだ。

ロビンにとってのごちそうって何か、昨日のうちに調べておいた。

できればりんごやナッツであって欲しかったけど。

どうやら彼らの好物はミルワームやミミズらしい。

「……」

パタリと本を閉じて、一度ウンザリ天井を眺めたりはしたが仕方がない。

僕は最近上達の一途を辿《たど》っている魔法の腕を存分に振るって、ミミズたちを集めたのである。

……なんだか、上達した腕をろくなことに使っていない気がする。

「……」

ウゴウゴと蠢《うごめ》く土色のそれらをここの生徒たちに見せたらフッと白目を剝《む》いて卒倒するに違いない。

胸がすくだろうな。

僕の頭で一瞬、悪魔が囁《ささや》いたが実行には移さなかった。ただ、もし次に嫌がらせをされた時の仕返しリストには加えておく。

……と、そんなわけで、まさかまだ雪の残るこの時期にこんなご馳走《ちそう》が貰《もら》えると思っていなかったらしい可愛いロビンは、アッサリとジーンから僕に寝返った。

いままで、僕がいくら拒んでも花を無理矢理にでも押しつけて、サッサと帰ってしまっていた彼に、咥《くわ》えていた花を持ち帰ってもらうことに成功したのだ。

ついでに、こんなメッセージカードの配達まで請け負ってくれた。

『昼休み、僕が君に告白をした裏庭で待っています』

――喧嘩を長引かせた原因は僕にもある。

僕も子供じゃないのだ。いつまでも意固地になっていてもしかたがない。ちゃんと謝ろう。


――そう思って来たらこれである。

「………………」

「………………」

「……エ、修羅場？　……ヒェッ」

空気の読めない外野をキロリと八つ当たり気味に睨《にら》みつけたが、今回ばかりはその推測が正しかった。

大きく見開かれた金色の目に、僕の冷え切った表情が映っている。ちょっと待ってくれ、違うんだ。

そんなことを言いたげな金色の瞳《ひとみ》の彼は、それを中々言葉にしてはくれない。

動揺したジーンの口元を隠す邪魔者がいるからである。そしてその邪魔者は、人の恋人に無断でキスをしている。そうキス。〝キス〟だ。

ハッと我に返ったジーンが、やや乱暴な仕草でその少年を引き剝《は》がした。

ああ、よかった。喧嘩中に浮気でもされたのかと思ったけど。

凍った表情の下でそっと息をつく。

ああ、よかった。

うっかり、ジーンのことを殺さなくて済みそうで。

トロールにキスでもされたようなあの表情を見るに、ジーンが望んだキスではなかったらしい。それだけが救いだった。

なんだろう。合意なしにキスをするのが流行《はや》っているんだろうか。

そんなことを考えてなんとか冷静さを取り繕おうとする僕のこめかみの横でパチリ。

最近、サラサラと指通りがよくなっていたはずの髪に静電気が走るのが分かった。冷静でいるのも簡単じゃない。

僕の視界の中心には、金髪のふわふわとしたボブカットをした背の低い少年の後ろ頭が映っている。

もしかしたら金髪の男って僕にとっての鬼門なのかもしれない。

脳内に、嫌みな男が浮かんできて不愉快な気分に拍車がかかった。金髪の嫌みな男。それが誰かなんて説明は必要ないだろう。

「……」

「ッ……」

にこり、笑った僕を見てジーンの顔が強張《こわば》った。

「ああ、終わった。嫌われた」声に出していないのに、そう思っているのが手に取るように伝わってきて、魔力によって逆立とうとしていた僕の髪の毛が少しだけ落ち着く。

あんまり可愛い反応をしないでほしい。一応まだ、僕怒ってるんだから。

僕は腰の杖《つえ》をそっと触りながら、努めて朗らかな声でこちらに気づきもしていない泥棒猫に話しかけた。

「君、人の恋人に何してるの？」

きっと青ざめた顔で振り返るんだろう。そう思っていた相手が、「恋人？」と眉を吊《つ》り上《あ》げて挑発するようにこちらを振り返るのを見て、なるほどな、と思う。

「……僕てっきりもう別れたのかと。ホラ、ここのところずっと別々に過ごしているし。すみません。先輩」

口元に手を当てて、いやらしく笑うソイツは僕とは真逆の甘えたような垂れ目。たぬきみたいな顔。クソ、たぬき鍋《なべ》にでもしてやろうか。……ああ、ダメだ。僕は怒っている。

「怒りました？　だけど、僕、アスター先輩のことがずっと好きなんです。人を好きになる権利は誰にでもありますよね？」

白々しい言葉だった。彼にジーンを好きになる権利はあっても、無理矢理キスをする権利はない。

だが僕はニッコリと笑みを深めて、ふう、と胸を撫《な》で下《お》ろしてみせた。

「ああ、よかった」

それから心底ホッとした、と言う声でそう言った。

実際に僕はホッとしていたので、真に迫った声が出た。

たぬきが怪訝《けげん》そうに首を傾《かし》げる。

「君が気持ちいいくらいに憎たらしい奴《やつ》で、本当によかった。思いっきり打ちのめしてやっても胸が痛まなくて済むね」

ジーンの目が驚愕《きようがく》に見開かれる。

僕が杖を抜き去るのと同時、彼が目にも止まらぬ速さで杖を抜いて、防護呪文を唱えたのが分かった。さすがである。

次の瞬間。

雷鳴が凄《すさ》まじい音を立てて地面を揺らした。

白い稲光が這《は》うようにして人々の間を走る。

学舎《まなびや》の窓が震えて、後ろの森で大量の鳥たちが飛び立ち、影が僕たちの頭上を通り過ぎた。

「ヒェ」

間抜けな鶏のような声を出して、ぐるん、と白目を剥いたタヌキが、大の字になって地面に倒れた。

ジーンが後ろ向きに倒れてくる彼にぶつからないように、そっと一歩隣に避《よ》けたのが分かった。

「……大袈裟《おおげさ》な奴。当ててもいないのに」

ないはず。

——ただ、彼の真横に大袈裟な光とちょっとした雷を落としたってだけ。髪の毛一本だって焼けてないはず。

そうやって瞬きをする僕の睫毛《まつげ》に、パチパチと小さな閃光《せんこう》が走った。

ポカンとした、呆気《あっけ》に取られたような顔でこちらを見つめているジーンに僕がツカツカ歩み寄ると、それまで頭を抱えてしゃがみ込んだり、耳を押さえてくっつきあったりしていた見物人たちが、サーっと後退した。

腰が抜けて立ち上がれないらしい一人が逃げ遅れて、僕の方を見ながらブンブン首を振った。「あなたの邪魔をする気はありません。誓って！」そんな風に。

「……」

失礼な。僕は魔王になった覚えはないぞ。

ムッとしながら無言でその男を跨《また》ぎ、手のひらでムギュリとジーンの顔を潰《つぶ》すように摑《つか》む。

彼の頰は、思いの外柔らかくて、手触りがいい。大人っぽい彼の外見とは裏腹に、僕と同じ、まだ年若い男の子のほっぺたの感触がした。

されるがまま、パチパチと金色の目を瞬《しばた》かせるあどけない様子についつい緩みそうになった頰の内側を嚙《か》む。

「君が、あんなことをした理由が今分かったよ」

鈍感な恋人でごめんね。昔の考え方のクセがなかなか抜けないんだ。まさかヤキモチを焼かれるなんて思わなかったから。

そう囁いてから、男らしい涼やかな唇が潰れて可愛いタコみたいになったその顔をグッと自分の方に引き寄せた。

「ウッ」と腰を無理矢理曲げることになったジーンが呻《うめ》く。僕は構わず、その場で、目一杯背伸びをした。

唇がそっと触れた瞬間、手のひらの中にある彼の頬があからさまに熱くなるのが分かって、僕の心臓がたまらずもんどり打った。

「……合意のないキスは、ダメなんじゃなかったのか」

この期に及んで、拗《す》ねたように可愛くないセリフを言うんだから、彼も面倒な性格をしていると思う。耳が真っ赤になっていることを教えてやるべきだろうか。

片眉《かたまゆ》をキュッと上げて、また彼の頬をムギュッと潰してやるけど、腰を屈《かが》めたままの彼に逆らう様子はない。

大人《おとな》しく顔をムギュリと掴まれたまま、大切なお姫様の反応を待つ忠実な番犬のようにジッと僕の反応を窺《うかが》っている。

なんて可愛いんだろうか。

正直、あの花の意味を知った時からもうほとんど怒っちゃいない。だけど一応、彼が僕のファーストキスを無理矢理奪ったのは事実だから、一つくらいは仕返しをしなくちゃならないだろう。

だから僕は眉を上げ、首を傾げて笑った。

多分ちょっと意地悪な顔だったと思う。

「……キスして欲しかったんじゃないの？」

「……ッ」

彼には僕の言っている意味が、すぐに分かったらしかった。

耳どころか、みるみるうちに目の前のハンサムな顔が茹《ゆだ》っていった。

「あはは、茹蛸《ゆでだこ》だ。カワイイ」

笑って手を離した僕に、ジーンが顔を覆って「ウゥ」とうめきながらしゃがみ込んだ。

フフ、と笑いながら僕も一緒にしゃがんでやる。

「ごめん、嫌だった？」

「……クソ、惚《ほ》れた」

「あはは、なんだ。あんな花を送ってくるぐらいだから、もう惚れられてるものだと思ってたけど、僕の思い上がりだったの？」

へにゃりと眉を垂らしたジーンが顔を上げて笑う。

「惚れ直した」

「……‼」

ならいいや。

そう笑顔で頷《うなず》いた僕に、彼はまた「ウウ……クソ……」と言って顔を覆ってしまった。

――そして言うまでもないことだが、翌日の学校新聞の一面は僕が飾ることになった。ジーンとセットで一面に載ったことは何度もあったが、一人で一面を飾るのは初めてのことである。

僕は新聞を顔の前に掲げて首を捻《ひね》った。記念に実家にでも送るべきだろうか。

タイトルは、『女王様のキス』。

「……ウーン。いや、ナシだな」

こんなタイトルの記事、恥ずかしくってまともに読む気にならない。

ところが、ジーンは違うらしい。

先程から一生懸命になって新聞を読んでいる。

「ねえ、どんなことが書いてある？」

「……お前の苛烈《かれつ》さと美しさについて、褒めそやし、大袈裟に怖がり、また褒めそやしてる」

僕の頭の上に顎《あご》を載せたまま、ジーンが呟《つぶや》いた。

暖かい植物園の、芝の上。

僕は腰をおろした彼の長い足の間にスッポリと収まったまま。目の前に広げられた記事を薄目で眺める。

「大袈裟だよ。ちょっと雷を近くに落として脅かしただけじゃないか」

「いや、あれは絶対当てたと思ったね」

「まさか。そんなことしたら殺人罪でお縄だ。やるならもっと上手にやるよ」

「……例えば？」と尋ねてくる彼の言葉に、フンと鼻を鳴らす。

「アイツの食べてるパスタを全部ミミズに変えてやる」

ジーンがヒッ、と顔を歪《ゆが》めて「……どこからそんな悪魔みたいな発想が生まれてくるんだ」と言った。

「仕方ないよ。僕の恋人はロマンチストだから。熱烈に迫られたらコロッと行っちゃうかもしれないんだもん」

ギュッと腹に回されていた腕に力が入る。

「行くわけないだろ」

「どうかな。だってあんな性悪タヌキにうっかりキスされちゃうくらいだからな」

「……悪かったよ」

頭を肩に押しつけられた。柔らかい赤髪が頬をくすぐる。

「悪かった。全部悪かった。お前の気持ちを考えてなかった。ゴメン」

なんだ。

つい顔が綻《ほころ》んだ。

やっぱりこの男、どうして僕が怒ったか、分かってたんじゃないか。分かってて、図書館であんな意地悪を言ったんだ。

「泣かせてゴメン」

「本当にね」

落ち込んでいる相手に意地悪を言ってしまうくらい、拗ねてたんだろう。今の僕みたいに。

「……」

後ろのジーンがグッと息を呑《の》んだのが分かって、肩の上の頭をヨシヨシ撫でた。ごめん。これで僕がまた同じことを繰り返してるんじゃ意味ないよな。彼も僕と同じ歳《とし》なんだ。いつも飄々《ひょうひょう》としているものだからつい忘れてしまうけれど。

「いいよ、僕が告白されてるのを見て、らしくないことしたんでしょ」

「……」

「昨日は僕に呼び出された緊張でうっかりキスされる隙なんて見せちゃったの？　困った奴」

「……」

「でも、花に意味を込めちゃうようなカワイイ恋人だもんね」

「……まだ怒ってんじゃん」

拗ねた子供みたいな声でうめいたジーンに「ふふ」と笑いが溢《こぼ》れた。

「怒ってないって」

「……いーや、怒ってる」

「怒ってない。花は素敵だったよ」

「……も〜、ゆるして」

恥ずかしくなったらしい。ガクッ、と力なく垂れて来た頭にケタケタ笑う。ジーンのこんなところ、きっと誰も想像できないだろう。情けない姿を可愛いと思ってしまうだなんて、多分僕はちょっとおかしくなってしまったのだ。

「もう許したよ」

彼にギューっと抱きしめられて身動きのできない体で、よしよしと頭を撫でてやる。

そしてふと、気になって「そういえばツタからどうやって抜け出したの？」と、喧嘩《けんか》したあの日のことを掘り返した。

僕の肩に顔を埋《うず》めたままのジーンがピクリと動く。それから、苦虫《にがむし》を噛み潰したみたいな声で呟いた。

「……トルーマンに助けられた」

「ブッ」

蔦《つた》にきつく縛り上げられたジーンと、それをあの厳《いかめ》しい顔で見上げるトルーマン教授。

あまりにシュールな絵面に噴き出す僕の顔を、ジーンがシリアスな表情で覗《のぞ》き込《こ》んでくる。

「トルーマン、俺を見てなんて言ったと思う？」

「んふ、……な、なんて？　ふふふふ」

「『すまない、確認させて欲しいんだが、それは合意の上かね』」

「あはははは!!」

体を折り曲げて笑う僕の背中を、ジーンがバシンと叩《たた》いた。

「はは、ひ、特殊な性癖の人だって勘違いされてるじゃん……！」

「二人きりの図書室で、あの格好で、トルーマンにそんなことを言われた俺の心の傷を癒せよお前は」

「あはは！　僕には手に余るよ……！」

「……腕のいいセラピストを紹介してくれ」

それからも、喧嘩をしていた間にあったこと。新聞のことや、季節外れの花を調達した方法。僕たちはあれこれと話を続けた。

ジーンは僕と喧嘩をしている間、そのことについてアビゲイルに嫌みを言われて、つい思わず彼の向《む》こう脛《ずね》を蹴飛《けと》ばしたらしい……。

しまった。面白い場面を見逃した。

ジーンに脛を蹴飛ばされるなんて相当痛かったに違いない。あの気取り屋が片足を押さえてピョン！　と飛び上がり悲鳴を上げるところを想像する。

ああ、見たかった。

心底悔しそうな顔をする僕に「お前、性格悪いぞ」とジーンが笑っていた。お互い様である。

二人ともお互いに話したいことがあれこれ溜《た》まっていたものだから、我先にと話しているうちに時間はあっという間に過ぎた。

そして気がついたら外はすっかり暗くなっていて、僕らは寮監にお尻《しり》を叩かれながら部屋に戻る羽目になったというわけだ。

喧嘩なんて長引かせるものじゃない。

29. 春

怒濤《どとう》のように冬が過ぎて、あっという間にスプリングホリデーの時期がやって来た。

ジーンは自領へ、僕は実家へ。

それぞれ帰ることになったけれど、たった二週間の別れを寂しがるのも情けない気がして、なんでもないふりをした。男のプライドってやつだ。くだらない。

だけど、いざ「たった二週間だよ」と眉を上げたジーンに言われるとなんだか気に食わない。やっぱり僕ってちょっとワガママな性格をしているんだと思う。

「そうだね」

手紙を書くにしたって、二週間じゃせいぜい一往復が限界だ。なんせ彼の家はこの国の端の端。王都から何日も馬車で行かなくちゃならない場所にあるんだから。

「馬で行けば半分の時間で済む」

馬車に揺られる時間の方が家で過ごす時間より長いなんてゴメンだ。

そう言って彼は、腰に剣を提げ、最低限の荷物を馬に括《くく》りつけて、単身自領までの道を行く気でいるらしかった。

無茶な奴《やつ》である。

「盗賊も出るって聞くけど」

「心外だ」

眉を寄せるジーンの言いたいことは分かる。

そりゃ盗賊なんかに彼は負けやしないだろう。

でも盗賊に襲われる可能性があるんなら、それを心配するのは当たり前というものだ。

「箒《ほうき》に乗っていけばいいじゃないか」

「お前、俺にあの棒の上で数日揺られて過ごせって？」

「……」

……たしかに。数時間ならまだしも、何日も箒の上に座ってたんじゃ尻が大変なことになること間違いなしだな、と目を逸《そ》らす。新品の箒に付いている説明書にも書いてあるのだ。『数日に渡り長時間連続して使用した場合の補償を当社は致しません。ただ、どうしてもそうなさる場合は事前に軟膏《なんこう》を買って、長旅に携帯しておくことをオススメいたします』……なんの軟膏かって、そりゃあお尻用の軟膏である。

「……毎年これで帰ってんだから大丈夫だって」

「わっ」

それでも僕がムッとして黙っていると、外出する飼い主を通せんぼする愛猫でも見るような顔をしたジーンにワシャワシャ髪を掻《か》き回された。

大きな手にワシャワシャ頭ごと振り回されながら、僕は渋々「……厄除《やくよ》け呪文は僕がかける。君はその辺雑そうだから」とぼやいたのである。

――しかし、なんだかんだ言ったって、ホリデーの二週間なんてあっという間。

四月になって、学校はすぐに始まった。

ラムサス魔法学院の最終学年、それもそろそろ終盤になる僕だって、春の学院には未《いま》だにうっとりするものがある。

それはそれは見事な景観なのだ。

生徒たちの憩いの場である広い中庭は眩《まぶ》しいライムグリーンに輝いて、学舎《まなびや》の窓から校内のあちこちで優しい春風にうち靡《なび》く真っ白なリラやマグノリア、ブルーベルが見える。

つい授業中によそ見をして叱られる生徒が後を絶たない。ちなみに僕も一度叱られた。不覚である。

そんな美しい花々の世話をしているのは、もちろん妖精《ようせい》だ。

植物の世話において彼らの右に出るものはいない。対価はクッキーやキャンディーだと聞くけど、それでは対価として不充分だと妖精保護団体が口うるさいらしく、我が校ではしっかりと金貨で対価を払っているのだと教授がアピールしていた。妖精の権利にもしっかり気遣う学校なんですよ、と言いたいのだろうが……妖精たちがお給料をもらって買うのは結局クッキーやキャンディーみたいなので、その先進的な取り組みが成功しているのかどうかは甚《はなは》だ疑問である。

ちなみに妖精保護団体に所属しているのは人間ばかりだ。それも当たり前。妖精はパタパタと羽を動かしてクルクル宙を飛び、夜になれば蕾《つぼみ》の中で眠る。嫌になれば綿毛と共にさっさとどこかに消えてしまう。そういう気ままな生き物なのだからデモなんて起こしたりはしない。

小さな籠《かご》を両手にぶら下げて花々の間を飛び回る彼らの鱗粉《りんぷん》で、春のラムサスはなんだかキラキラツヤツヤと輝くヴェールを纏《まと》っているようだった。

この美しいベールは夏至祭の頃になるとより濃さを増して、森の天井を蜘蛛《くも》の巣《す》のように包むのだ。ラムサスの学年末のパーティーは、そのオーロラのような輝きの天幕の下で行われる。

「……」

空気もすっかり春の匂いだった。

暖かな陽気にうつらうつらしていた生徒たちが、新学期早々反省文を言い付けられていた。ご愁傷様である。

……だが、僕たちが春をボンヤリ満喫できたのも、ほんの一週間の話だった。

「あと二ヶ月で卒業試験なのが分かっているんですか？　あなたたち、これまでの四年間の総まとめはちゃんとできてるの？」

……そう。

七月の初めの卒業に辿《たど》り着くためには、僕たち最終学年は大きな大きな壁を乗り越えなくてはならない。

卒業試験。

ラムサスの卒業試験といえば、この国に数ある高校の試験の中でも最難関だと言われている。悪名高い〝悪魔の試験〟である。

「ねえ、俺はさ、お前なら一位になる力があるし協力するとは言ったよ？」

「…………」

ペン先がガリガリとノートを走り続ける。もはや残像しか見えないような速さで。

僕の中指第一関節には包帯が分厚くぐるぐる巻きにされていた。

こうしないと、五月の後半にはペンダコが痛くてお話にならなくなることを、この数年でしっかり学んでいるからだ。

魔法理論四百六十九ページ、『課題呪文の解体とその流用』。

この範囲をやっているときの　教授の物言いがどうもひっかかったのだ。

教授の陰でのあだ名は『小鬼』。生徒を引っ掛けるのを生きがいにしている、人の足を引っ掛けるのが好きな小鬼みたいな習性があるからである。

あの人のことだ。絶対今回も何かを企《たくら》んでる。間違いない。絶対油断はできない。

「だけどさ、命削って勉強しろとは言ってない」

「……」

「なあ、エルマー」

「……」

「ど～したんだよ、本当に」

僕の手を大きな手がスッポリ覆うように止めて、この三時間で初めてペンが止まった。

ここは、お決まりの第三図書室。

僕たちがこの間起こした一悶着《ひともんちゃく》から、壁中が蔦で覆われた、ちょっとしたボタニカル・ガーデンのような部屋に変身してしまっている。

勿論《もちろん》、部屋の主であるトルーマン教授の元には二人で粛々と謝罪に向かった。だが教授は「いい部屋になった。素晴らしい成長魔法の腕前だ」とむしろご満悦で、僕やジーンが叱られることはなかった。

いつのまにか天井の蔦から鳥籠やバードバスがぶら下がっているのは、トルーマン教授の仕業だろうか。どこからかチュピチュピと小鳥の声が聞こえる。

まさに地上の楽園といった風情である。

……視界の隅に丸々と太ったロビンが映った気がする。

「……待って、このページだけ！」

「〝このページだけ？〟」

「……丸暗記したらやめる」

「嘘《うそ》だろおい、この呪文まるまる一ページあるぞ！」

「どうかしてる！」と、天を仰ぐようにして後ろに倒れたジーンの座る椅子がギッと軋《きし》んだ。

椅子の前脚が浮いて彼の体が大きく傾く。

あ、倒れる、と思ったあたりで、椅子の前脚がドンと床に下ろされた。

「……待て、エルマー。お前、まさかテスト範囲〝全部〟を丸暗記する気でいるんじゃないだろうな」

「そうだけど」

とんでもなく恐ろしいことを聞いてしまった。

そんな顔でジーンが僕を戦々恐々として見つめた。「いつもそうしてた」さらにそう続ければ、ゆっくりと首を横に振って「冗談」と引《ひ》き攣《つ》った声で呟《つぶや》く。

「冗談なんか言ってないよ。……手を離してもらっても？」

「うちのテスト範囲がどれだけ広いと思ってるんだよ……。卒業試験は四年分だぞ？」

「だったら四年分覚えるね」

「……分かったぞ。お前、何か怒ってるだろ」

「お前、怒るとケンタウロスみたいに人の話を聞かなくなるんだ」と、ジーンが呟いた。

……一体なんのことを思い出してるんですかね。僕にはさっぱり見当もつかない。

「……」

かつての自分の所業を思い出して、やや気まずい気持ちになる。

僕は視線をそっぽ……つまり蔦《つた》や小鳥たちのあたりに走らせた。

「なあ、やっぱさっきアイツに何か言われたんだろ」

ピクリと口角が反応する。

ああ、ポーカーフェイスも満足にできない僕が、あのアビゲイルを相手にするなんてやっぱり無茶なことなのかもしれない。

そんなことを思いながら視線をおずおず向かいの顔に戻した時、ジーンは揶揄《からか》うでもなく真剣な表情で僕をジッと観察していた。

自ら発光するみたいに輝く大きな二対の金色に刺し貫かれたら、とてもじゃないけど上手《うま》く取り繕いきる自信がない。

その痛いくらいの視線とは裏腹に、彼の眉尻《まゆじり》に滲《にじ》む心配を見れば尚更《なおさら》だった。

「……」

全ては今日の午後。

「……お前、やっぱり頭がイカれたんだろう」

久しぶりに聞く忌々しい声にそう呼び止められたことで始まったのだ。

僕はちょうどテスト範囲（つまりほとんど全部だ）が示された用紙に目を落として、歩きながら気を失いそうになっていたところだった。

「……なんの話？」

振り返った先には、相変わらず光り輝くような美貌《びぼう》のアビゲイルが立っていた。

ロイヤルブルーのシャツがとんでもなく似合っている。金髪の髪を春風に揺らす彼は、どこぞの国の王子様みたいだ。

だけど、かつてのように彼を畏怖《いふ》するような感情は湧いてこなかった。

ただ、アビゲイルが一人きりなんて見慣れないな、と思うだけ。

今までは英雄の凱旋《がいせん》みたいな勢いでゾロゾロと取り巻きを連れて廊下を闊歩《かっぽ》していたのに、ここのところ廊下や教室でふと見かけるアビゲイルは、一人で行動することが増えたようだった。

ウインターホリデーの前。僕にワインを頭から浴びせられた時、取り巻きたちが蜘蛛の子を散らすように逃げるのを見て、彼らに愛想をつかしたのかもしれない。

「……〝なんの話〟だって？　お前の話だよ、グラント。アスターと付き合い始めてから、〝イカレてる〟」

「……」

なんだ。聞いているのもバカバカしい話だった。

僕は無言のまま、またテスト範囲に視線を落とした。

頭の中では、人がいないから万が一ここで魔法を打ち合うような喧嘩《けんか》になっても証言をしてくれる人が誰もいないな、なんてことを考えながら視線を呪文学の教科書に落とす。

……どうだろう。今の僕ならアビゲイルに勝てるだろうか。

実践経験がないのはお互い様。そこそこいい線までいける気がする。

だけど喧嘩を始めてしまったら、どちらが勝つにしたってお互い無傷じゃ済まないだろうな。身体的にも世間体的にも。

「悪魔にでも憑《つ》かれたか？　そもそもどうしてアスターなんかと付き合い始めたんだよお前」

春の陽気を吹き飛ばすような冷たい声色でアビゲイルが言った。

「……」

彼にこんな風に言われなくちゃならない道理が一体どこにあるんだろうか。

そんな気持ちで首を振って顔を上げる。

「……君がそれを言うの？」

彼を見据えて尋ねた。

ジーンに告白をしてこいって僕を脅したのは、どこのどいつだったか。まさか学年主席様がそんな大事なことを忘れるはずもないのに。

「……あれは、ただのジョークだっただろう」

「ジョーク?」

恐れ入る。ジョークときた。

「ジョークを辞書でひいたことはある? ジョークは〝人を笑わせるユーモアの利いた言葉〟のことだよ。どの辞書にも〝人を不愉快にさせる悪趣味な暴言の免罪符〟とは書かれていないはずだ」

僕の言葉に、アビゲイルが顔を顰《しか》めた。

「……お前、人が変わったな。性格が悪くなった。本当にあのエルマー・グラントか?」

「……何度も言葉尻《ことばじり》をとるようで悪いけど、性格が悪くなったんじゃなくて君にとって都合が悪くなったの間違いなんじゃないの」

彼のプライドを傷つけてしまったらしい。色が白くて赤くなりやすい彼の顔が赤カブみたいにみっともなく赤くなるのを見ても、以前のような「しまった、怒らせた」という気持ちには少しもなれなかった。いっそ「ざまあみろ」とさえ思っている。胸のすく思いがした。

「あんな獣くさい男と付き合うから品性がなくなるんだ」

「……失礼、なんだって?」

念のため腰の杖《つえ》に添えていた手が痙攣《けいれん》した。

こいつ、少しも懲りていないのだ。

あの冬の夜から大人《おとな》しくなったのを見て、少しは反省したんだと思っていた僕がバカだった。

人間ってそんなに簡単に変わったりしない。そんなに簡単に変われたなら苦労はないのだ。ジーンと出会うまでのこの数年、ラムサスで下を向いて過ごしていた僕にはよく分かる。

「それとも、獣を引き連れて自分が強くなった気にでもなったか？　お前が頭でっかちの成金なことは何も変わってない。金をかけて容姿をいくら取り繕ったところで、お前はただの平民だ。この国での平民の将来なんかたかが知れてる」

「……」

アビゲイルとは、クレバーな男だった。

少なくとも、この数年間はずっとそうだった。ラムサスで一位を取り続けていたのだ。もちろん賢いし、何より立ち回りが上手い。少々嫌みでも、下級貴族の次男という微妙な身分にあっても、この学院で一目も二目も置かれていた。

そういう勉強以外の賢さも持ち合わせた、まさに性格以外はパーフェクトな男だったのだ。

――それがこのザマか。

僕は自分の心が、あっという間に白けていくのを感じた。

なんだかんだ、ジーンと付き合い始めてから彼抜きでアビゲイルと話すのは初めてである。

知らぬ間に緊張していた手を、脱力して杖の上に置く。

だけどアビゲイルは、そんな僕の内心なんて少しも知らず、普段の嫌みな冷静さが嘘のように、何かを取り繕うみたいにペラペラと喋《しゃべ》り続けた。

「お前の未来なんて冴《さ》えない商人になるか、よくて金持ちか貴族の妾《めかけ》になるかだ。……ああ、そうか。それでそんな格好をするようになったのか。アスターの趣味か？　あいつとはもう寝た？　尻尾《しっぽ》の生えた子供が産まれてくるかもしれないぞ、先祖返りには気をつけろよ」

「……口には気をつけろ、と前にちゃんと言ったよ。僕は」

……こんな奴《やつ》、何を言ったって仕方ない。喋らせておくのも耳障りだから、舌でも引っこ抜いてしまえればどんなにいいか。

とんでもない暴言を吐きそうになった唇を噛《か》み締《し》める。

頭はカッと熱いのに、胸の内は冴え冴えと冷えていた。

「……アビゲイル、君についていくら考えても分からないことが二つあるんだ。一つは君がそんなに偉そうな理由。貴族だから？　それとも首席だから？」

僕の言葉に、アビゲイルが冷たく眉《まゆ》を上げる。

「だけど、君は次期後継者じゃないんだろう？　だとしたら何になるの？　役人？　騎士？　伯爵家をお兄様が継いだら、君は肩身が狭くなるだろうな、貴族は大変だね」

「……お前」

「それから、ご自慢の成績の話だけど。それを鼻にかけられるのももう終わりだね。だって最終的に社会に出た時、僕たちのブランドになるのは〝悪魔の試験〟での順位だろうし」

「……」

僕が近づくと、アビゲイルが顔を顰めた。

金色のネクタイをグッと摑《つか》む。

「引《ひ》き摺《ず》り下ろしてやるよ」

お互いの鼻先がぶつかるような距離で、僕は彼の顔をじっと見つめてそう唸《うな》ったのだ。

お分かりいただけただろうか。

僕が指を包帯でぐるぐる巻きにして、目を血走らせ、髪を振り乱してでも勉強しなくちゃならない理由が。……こんな大口を叩《たた》いておいて負けたりしたら、屈辱のあまりうっかり舌でも嚙みかねない。


「……たしかに僕は怒ると周りが見えなくなる傾向がある。最近気づいた自分についての新しい発見だよ。よくないなとは思ってる。でも、君はさ、人の不幸で笑う節があるよね」

「ひ、ふ……、あははは！」

腹を抱えて笑うジーンの足を、机の下で蹴《け》ってやった。

机にタップしたまま、息もできずにヒィヒィ言っている男を恨めしい気持ちで睨《にら》む。

これだから言いたくなかったんだ。

「あははは！　おい、そんな面白いことするならちゃんと俺を呼んでくれよ、アビゲイルの顔が見たかった……、ぷっ、はは……！」

「……オイ、君だって試験を受けるんだぞ。集中しろよな」

あのアビゲイルに吠《ほ》え面《づら》かかせられるなら、四年分だろうが十年分だろうが完璧《かんぺき》に頭に叩き込んでやる。

ぜったいに負けたりしない。

僕の心は復讐《ふくしゅう》と野心に燃えていた。

もし僕が古い劇の登場人物ならば、復讐に身を窶《やつ》した結果、足を掬《すく》われ転落していくんだろう。

そりゃあ復讐なんてせずにスッキリ心を入れ替えられたなら、その方がいいんだろうけど。

僕はできた人間ではないので、この数年の諸々《もろもろ》を振り切って卒業するためには、アビゲイルとの因縁に片を付ける必要があるのだ。

平民なんて、この学院に相応《ふさわ》しくない。

お前なんて一生、僕に勝てない。

そんな呪いをメタメタに踏《ふ》み潰《つぶ》して、ついでに後ろ足で砂をかけて、先に進まなくてはならない。

何より僕の恋人を二度も貶《けな》した責任をとってもらわなくては。

「……アビゲイルの吠え面の上で高笑いしてやろうかな、僕」

「あははは！　ヒィー！」

ジーンは最後まで心底楽しそうに笑っていた。やれやれ、相変わらず呆《あき》れた快楽主義っぷりである。

「ほら、ちゃんと勉強して」

そんな彼を笑い交じりの呆れ顔で見やりながら、僕も昔よりずっと楽しい気持ちで勉強しているのだから救えない。もうすっかりこの悪い奴に毒されてしまったのだ僕は。

30．試験勉強

「ギャー！　もームリ！　俺は退学させられるんだ……！」

「あ、ホワイトが倒れた！　おい、誰か先生呼んでこい！」

「……教授はもうボケがきてるね、間違いない。試験範囲見たか、あんなの誰も進級できねえよ。来年のラムサスはすっからかんだ」

「ここの教師は狂ってる……レジスタンスだ……ストライキだ……」

試験も一ヶ月前になると、どこもかしこも学内は大変なことになっていた。

ヒステリーを起こして倒れる生徒が多発。

医務室は廊下まで助けを求める生徒で溢《あふ》れ、泣き声が響く。

膨大なテスト範囲を見返して、パニックのあまり教授たちに反旗を翻しはじめるおバカさんも数名。

頭がよくなるなんて効能を謳《うた》った裏街オリジナルの魔法薬を飲んで、悲劇に見舞われるものも少なからず。

担架に乗せられて運ばれる頭が風船みたいに大きくなった生徒を、ジーンが「ウッッワ……」と言いながら三度見する。

「……」

分かる。ものすごく分かる。

正直、他人事《ひとごと》じゃないのだ。

彼らが取り乱す気持ちが、僕にも痛いほど分かった。

ラムサスの学年末試験には追試や留年がないのである。

基準値を下回れば、退学処分。

明朗快活、なんとも分かりやすい仕様になっていた。……血も涙もない、と言った方が正しいのかもしれない。

皆、大手を振ってラムサスに入学してきたのに、地元につっかえされるのだ。

「学年末試験に落ちたので追い出されました」

……そんなこと、どんな顔をして言えというのだろうか。

面目と世間体を命のように大事にする貴族の子息たちは、この時期になるともう何もかもをかなぐり捨てて勉強に専念する。

いつもはツンとすまして廊下を歩いている連中が、教科書を開いて爪を齧《かじ》り、ブツブツ譫言《うわごと》を呟《つぶや》きながら歩きはじめる。

時々「もうだめ！　俺は退学だ！」と叫んでしゃがみ込む者までいる。

無法地帯。集団ヒステリー。大恐慌だ。

ラムサス生とは毎日洒落《しゃれ》たヒール付きの靴を履いて、香水の匂いを振り撒《ふま》き、特別な紅茶を片手に最新の論文を読み解く優雅な日々を送っている。……と夢を見ている外の人々に、この時期の学内を見学させてやりたいくらいだ。きっとすぐに目が覚めるだろうから。

「図書館が満席なんだけど！！！」

「……」

髪を振り乱しながら走ってきた少年が、廊下の真ん中で叫ぶ声で我に返った。

「……僕たちも行こうか。図書室」

「……ああ、早く行こうぜ。こんなところ長居するものじゃない」

二人で顔を見合わせて、そそくさと東棟を後にする。このカオスを目にするのが今年で最後だと思うと、なんだか寂しいような気がする自分がちょっぴり可笑《おか》しかった。


「魔法分析学、これの存在意義が分からない」

「新しい魔法の発見に繋《つな》がるよ」

「……だとしても、叶《かな》うならば滅んでほしい分野だ」

机の上で頭を抱えたジーンが「ううー」と、唸るような音を喉《のど》から鳴らした。

おーよしよし、とその頭を撫《な》でてやりながら、彼の横にドンドンドンと本を積み上げる。

「うん、あとはこの辺やっとけばいいと思うよ」

「……お前さ、全員が自分みたいに頭の出来がいいと思ったら大間違いだぞ」

そんな言葉に肩をすくめながら、向かいの席に戻る。

春休みが明けてから、もう何時間勉強しただろうか。

週の半分を実技、もう半分を座学。一日ごとに、お互いを鍛えあってもう二ヶ月だ。

時々、ジーンからストップが入る以外には、杖かペンを握りっぱなし。あとは時々気晴らしのタバコ。握るものがなんにせよ、僕たちはこの二ヶ月常に、手に棒状のものを握ってるってわけだ。

今やジーンの中指にも僕と同じテープが巻かれている。

「知ってるか、指ってペンで変形するんだよ」と、言った僕のことを彼が笑い飛ばしていられたのは最初の一、二週間だけだった。

ちなみに「いいか、何回も言うけど勉強のために命を削るんじゃない」とジーンが僕を止めたのも最初の一、二週間だけだった。男ならば命を賭《か》けなくちゃならない時がある。そんな僕の主張に理解を示してくれて応援してくれているのだ。

「勉強のためじゃない復讐のためだ。ただの復讐じゃないぞ。劇的な、血で血を洗うような復讐だ。一位は僕が取る。君は他の奴らに何も言わせないくらい成績をあげる。そしてあのアビゲイルが膝《ひざ》をつく前で高笑いしてやるんだ。あーっはっは」

「チープな歌劇があったもんだなあ」

そんなわけなのでジーンは文句を言いつつも、この二ヶ月、ずっと僕に付き合ってくれていた。

「まあ、アビゲイルが悔しがる顔なんて何度見たっていいしな」というのは彼のセリフだ。

僕も同意見だけど、まさか彼がここまで粘り強く勉強してくれるとは思わなかった。

「……」

僕が積み重ねた本をジ……と睨みつけるジーンをチラリと見る。

睨みつけたところで、本はなくならないのだけど。

「君ならできると思ってやってる。他の人ならこんなに無理はさせてないよ」

そんな率直な言葉に、ジーンがビックリしたように顔を上げた。

期待される、ということに慣れていないのだ、彼は。

だからこんなことを言われただけで「ゴホン」と咳払《せきばら》いをして、目を彷徨《さまよ》わせ、最後に顔を両手で覆ってしまう。耳も真っ赤。

「……なに、照れたの？」

「照れた」

「素直な奴め」

そんなことを呟きながら、彼の解いていた参考書に目を落とした。

かなりハイレベルな問題が並んでいる。基礎はもう文句なしだし、僕の作った模擬問題もやってるらしい。

「……君、本当にかなりいい線行くと思うよ」

手さえ抜かなければ実技は満点だって取れるはずだ。

このまま行けば、座学も悪くない成績になるはず。

「……これだけやったんだ。そうじゃないと困る」

照れから立ち直ったらしいジーンが、僕を見つめ、小さく目を細めながら言った。

31. 勝負の結果

——さて、その日のメインホールには、全校中の生徒が集まっていた。

ホールの真ん中には、梟《ふくろう》に咥《くわ》えられた長い紙が四枚。

高い高い天井のあたりから、垂れ幕のように垂れ下がっている。

全校生徒の成績が、学年ごとに並んで貼り出されているのだ。

ここに集まった生徒たちの目的は、それだった。

「うわぁぁ——!!」

どこからか、まるで胸を剣で刺し貫かれたような悲痛な叫び声が聞こえてくる。

順位表の下の方に赤い線が引かれていて、その下にどの学年にも数名の名前が並んでいるのが見えた。

今年も、合格ラインに達することができなかった生徒がいるらしい。

悲喜こもごも、さまざまな声が聞こえてくるのを尻目《しりめ》に、僕とジーンは並んで歩いていた。

……泣いても叫んでも試験はもう終わったんだ。一体何をそんなに騒ぐことが。

そうクールな態度を気取るにしては、僕の体はガチガチに緊張している。

今も、腰の後ろに回ったジーンの腕にさりげなく押してもらいながらやっと歩いている状況だ。

そうじゃないと今にも足が錆びたブリキになって、ギギギと嫌な音を立ててその場に固まってしまいそうだった。

「すげえ人。お前あの中に入る気だったの？」

順位表の前の人混みにジーンが「ウゲ」と舌を出す。

「やっぱ箒《ほうき》持ってきてよかったじゃん」

天井近くを飛ぶ生徒を見ながら彼がぼやいた。彼の左手には、一本の箒が握られている。

成績に自信のあるものは、最初からああやって箒に乗ってくるのだ。

ホールに箒でやってくる生徒はみんな小鼻を膨らませて顎《あご》を突き上げている。

もう少し控えめな上位生徒は、下からオペラグラスのようなものを目に当てて、長い長い順位表の名前をさらっていた。

「あっ」

僕たちの姿に気づいた生徒たちが「あっ」と言って道を開けた。

一人がそうすると、連鎖するように他の生徒たちも僕らに気がついた。

「グラントだ……」

コソ、と何かを囁《ささや》かれている。

全校生徒の視線が僕たちに……というか、僕に集まっていた。

「ジーン」

「ん、ちゃんと摑《つか》まれよ」

僕らは箒に跨《また》って、痛いほどの視線から逃げるように浮上した。

ジーンの引き締まった腹に手を回して、乗り出すようにして名前をさらう。

僕がギュッと身を寄せると、彼が小さく息を詰めた。

彼には悪いけど、こうでもしないと箒から落っこちてしまいそうなのだ。

なんとかすまし顔を取り繕っているけど、心臓がドックンドックン跳ね続けて、今にも口から飛び出してきそうな気分だった。

垂れ幕の四年生の列。

黒い文字は全部読み飛ばして、監督生を表す銀色の文字列から上に視線をずらしていく。

輝く名前の中に見つかった、酷《ひど》く馴染《なじ》みのある名前。

「ウソ」

パチッ。こちらを振り向いたジーンと、視線がぶつかった。自分の口角が勝手に持ち上がるのを感じる。

「君、監督生になってる!!」

ジーン・アスターの名前がたしかに監督生であることを表す銀色の文字、下から二番目……つまり九位のところに、間違いなく輝いていたのである。

「ウソだろ、君この間までほとんど最下位だったんだぞ!」

一体何人ごぼう抜きしたんだ!?

ラムサス開校以来の大快挙じゃないか!!

興奮のまま、彼の肩を後ろからブンブン揺する。

パッと下を見ると、僕の大きな声で気がついたらしい、ジーンを野蛮な混血だと罵《ののし》っていた奴《やつ》らが言葉をなくしているのがあちこちで見て取れた。

僕は、彼らを見下ろしながら満面の笑みで、確かにこう思った。

ざまあみろ!! お前たちなんてこれでジーンに何一つ敵《かな》いっこなくなったね! 最後の最後に監督生の一席を彼に取られたんだから! 血筋なんかに胡座《あぐら》をかいてた自分を恨むんだな! と。

「こんな短期間の勉強で、まさか、まさか監督生になるなんて、すごい、君、本当にすごい! ねえ、これがどれだけすごいことか分かってる⁉」

「分かった、分かったよ」

誰よりも……それこそ彼自身よりも喜んでしまっている。

だって、彼がものすごく頑張っているところを隣でずっと見ていたから。

だから僕は自分の順位への不安なんかすっかり後ろに放り投げて、器用に箒の上でピョンピョン跳ねながら、彼に飛びついた。

大きくて温かい手が「……落ちるぞ」と窘《たしな》めるみたいに僕の頭を撫でる。

こちらを振り返る彼の目がハチミツみたいに甘やかに細められていた。

自分が彼に抱きついていたのが悪いのだけど、あまりに近くにあった瞳《ひとみ》に、ピタッと体が止まる。

固まったまま、シパシパと数回瞬きをする。

……なんだよ、君、その顔。

「まあ、よかったよ。テープぐるぐる巻きにして頑張った甲斐《かい》があった。首席様の隣に並ぶのに、半端な順位じゃ情けないしな」

「はは、なんだそれ！　君らしくないことを……ん？」

喜びのまま紅潮する頬で笑い飛ばした彼の言葉を、頭の中で反芻《はんすう》する。

今なんて言った？

……首席様？

数秒遅れて、僕は弾《はじ》かれたように順位表の一番上に視線をやった。

「ウソ……」

エルマー・グラント。

順位表の一番上でただ一つ、黄金色に輝くその文字は、確かに僕の名前を象《かたど》っていた。

ああ、なるほど。それで周りの視線が痛かった訳だ。

ブワッと胸に何か熱いものが込み上げてくるのを感じて、彼の腕に回した腕の力を込める。

彼がポンポン、とその腕を叩《たた》きながら「はは」と笑っていた。

「本当にやってのけたな、お前、大した奴だよ本当」

順位表の方を見ている彼の顔は見えない。だけど、その声だけで、彼が僕のこの結果を自分のことのように喜んでくれていることが分かった。

「うそ、アビゲイルが負けた……」

そんな僕がアビゲイルのことを思い出したのは、下の方から聞こえて来る誰かの声を聞いた時だ。

ああ、そうだ。アビゲイル、彼に宣戦布告をしたから、これだけ頑張ったんだった……とそんなことを思う。

あれほど憎いはずの奴だったのに、今の今まですっかり彼の存在を忘れていたのだ。

そうだ、アビゲイル、あのアビゲイルに勝ったんだ。

そう何度も心の中で唱えるけど、アビゲイルの名前よりも、一番上で輝く自分の名前と、それから銀色に輝くジーンの名前ばかりに視線がいく。

「……ジーン、僕一位だよ」

「だろうな」

「俺は驚いてないぜ」と肩をすくめるジーンに「ふふ」と、くすぐったい笑いが溢《こぼ》れた。ああ、そうだろうとも。君はいつだって僕を買ってくれていた。時には僕自身よりもずっと。

「ああ！　嬉《うれ》しい、嬉しい！　……本当に嬉しい。ジーン、君のおかげだ……！」

本来の目的なんかすっかり忘れて大喜びする僕をお祝いするみたいに、ホールの広い天井をジーンはくるくる回った。

ジーンと僕の髪がふわふわ風に揺れる。

シャンデリアの周りをくるくる飛ぶ僕たちを、遥《はる》か下の生徒たちが、星座でも指差すみたいな仕草をして見上げていた。

「なあ、エルマー」

「なに！」

興奮冷めやらぬ僕にジーンが笑いながら尋ねる。

「お前、何かしたか？」

箒がまた順位表の前でピタリと止まった。

銀色の大きな名前たちが輝くあたりでだ。

ジーンの金色の目が爛々《らんらん》と輝きながら、名前をなぞっている。

僕はパチリと瞬きをした。口元がちょっぴり緩むのを隠せない。

ああ、やっぱり気がついたか、とそう思ったのだ。

「顔ぶれが少し変わってる。下の学年は特に」

箒がススと横に移動した。

三年生、二年生、一年生の監督生たちの名前が視界を流れていく。

あ、ジョシュア。

一年生の上から十番目。見覚えのある名前が載っているのを見て、僕はニンマリとした。もちろん声には出さなかったけど、難しい顔をしたジーンが操る箒が不自然に止まったので、きっと気付いたんだろう。

十位か。

以前の僕と同じ順位だ。

平民が監督生になるなんて。

今までならそう言っていじめられる道を辿《たど》ったんだろうけど、状況が違う。

「平民の監督生が、増えてる」

一年生に一人。二年生にも一人。そして三年生には二人。

計四人の平民の名前が銀色に輝いている。

僕一人相手に「平民が監督生だなんて！」とアレルギー反応を起こしていた貴族たちは、ショックで死んでしまうかもしれない。

まあ、僕はそれでも一向に構わないのだけど。

「四人もいれば、僕が卒業しても協力できるだろ」

ニヤリと笑う僕にジーンが振り返って「やっぱり」と言う顔をした。

瞳が好奇心で輝いている。面白いことが大好きなジーンはきっとこのサプライズを気に入ると思っていたんだ。

「俺抜きで何面白いことやってんだよ」

「一番面白いタイミングには今ちゃんと居合わせてるだろ」

下を指差せば、青くなった元監督生たちの顔がある。平民たちの順位が繰り上がったせいで、今まで散々デカい顔していた奴らが、監督生の座を失ったのだ。

異変に気がついた生徒たちから、ザワザワと騒ぎが広がっていくのが見えた。

散々いじめて頭を押さえつけてきた平民たちが、まさかこんなことをするなんて思ってもいなかったのだろう。

「はは、ざまあない」

高らかに笑うジーンの言葉に、僕も頷《うなず》いた。

僕のサプライズの結果はこの見晴らしのよい景色と、キラキラした銀色の名前。なんとも派手だけど、過程はなんとも地道で泥臭い。楽しいとは到底言えないようなものだった。だからジーンには言わなかったのだ。

何より成功するかどうかは皆の頑張りにかかっていたし。

「何をしたんだよ」と、ジーンがネタバラシを促すようにチラとこちらを振り返る。

「大したことはしてないよ。ただ、君の言う『狂気の沙汰《さた》』を譲ったんだ。平民の後輩たちに」

「……ふ、はは！」

「貴族たちに一杯食わせてやりたいって子たちが結構いたから」

「あはは！」

「なるほど、どうりでこの結果か！」と笑うジーンに釣られて僕も笑う。

紹介してくれたのは、ジョシュアだった。

あなたに憧《あこが》れている平民も多い。そう彼が言っていたのを思い出して、野心的な平民の生徒を紹介してもらったのだ。

「平民が監督生になれないのは、何も彼らが貴族たちより劣っているからじゃない。そもそもスタートが違うせいだよ」

貴族たちは、僕たち平民が家の仕事を手伝ったり、友達と街を駆け回ったりしている頃から、ラムサス出の家庭教師なんかをつけて魔法の勉強をしている。

僕たちが厳しい競争を強いられるのはそのせいだ。

何より、監督生になれば壮絶ないじめを受けると、みんな分かっている。だから誰も挑戦しようとしない。

でもジーンと仲よくなって僕が変わって。それを皆が見ていた。

だからこそ今回みたいなことができたってわけだ。

ジーンが目をキラキラさせて振り返る。愉快で仕方がない、という顔だった。

僕は唇を舐《な》めた。

自分のしかけた悪戯《いたずら》を、友達に自慢したくなる子供の気持ちって多分こんな感じだ。

「僕が彼らにアドバイスをしたって、別にズルじゃないだろ。それでもまだフェアじゃないくらいだ」

「だけどお前、自分の勉強で精一杯だったろ。わざわざ何で……」

完全には隠しきれていない僕の目の深いクマを彼が見た。

「心配してくれてたのにごめん」

「いや、」

「貴族たちに一杯食わせてやりたくてさ」

嘘じゃない。

だけど理由は他にもあった。

ジーンが、落ちこぼれの演技をやめたから。

視線が、銀色に輝くジーンの名前に向いた。

僕に乗せられてやったことだとしても、もしも君が、家族の足枷《あしかせ》にならないよう廃嫡されて一人になりたい、なんて寂しい願いを少しでも諦《あきら》める気があるのなら。

そして例えばこれから家を継ぐことになるのなら。

その時の彼にできることはこれしかないと思った。

だって彼のおかげで、僕の学校生活はすっかり変わったのだ。

一緒に試験勉強をしてウンウン唸《うな》ったり、悪さをして廊下を走ったり、腹を抱えて笑ったり、時には喧嘩《けんか》をしたり。これまで友達とやりたくてもできなかったことを彼と二人でぜーんぶやった。

彼が僕にとってかけがえのない恩人であることは、言うまでもないことだ。

そんな彼がこれから家を継いで、生まれのせいで心ない言葉を投げつけられて、傷つく時が来るのなら。僕にできることなんて全然大したことじゃないけど。

ラムサスにいるのは、これからこの国を担う優秀な若者たちばかりだから。この学校の環境が変われば、閉鎖的で差別的なこの国も少しは変わるかもしれない、そう思ったのだ。

すぐには無理でもさ、きっかけくらいにはなればいいよね。

僕にできる、彼への精一杯のお礼がこれだった。

卒業まであと一ヶ月。

つまり、僕たちの契約もあと一ヶ月。

そう。すっかり忘れていたけど。アビゲイルを驚かせるなんて目標も、達成してしまった。

これが終われば僕は王都で商人になる。

そして、彼はアスター辺境伯の領地に戻る。

僕たちの身分の差は大きい。この学舎《まなびや》を出れば、きっともう会う機会もなくなる。あれだけ僕を悩ませていたこの学院がジーンとの仲を取り持ってくれていたなんて、なんとも皮肉な話だ。

「さ、帰ろ。ここはひどい匂いだ」

気取りやの貴族たちの香水の匂いが混じったホールは、頭がクラクラするような甘い匂いで満ちている。

鼻を摘《つま》みながらそう言う僕を、ジーンが一度静かに振り返って。「そうだな」と、なめらかに箒《ほうき》を出口へ滑らせた。遥か下の方に、金色の文字を見て呆然《ぼうぜん》と立ち尽くすアビゲイルの姿があったような気がしたけれど、今の僕にはもうどうでもいいことだった。

「……なあ、エルマー」

「なに、ジーン」

「……髪の毛がボサボサの箒人間だったときから、お前はずっと綺麗《きれい》だよ」

僕は彼の背中を見つめた。

彼がどんな顔をしてそんなことを言ったのか、僕には分からなかった。

「……ねえ、ジーン、僕、特別な時なら君の飲みに付き合うって言ったよね」

今度、打ち上げでもしようよ。

最後に思いっきり楽しんで終わりたいと、そう思った。

32．初めからずっと恋をしている

僕たちが連れ立って向かったのは例の、いつだかにジーンと遭遇したバーだった。ここなら顔見知りに遭遇することもないだろうと思ってのことだ。

……あれから、まだ一年も経《た》っていないはずなのに随分昔のことに感じるのは、この一年を必死に過ごした証拠だろうか。

ここで男に絡まれて、ジーンに助けてもらって腕を引かれて走ったっけな。

バーに連れ立って入った時、汚い路地を振り返りながらそんなことを思った。

思い返せば、この一年、彼に腕を引かれてばかりだった気がする。

「……もしも、父上が俺を後継ぎにと望まれるのなら、後を継ぐ」

二人で席について、あれやこれや話をして。その会話の切れ目にふと、赤い髪を魔法で暗い赤茶色に染めたジーンが、瓶を傾けながら呟《つぶや》いた。

瓶の中はどっぷりとした液体で満ちている。

彼の目の色と同じ、琥珀色《こはくいろ》を見つめながら僕もポツリと返した。

「そっか」

自分なんかを跡取りに据えなくていいように。

そんな風に言っていたときの彼を思い出すと、今の変化が嬉《うれ》しい。自分のことを諦めるみたいに他《ひ》人事《とごと》みたいに話していた男が、将来と向き合う気になったんだ。

それは友として喜ばしいことのはずなのに、僕はなぜか胸のあたりから締め付けられるような痛みを感じていた。

「じゃあ、ジーンは辺境伯様になるわけだ」

「それはまだ分からないだろ」

「なるさ。君は優秀だもの。お父上は君を後継ぎにってお考えになるはずだ」

僕の言葉に、グラスを傾けていたジーンがこちらを向いた。

無断外出がバレて卒業がぱあになるなんてことはないだろうけど、念のため被《かぶ》ってきたハンチングの下から彼のことを見上げる。

うるさい店内でお互いの声を聞き取るため顔と顔の距離が近い。

すぐ目の前に見えたやけに真剣な色をした瞳《ひとみ》に、心臓が僕の薄い貧相な胸から飛び出してきそうなくらい暴れていた。だけどそれは決して甘い緊張じゃない。処刑台の階段を一歩一歩上がる罪人のような、タイムリミットが迫って追い詰められて。そういう時の嫌な緊張だ。

「お前のおかげだよ」

「え？」

「お前がそうやって、俺を褒めるから。……人と違うってことは、別に落ちこぼれって意味じゃない。やれるだけやってみようと思ったんだ」

「……うん。君がやろうと思ったんなら、なんだってできるさ」

「お前は俺を喜ばせるのが本当にうまいな」

「……」

ああ、親友をひどく裏切ったみたいな気分だ。

僕の荒れた内心を知らないまま、嬉しそうに笑うジーンに心が波打った。

きっとジーンなら素晴らしい貴族になる。彼みたいな人がきっとこの凝り固まった国には必要だ。

だけど、辺境伯様と商人じゃ、会うことも難しくなるだろう。

君はどう思ってる。

「なあ、あんま飲みすぎるなよ」

「……僕が酒に弱いって？」

「分かってんじゃん」

仕方なさそうに笑って、ゆらゆら揺れる僕の肩をジーンが引き寄せた。

ジーンが僕のことを大切に思ってくれてることは、自惚《うぬぼ》れじゃない。それくらいはネガティブな僕にだって分かる。

最初はただポーズでしかなかった肩を抱き寄せてくれる手に、今じゃ愛情を感じるもの。

そういうのって分かるんだ。

きっと彼は僕に愛情を感じてくれてる。

体を支える硬い腕に甘えると「……やっぱ酔ってる」と、手の中の瓶をそっと取り上げられた。

「ジーン、見てんじゃねえよ」

「前後不覚にはならないよ」

「当たり前。明日には残すなよ。今更教授にどやされたくないだろ。……オイ、見てんじゃねえよ」

ジーンの首に腕を回してグリグリ頭を擦り付けるみっともない酔っ払いを、どこかのもの好きが見ていたらしい。振り返りどすの利いた声を出すジーンの喉仏《のどぼとけ》が、僕の目の前で震えた。

あーあ。彼の伴侶《はんりょ》になる人は、どんな人だろう。

チラとそんな彼の様子を見ながら思う。

乱暴なふりして優しい人だ。きっといい夫になるに違いない。

こうして世話を焼いて、危険から守って。僕以外の人間を腕に抱くのだ。

そんなの珍しいことじゃない。よくある話だ。

学生時代、モラトリアムの間に自由恋愛を思いっきり楽しんで。大人になれば貴族らしく決められた良家の人間と結ばれる。

別に遊んでるってわけじゃない。恋愛は学生時代に済ませて、それから家のために契約を交わすみたいに割り切って結婚をする貴族が多いってただそれだけのこと。

だけど、初め愛し合っていなかったからって、その後もそうかって言ったらそうじゃないだろう。

同じ目標を持って、支え合う相棒にそのうち愛情が湧くのは自然なことだ。

ジーンはきっとそういうタイプだ。情の深い人だ。だって今の僕たちだってそうだった。

彼と結婚をする人は幸せになるんだろうな。

「ジーン」

「ん。どうした。具合悪いか？　水もらう？」

彼の首元にくっ付いたまま呟いた僕の小さな声を、聞き逃さないで気にかけてくれる。

首を傾《かし》げて覗《のぞ》き込《こ》もうとするジーンに、少しだけ顔を上げて目を合わせた。

「……なあ、今、僕たちは恋人同士だろ」

始まりはあんな風だったけど。

「恋人同士でも、キスやセックスをする時には同意をもらうべきだと僕は思ってる」

「……？　ああ」

「面倒だって言う人もいるだろうし、雰囲気が台なしになるって言う人もいるかもしれないけど。同意を得るってことは相手の意思を尊重するってことだ。相手の心や体を大事にするってこと。その意思表示だ」

「……うん」

「愛してる人の心や体を僕は大切にしたい。愛してる人が傷つけられたら当人よりも怒りたい。嬉しがっていたら同じように嬉しがれる人でいたい。それが僕の思う愛だ」

面倒な奴《やつ》。こんな風だからガリ勉だ頭でっかちだって言われるんだ。

それでなくても回りくどいし細かい僕なのに、お酒が入ってるせいで余計何が言いたいのか分からない。きっと要領を得ていないだろう。

それなのにジーンは聞き上手な兄のように熱心に僕の話に耳を傾けてくれる。酔っ払いが唐突に話題を変えるなんて珍しいことじゃない。だから驚いた様子もなく火照《ほて》る僕の頬を片手で包んで「どうぞ、聞いてるよ」って言うみたいにトロリと溶けた蜜《みつ》のような金色で顔を覗き込むのである。甘やかすのが上手《うま》いんだ、彼は。

頬を撫《な》でる親指に胸が切なくなりながら、僕は一生懸命話を続けた。

「だから聞くんだけど。君にキスをしてもいい？」

「……は？」

「嫌だった？」

酒でトロンと蕩《とろ》けていた彼の瞼《まぶた》がパチンと覚醒《かくせい》した。

「……嫌じゃないけど」

「ヨシ」

じゃあ、と身を乗り出す。彼の気が変わらないうちに。

僕は首を伸ばし、彼にキスをした。

彼の形のよい唇と自分の唇をそっと合わせる。

ムードも何もあったもんじゃないキスだ。

だけど僕はこういう人間なのだ。ジーンはそのことをもうよく分かってる。

大きな金色が丸くなった。綺麗な満月みたい。こんなに間近で見ることももうなくなるんだろうな。

そう思うとまた息が苦しくなる。

「ん、……エルマー、お前、どうした？」

「ジーン……」

首の裏に手を回して、小鳥がするみたいに何度も何度も唇を合わせた。

「ジーン……」

彼の目を見ることしかできない。

ハア、とため息をついて、首元に顔を押し付けて僕は呟いた。

か細い声が情けなく震えている。懇願だった。

とても、人前で出す声じゃない。

「僕のこと、抱いてくれないかな」

いいだろ、学生時代の思い出作りだよ。

眉尻《まゆじり》を下げて呆然と目を見開いているジーンの頬を撫でる。ハッとしたジーンが、僕のことを隠すみたいに胸に抱きしめた。

「むっ」

顔を硬い胸筋に押し付けられて、潰《つぶ》された猫みたいな声を出す。

体が浮かんだ。彼の首元に顔を埋《うず》めているせいで、何も分からないけど、お尻《しり》の下に彼の硬い腕の感覚。片手で、子供みたいに抱き上げられているのが分かった。

やっぱり力持ちだな。

普段猫みたいに芝生の上でゴロゴログータラしてるくせに。彼の厚い胸板を感じながら、冬。いつもより少し早くに起きた日。寝ぼけ眼でカーテンを開けると、人目につかない庭の端で剣を振っていた彼の赤い鼻を思い出して、また胸がぎゅっと痛くなった。

頑張り屋なのに、恥ずかしがり屋の可愛い人。

誰も彼がこんなに不器用だなんて知らない。

自分のいいところを隠して、軽薄に振る舞うのが得意な人なのだ。

テーブルの上に、硬貨が置かれた音がしてそっと顔を上げた。

人を軽々抱えてスタスタ歩くジーンを見咎《みとが》めるものは誰もいない。裏街じゃ僕たちより変な奴なんていくらでもいるのだ。だから、ここは逸《はぐ》れ者《もの》の僕たちには心地よかった。

「……ジーン、僕酔ってないよ。まだ学校帰りたくないよ。変なこと言ってごめん」

学校に連れて帰られるんだと思って口を開くと、ジーンがこちらも見ずに言った。

「お前のこと、抱いていいんだろ」

本当に望んでいて口に出したことなのに。

「……へ？」

彼にいざそう言われると、ギシリと身体《からだ》が固まった。

まるで強がりを言って痛い目にあう馬鹿な猫か何かみたいだ。

目を丸く見開いて髪を逆立てて、ポカンと口を開いた僕にジーンが笑う。

「なんだよ、お前が言ったんだろ」

今更冗談でした、とかなしだぜ。

「……」

……そんなこと、僕が言うと思うのか。

何も言えないまま首にぎゅっと摑《つか》まると、彼の腕に力が入るのが分かった。

「……キスしていいか？」

しっかりと僕の意思を確認するそんな言葉に、愛しさで笑いが溢《こぼ》れる。

「もちろんいいよ」

そう言った瞬間、目の前にあるジーンの喉仏が小さく動いたのが分かった。

好きな人との最後の思い出くらい作ったっていいだろう。

ジーンが僕の耳の横に手をついてグッと背中を丸めた。

安宿の扉に背中を預けたまま、絶え間なく降り注いでくるキスを受け止める。腰に添えられた手が慈しむみたいにぼくを撫でる。背中をゾクゾクと快感が走った。

柔らかい唇に舌を吸われて身体が痺《しび》れる。

脚の間にジーンの長い脚が差し込まれて、ゆるりと腰を擦《こす》り付けられた。

「んあ」

漏れた声にジーンが喉《のど》の奥で笑う。左耳の付け根に顔を寄せて、はふりと僕の耳たぶを唇に咥《くわ》えた。

ああ、もう。

「エルマー。お前のこと、抱いてもいい？」

「ん」

「言質《げんち》取ったからな」

念を押す彼の頭を抱える。

仲違《なかたが》いしていた一ヶ月が、よっぽど堪《こた》えたんだろう。

自由に振る舞っていた君が、主人の許可を待つ従順な犬か何かみたいになってしまって。

これも全部僕のため。

そう思うと胸がギュッとなる。

「好きにしてって言った」

ベッドに行くと、ジーンは僕の服を優しく優しく脱がせた。

よかった、と羞恥《しゅうち》に震える僕を宥《なだ》めるように何度も何度も振ってくるキスを受け止めながらそう思う。だって、こういう時に服を脱ぐなんてどうしたらいいかわからなかったから。

自分で脱ぐんだったら僕はどうやっただろうか。

色っぽく服をストリップするなんてできっこないから、きっともたつきながら脱いだんだろう。

ズボンを脱いで、シャツを脱いで、女の子みたいに少し手で隠したりして見せた方がいいかな、なんて考えて。忘れないように全部見てくれ、これが僕だ。君の、学生時代の恋人だよって。

そんな恥ずかしいことを言わずに済んだ。

すっかり服を脱がされた後、同じように裸になったジーンの引き締まった体を見て、僕は芋虫みたいに縮こまることになった。

「……変態、ジロジロ見るなよ」

そして、足元にくしゃくしゃになって丸まっていたベッドシーツを指先で摑んで引き上げながら、そんな可愛くないことを口走った。

ジーンが「何を今更」と言うように眉を上げる。

だって。

「……君がそんなに鍛えてるなんて聞いてない」

まるで恥じらう乙女《おとめ》のように顔の半分から下を隠して、脂肪ひとつない腹筋にチラリと視線を向ける。綺麗にシックスパックになった腹筋に驚く。腕だって、棒みたいな僕の腕とはまるで別物だ。ついさっき、猫の子でも持ち上げるみたいにひょいと抱え上げられたのを思い出して情けなく眉が垂れる。

そんな僕の様子に何を考えているのかを察したのだろう。彼が「……まあまあ、ほら、」と、子供を宥めすかすみたいに囁《ささや》きながら、シーツから僅《わず》かに覗く僕の前髪を大きな手で撫で付けるように掻《か》き上げる。そして、僕の顔の横に腕をつき、上体をこちらに倒してきた。

額にあの口角のキュッと上がった柔らかな唇が、そっと押し付けられたような感触があった。ピクリと肩が震える。

小動物みたいに過剰な反応を示す僕がおかしかったんだろう。唇を押し付けたまま彼が小さく喉で笑って、そしてそのままの体勢で……つまりは僕の額に柔らかくキスをしながらこんなことを囁くのだ。

「な、俺の天使さま。隠れないで、綺麗なあなたを見せて」

「……うう、う――」

優しく頭を撫でられながら落とされた歯の浮くようなセリフに、僕は思わずシーツの中で唸《うな》った。

そこら辺の男が言うんだったら笑えて緊張もほぐれたかもしれないけれど、ジーンが言うんじゃふざけていても逆効果だ。甘やかな声に、シーツで隠しきれていない額まで真っ赤になるのが分かった。

「ふくく」と我慢しきれなかったような笑い声が聞こえる。

「心配しなくてもお前は綺麗だよ、エルマー。何度も言ってるだろ。初めっからお前は綺麗だ。周りの連中と、それからお前自身が気付いてなかっただけ」

シーツの上から、チュッチュッと口付けされる。緊張をほぐすみたいに身体中に降り注ぐキスの雨と、頭を撫でる熱い手のひらと、それから囁くみたいな嗄《かす》れた声。

なんだよ。なんでそんなこと言うんだよ。

シーツの中で真っ赤になったまま彼の唇を受け止めているうちに、緊張しきっていた身体からだんだん力が抜けていくのが分かった。

「お前が見たい。俺に全部見せて」

これだからこの男は、ズルいんだ。

まるで悪魔の囁きだ。

好きな男にこんな声で誘惑されて、逆らえるわけがない。

そろりと握りしめていた手から力が抜けたのを彼は見逃さなかったらしい。だけど彼は、悪魔は悪魔でもお利口な、優しい悪魔なので、キュッと嬉《うれ》しげに目を細めて優しい声を出しながら僕の許可を待ってくれた。

「見てもいい?」

「……ん」

別に不機嫌なわけじゃないのに、恥ずかしさで不機嫌そうな声が出る。

そんな僕の内心も分かっているのだろう。

彼はヨシヨシと僕の頭を撫でながらそっとシーツを退《ど》けた。

安宿の蠟燭《ろうそく》のゆらゆら揺れる明かりの中で、僕の生っ白い身体が晒《さら》される。筋肉の一つもない、人形みたいな身体だ。

こんな色気も何もない身体なのに、ジーンが熱に浮かされたみたいな、うっとりとしたため息をつくのが分かって、目尻《めじり》がジワリと赤くなる。

それからは、もうすっかり彼のペースだった。

ジーンはそれはもう丁寧に、丁寧に僕の体を解きほぐした。

時にはあ、と牙《きば》の見える赤い口を大きく開けて、乳首を舐《な》めた。舌で押し潰したり転がしたり、時々悪戯《いたずら》に吸われたりするたびに、「んあ」だの「ひう」だの口から情けない声が漏れるのが恥ずかしくて、頭がクラクラする。

興奮したペニスをじっと見つめられて、手のひらで弄《もてあそ》ばれる。

内腿《うちもも》がピクピクと痙攣《けいれん》して「もう、いやだ。恥ずかしい、見ないで」と泣いたら、「はいはい」と首筋にキスをされる。手の動きが激しくなる。

「アッ、うう、ンッゥ」

薄い腹が引《ひ》き攣《つ》って、爪先が丸まって。

弓形になるほど体が浮き上がって。

彼が満足する頃には、もう指先だって力が入らなくなっていた。

いつ気をやったのかも分からないまま、ハフハフ体を震わせるだけの僕を炯々《けいけい》と光る目で焼き尽くすように見つめながら、彼がペロリと自分の手のひらを舐める。真っ赤な舌が僕の出した白いものを舐め取って、金色の目が弓形に細まる。神様みたいに美しいのに婀娜《あだ》っぽい男。彼のそんな仕草にコクリと小さく喉が鳴った。なんだって僕ばかりがこんなに余裕をなくさなければならないのか。

「……あ、なにして……」

彼に見蕩《みと》れていれば、その筋張った形のよい手に腹筋を優しくなぞられて、シーツの上でピクリと身を捩《よじ》る。

もう、彼に触られるところ全部が気持ちよかった。

首筋に伝う汗を舐められても、耳を悪戯に噛《か》まれても、ちょっと大袈裟《おおげさ》なくらいに体が跳ねて甘やかな声が漏れる。

触らないで。もう、触らないでとシーツの上で身を捩る僕の姿を、金色の目が射竦《いすく》めるようにじっと見つめていた。

僕の体のはずなのに、僕よりもずっと彼の方がどこをどうすれば僕が気持ちよくなるのか知っているみたいだと思う。

ああ、そういえば。貴族は精通をしたら性教育を受けるんだっけ。え、まさかそんなこと？　彼の初めての相手は誰なんだ。ああ、焼けるな。僕はこれが初めてなのに。

ヒンヒンと子犬のような泣き声を上げながら、頭の端であれやこれやと余計な事を考える。それはきっとそうでもしないと、いよいよ自分が正体をなくしてグズグズに蕩《とろ》けてしまうという予感がするからだ。

「まっ、て」

「エルマー」

「も……むり、や、だ」

「エルマー」

大きな手のひらが、上にずり上がって逃げようとする僕の頭頂部を優しく包んだ。顔の横には彼の両肘《りょうひじ》がつかれていて、大きな体がすっぽりと僕の体を覆っている。逃げ場のないそんな体勢のまま、下からあむと舐め上げるように耳たぶが咥えられて、ゾクゾクとした快感が首筋を走る。

「……ん」

「……お前の中に入りたい」

力の入らない体に彼の熱い怒張が擦り付けられる。

そのまま、耳元で甘えるみたいに囁かれて、クッと喉が反った。

「……あ、ん」

「おねがい」

好きな人にこんな風に求められて、断れる人間がいるだろうか。

僕は自分の腰が勝手に彼を求めるように、小さく揺れるのを感じながら、羞恥に瞼《まぶた》を下ろした。睫《まつ》毛《げ》が震えるのが分かる。彼のものがそこに小さくキスをした瞬間、は、と唇から熱い息が漏れた。

「……いー、よ」

きて。はやく。

散々嬲《なぶ》られた後孔は、一生懸命彼を飲み込んだようだった。

「あっ、ああ、……ッ」

体がビクビク痙攣して、彼の背中に回した手がグッと丸まって。

「好き、……はあ、……好きだよ、エルマー」

ゆるゆると優しく腰を進める彼を蠢《うごめ》く熱い内壁が縋《すが》るみたいに包んだ。

ジーンが僕のことをぎゅっと抱きしめる。首筋に熱い息を感じる。温かい肌。彼の脈動。今、腕の中にそれらが確かにあるはずなのに、何もかもが恋しくて涙がポロポロ溢れた。

「なんで泣くんだよ」

眉を落として笑ったジーンが、唇で優しく涙を掬《すく》ってくれる。

「はぁ、……ん、もっと、もっと激しくして、ジーン。忘れ、……んっ、忘れないよ、うに」

「……」

ピタッ、と動きが止まる。

彼の首に齧《かじ》り付くみたいにしがみついていた僕の体を、彼がペリと引き剝《は》がした。

「んぁっ」

その刺激に体がまたビクンッと跳ねる。

……なに、なんだよ。どうして止《や》めるの。

逆光で表情の窺《うかが》えない彼の顔の中で爛々《らんらん》と光る目が、じっと僕を見ていた。

「……お前、今、なんて言った？」

「なん……ふ、ぁ」

なんて言った？

焦《じ》れた後孔が勝手に彼をギュッと締め付ける。

「……ぅ、待て、エルマー」

「なんで、ア、なんで動いてくれないの……ッ！」

腰をゆらゆら動かす僕を、ジーンが汗を流しながら「こら」とシーツに縫い止めた。あれだけ人の体を弄んどいて。あんまりだ。

「待て、待て。本当に。何かすごく重大なすれ違いがある気がする。おい、このアンポンタン、お前、今、何考えてる？」

「なに、……ぁ、……なにって」

君と離れ離れになる前に最後に、思い出が欲しいって。

腰がジンジンと痺《しび》れるような甘やかな快感をなんとか受け流しながらそう答えれば、ジーンが突き放されたみたいに愕然《がくぜん》とした表情でこちらを見下ろした。

「……待て」

大きな手でムギュッと頬を摑《つか》まれる。……これは、何か重要なことを僕になんとしても聞かせようと言う時の彼のくせだ。きょと、と目が丸まる。「んぁ」……重要なことを言うのなら、あまり動かないでほしい。気持ちよくて気が削《そ》がれるから。

「俺、お前から触ってもいいってお許しが出たんだと思ったんだけど」

「ふ、ぁ……出した、出したよ」

出したから今僕たちはセックスしてるんだろ！

そう叫ばなかった僕をだれか褒めてほしい。

なんだ、なんなんだこの男。

人をおちょくって。

ゾクゾクとした快感が下腹から上がってきて、喉《のど》が反る。少し腰を揺らせば、このジリジリとした快楽の波から逃れられると分かっているのに、彼の手で押さえつけられているせいで、少しもみじろぎできないのだ。

「ぁ……」

焦らしに焦らされて、じわじわと涙が出てくるのが分かった。

ジーンが何か信じられないことでも聞いたと言うような呆然《ぼうぜん》とした表情のまま、ポロとついに溢《こぼ》れた涙を見つめる。

「俺はもうてっきり……」

「ん」

ヒク、としゃくり上げる。

「恋人のつもりだった。ずっと一緒にいるものだと」

ん？

聞こえてきた言葉に、パチと涙に濡《ぬ》れた睫毛を瞬かせ目を見開く。

ずっと一緒にいるものだと？

次は僕がポカンとする番だった。顔を覆ったジーンがパタリと倒れ込んできて、こんな時なのに「んあっ」と情けない声が出た。ちょっと待って。今、動かないで。

「おい待て、お前、未《いま》だにフリで俺と一緒にいたのかよ」

ショック！　と、彼が叫んだ。

「あ、ちょ……重みで、中が……んぁ、……ぅ、はぁ。……違……ふりで仲よくしてたんなら、抱いてくれなんて言わないだろ」

ちょっと待ってくれ。ついていけない。今何が始まってる??

僕は息も絶え絶えにしゃべりながら、当たると体がビクビク震えるところから腰をそっとずらした。

「……はっきりはさせてなかったけど、君と付き合ってるつもりでいた。……ふ、ぅ……でも、君が爵位を継ぐって言うから、あれ別れ話じゃないの？」

「はあ!?」

「んぁッ」

だから突然体を起こすな!!

「ちが、なんでそうなるんだよ！」

「平民と辺境伯が釣り合うわけないだろ！」

彼に大声を出されて、つい大声で返す。

ちなみにこれは、ペニスを挿入したままの喧嘩《けんか》である。二人とも顔がのぼせてる、汗をかいている。

なんなら僕は混乱でまだ涙が滲《にじ》んでいる。マア格好がつかない。

「優秀な平民と結婚した貴族くらいいくらでもいるだろ！」

お前自分のことなんだと思ってんだよ！　ラムサスの首席だぞ！

ハア、とジーンが顔を覆って腰を引いた。体の中から彼が引き抜かれる感覚で体が大袈裟に震える。

おい、待て。なんで抜いた。

そう彼を睨《にら》めば、ジトリと睨み返された。なんなんだよ。

「……分かった。俺の言い方が悪かった」

お前は勉強のできるバカだってことを忘れてた。……なんだと？

「……失礼な！」

「おだまり」

「あぅ」

ムギュッとまた顔を潰《つぶ》される。

ジーンの表情は、真剣だ。なんでコイツすっかり冷静になってるんだ。

僕はジタバタ騒いでみせたけど、その実、胸は張り裂けそうに痛かった。何を言われるのか、恐ろしさで心臓が全力疾走している。

「ヨシ。まずははっきりさせよう。あの日の、『契約』は今日までだ。俺たちが好き同士だろうとなんだろうと契約で付き合うのも今日まで」

「……え」

言葉を失う僕をジーンが引き起こす。

そして肩を両手で摑んで引き寄せて、シーツを身に纏《まと》って、自分の腕ごとギュッと僕をその中に閉じ込めた。

ちょっと待て。終わりってなんだ。

なんで今すぐに契約を終わりにする必要があるんだ。まだ、卒業時期までは時間があって、その日までは付き合えるはずだろう。君も僕を好きでいてくれてるんだと思ってたけど、それは違ったのか。

終わり、の言葉に過剰反応する心臓が痛い。

僕は真っ白なシーツの中で身を震わせていた。

ドッドッドッと耳元で響く音がする。

だけどそれが、自分の胸からではなくジーンの胸からする音だと気がついて僕は「……ジーン？」と顔を上げた。

「なあ、エルマー」

まただ。あの甘い声。

「卒業までなんて嫌だ。俺とちゃんと付き合って。……もちろん、結婚を前提に」

「……」

……結婚を前提に付き合う？　まさか、無茶だ。

彼の言葉を聞いた瞬間、僕の心の中の弱虫がそう叫んだ。

それでなくても彼はこれから、沢山の口さがない人たちの言葉に立ち向かって行かなくちゃならないのに、僕なんかと付き合っていては、余計な苦労をする羽目になる。商家の出の僕じゃ、彼を守ってあげられない。なんの助けにもなってあげられない。大切な人に望んで荊《いばら》の道を進ませる人間なんて、どこにいるだろうか。

呆然としたままそんな内心をポツポツと言葉にすると、自然と涙がポロリと溢れた。

さっきから僕、泣きっぱなしだ。多分ものすごく変な顔になっている。

それを見られたくなくて、顔を俯《うつむ》ける僕の片頰をジーンの右手がそっと包んで持ち上げた。

「お前に恋してるエルマー」

「……」

「お前の方はどうなんだ」

「……」

こんなのは正気じゃない。

心の底からそう思う。

彼のためにちゃんと断るべきだ。身を引くべき。

だけど大好きな黄金色の瞳《ひとみ》に縋るように願うように見つめられて、僕の口から出る言葉なんて決まっていた。

僕は臆病《おくびょう》で、強欲で、そして馬鹿な男なのだ。

あとはもう、どちらともなく瞼を下ろして、もう一度キスをした。今日、何度目かもわからないキスだ。

そのまま肌と肌をぴったりと合わせ、彼の首に手を回した。

それから、僕の体を割り入ってくる彼の感覚にうっとりと目を細めて、首を反らす。

二人で夢中になって何度も何度もキスをしながら、肌を擦《こす》り合わせるようにして混じり合った。

「……ぁ、あ」

好き。好き。

絶えず漏れる嬌声《きょうせい》の中で、タガが外れたみたいに繰り返す僕の言葉に、ジーンは愛《いと》しくて仕方がないと言うみたいに鼻先を擦り付けながら応えてくれた。

は、と至近距離で熱い息が交わって、目を細め合う。

彼の顎《あご》先に汗が伝うのを、舌で舐《な》めとれば唇に噛《か》みつかれる。その瞬間、胎《はら》の奥の酷《ひど》くいいところをゴリと熱いものに抉《えぐ》られて、クッと喉が反る。

「ぁあ！　……ん」

上がった嬌声ごと飲み込むような唇を受け止めながら、僕は体内に注ぎ込まれる熱いそれにうっとりとした痙攣《けいれん》を繰り返した。トプ、と自分のものから出た液体で腹が濡れるのがわかる。体の芯《しん》がじんと痺れていた。

とろりと瞼《まぶた》を落としたまま、彼の顔に両手を添える。

「……ぁ、」

「……っ、エルマー」

「ん」

この選択を、いつか若さゆえの過ちだと後悔する日がくるのかな。彼と鼻先を擦り合わせるようなキスをしながら、僕はそんなことを考えた。

そして瞼を薄《うっす》らと開けた先、僕だけを見つめる甘やかな金色を見て、それでもいいか、と思う。

世間体がなんだ、家柄がなんだ、将来がなんだとうるさいことを言うのは、頭の固い貴族たちに任せてしまおう。好きに言わせておけばいい。

だって僕は彼のことがどうしようもなく好きなのだ。どうにでもなれ。やれるだけやってみよう。

この一年そうしてきたみたいに。

それにきっと、彼と僕とならきっと大丈夫だと、そんな気がするのだ。

33. 一年で一番短い夜

一年で一番短い夜。

ブルーベルやスズラン、リラに囲まれた森に楽隊の奏でる軽やかな音楽が響いていた。

キラキラと輝く銀色は花妖精《はなようせい》の鱗粉《りんぷん》だ。森全体を明るく照らすそれは、夏至の夜に咲く花の蜜《みつ》を集めて閉じ込めたような、甘い匂いがした。

「さあ、学長の長い長い挨拶《あいさつ》も終わりです。飲んで食べて騒ぎなさい」

シャンパングラスをフォークでキンキンと叩《たた》いた教授が声高らかにそう言うと、それまで左手の甲を腰の後ろに添え、右手でシャンパングラスを掲げ、折り目正しく立っていた紳士たちがワッと散り散りになった。

ヤレヤレと首を振る学長に、ブランデーを注《つ》ぐ教授。

もはやそんな姿を見ている生徒はいない。

楽しい夏至の夜の始まりだった。

四年間、王国最高峰の学舎《まなびや》で切磋琢磨《せっさたくま》してきた青年たちが、今日ばかりはと大きな声で楽しそうに笑い、シャンパンに利発そうな頬を紅潮させて、各々の相手と嬉《うれ》しそうに踊り回る。

けれど、そんな夢のような晩になによりも人々の視線と心を奪ったのは、夜露に濡《ぬ》れる純白のスズランでも、思い思いに着飾った生徒たちでも、ゴールドのドレスに身を包んで豊満な体を惜しげもなく晒《さら》す女教授でも、テーブルの上にたっぷりと盛り付けられたチーズやブラマンジェ、月の光を浴びてツヤツヤと輝くマスカットやストロベリーでもなく。

ある二人の青年だった。

「ちょっと待って、ジーン！　早いって！　あはは！」

「はは、ほら、早く早く」

白銀の装いに身を包んだエルマーは月の精もかくやといった様子だった。細かい刺繡《ししゅう》や、裏地の銀色が彼の動きに合わせてキラリと光る。ティンセルが編み込まれた月色の髪が、流星群のように輝いた。

そんなエルマーの視線を一身に受けるジーンは、美しいシルエットの夕闇色の燕尾服《えんびふく》に身を包んでいた。指輪やカフスは端正で上等な細工物。神話の英雄のような美丈夫だ。

凜々《りり》しく束ねた赤い髪を揺らしながら、腕の中のエルマーを完璧《かんぺき》にリードする。

四分の四拍子のクイックステップ。他のパートナーたちの間を器用に縫って軽やかに踊る。弧を描く長い髪が二人の後を遅れて追っかけた。

二人が回るたび、青年たちの視線がクルクル揺れている。

だけどエルマーたちはそんなもの気にも止めずに、楽しそうに息が切れるまで踊っている。

クルクルと回りながら手を伸ばしたジーンが、テーブルの上のイチゴを搔《か》っ攫《さら》って自分とエルマーの口にポイと押し込んだ。エルマーが薄い頬を膨らませてそれを咀嚼《そしゃく》する。ジーンが小さな耳元に唇を寄せ何事かを囁《ささや》くと、エルマーが顎を反らしてアハハと笑って、それからまた楽しそうに何事かを語り合いながら音楽に戻る。

「チ、ワルツだ。退屈だな」

曲調が穏やかになると、チラと楽隊の方に振り返ったジーンが高い鼻の頭に皺《しわ》を寄せてぼやいた。エルマーが「こら」と笑いながらジーンの頬をペチリと自分の頬に引き戻す。親しいものに浮かべる甘やかな笑みだ。しようのない奴《やつ》だな、と言うみたいに眉《まゆ》を垂らして、だけど表情から愛しさが隠しきれていない、特別親しい相手にだけに向ける笑み。

それはこれまでエルマーが浮かべた表情の中で一番慈愛に満ちた美しい表情だった。証拠に回りの青年たちがその表情に釘付《くぎづ》けになっている。

「いいだろ、ワルツ。僕は助かったよ。これ以上早い楽曲が続くようなら、肺がダメになるところだった」

「ヤワだなお前、勉強の息抜きにタバコを吸いすぎたんじゃねえの？」

「おい、君が言えたことじゃないだろ」

ぴったりとお似合いの二人だった。舞踏会の最後を飾る王様と女王様のワルツを見るように、額をすりつけ親しげにクスクス笑い合いながら、青草の上をクルクル滑るように踊る無邪気な二人の姿を皆が目で追っていた。

「今夜はシャンパンを飲みすぎるなよ」

「君こそ。明日は長旅だろ」

明日、ジーンは領地に戻る。

エルマーと次に会うのは随分後になる。

「おい、よそ見するなよ」

「何が？　ダンスの相手の話？」

ジーンの言葉の意味を分かっているはずなのに、エルマーが惚《とぼ》けるように首を傾《かし》げキュッとその美しい目を細めた。

「……分かってるだろ」

ジーンが呟《つぶや》く。勿論《もちろん》本気で言っちゃいない。

先ほどから腕の中の恋人に注がれる男たちの熱い視線を感じて、戯《たわむ》れに口に出しただけだ。エルマーが逆立ちしたって浮気なんかできっこない真面目《まじめ》な奴であることをジーンは一番よく知っている。

そういうところは昔と一つも変わっていないのだ。

ジーンは、頭ひとつ分以上は下にある小作りな顔を見下ろした。

見蕩《みと》れるのも無理はない、そう思う。

昔から、端整な顔の男ではあったのだ。けれどもこの一年のエルマーといったら蕾《つぼみ》が花開くように、すっかりと美しくなって。

自信がついて立ち居振る舞いも堂々とした。

なにより、エルマーの魅力に箔《はく》をつけるのは、それまで彼が地道に続けていた努力だろう。

平民の生徒がラムサスを首席で卒業するなんていうのは、前代未聞のことだった。腕の中の華奢《きゃしゃ》な恋人は、今やちょっとした有名人だ。

「ちょっと離れるくらいがなんだよ。僕ら、なんてことないだろ」

けれど陰鬱《いんうつ》とした考えを一瞬で振り払うような夏風のような声が響いて、ジーンはすぐに目を開けることになった。夏の夜にふさわしい凛《りん》とした双眼が、真っ直《ます》ぐとジーンを見ていた。

一年前のおどおどとした彼を思い出すと、まるで嘘《うそ》みたいに思える。

ジーンはとびきり美しいものを見た時の人間がするみたいにフッと息を吸った。

ああ、美人だの綺麗《きれい》だのとこの男を称する連中は何も分かっていないのだ、とそんなことを思う。

彼ほどいざという時頼もしく高潔な性格をした奴はいない。それがきっと彼の本質なのだろう。

昔は自分の方がたじろぐ彼の腕を引いていたのに。まったく可愛げなく育った。

「……なんだ。強気だな。うちの領地と王都がどれだけ遠いか分かってない」

「分かってるよ」

「いーや。分かってないね。お前、俺に会うたび毎回長旅だぞ。ざっと一週間は馬車に揺られることになる」

ジーンの意地悪なセリフに、冬休みの行き帰りをジーンの膝《ひざ》を枕に眠って過ごすことで乗り切っていたエルマーがピクと顔を引《ひ》き攣《つ》らせた。

世間の風当たりは怖くないくせに、馬車酔いは怖いらしい。

怖がるものを間違っているだろうとジーンが目を細める。

「……酔い止めと腰の薬をたんまり積んで会いに行くよ」

明日、遠い領地に帰るジーンとは違って、本拠地が王都であるエルマーはすぐにはそちらには行けない。しばらく此方《こちら》に残って彼のやるべきことをする。二人には二人の生活とやらなければならないことがあるのだ。

「なんだか置いていかれるようで寂しいけど、お互い出来るだけのことをしよう」

そう言ったエルマーをきっかけに、しばらくは遠距離恋愛を楽しむことに決めた。

けれど、勿論新しい環境で戦うためにはご褒美も必要だ。次の冬にはお互いの生活が落ち着くだろう。

その頃にまた会う約束もしている。

なにより、エルマーはまだアスター辺境伯に会ったこともないのだ。ジーンと付き合っているのだから、挨拶をしにいかなければならない。既に何度か手紙のやり取りはしているけれど。

「……辺境伯に気に入っていただけるだろうか。君の弟君にも」

どうもジーンは領地でかなり愛されているみたいだった。

数度のやり取りでエルマーがそう察してしまったのは、弟君の文章にどこか既視感があったせいだ。どこぞの兄上が書く文章に似ている。

老眼の老人のように手紙を遠ざけて顎を上げながら、「どうしよう、悪口を書かれていたら。『僕の兄上を誑《たぶら》かした泥棒猫へ』って書いてあるかも……」と、薄目で恐る恐る文を読むエルマーにジーンは腹が痛くなるほど笑っていた。

凛とした細眉を情けなく垂らしたエルマーにジーンが意地悪く口角を上げ肩をすくめる。

「なんだ、昔のお前に逆戻りか」

「……分かってないな。これだから。今は意地悪を言うところじゃなくて優しく恋人のフォローをするところだろ。やり直し」

下からじとりと恨めしそうに睨《にら》んでくる恋人に、笑みが余計に深まる。別に彼を馬鹿にしているわけじゃない。真面目に取り合う気にならないのは、エルマーのしている心配があまりにも杞憂《きゆう》だと知っているからだ。

「お前と付き合い始めてからウザいほど届いてる俺宛《あて》の手紙を読んで聞かせてやるよ」

やれ、プレゼントを贈らせてくれだの。

やれ、婚約指輪はどこのブランドに造らせるのがよいかだの。

指のサイズは。

ああ、華奢な花嫁殿だ。おいジーン、お前バカ力なんだから、大切に大切にするんだぞ。

聡明《そうめい》な方らしい、会うのが楽しみだ。どんな話題を出せば話が弾むだろうか。今から勉強しておかなければ。

そうなんだかんだと、うるさくて仕方のない手紙が、ジーン宛に大量に届いているのだ。

だからエルマーを紹介したところで家族は平気だ。領地の連中も、間違いなく平気だ。

ジーンはそう確信を持っていた。

ただちょっぴり面倒なのは親戚《しんせき》だとかその辺。

アスター辺境伯が変わり者なだけで、ジーンの親戚たちは王都の貴族たちと似たり寄ったり。正直言って顔を合わせるだけで渋い気持ちになるような爺《じい》さん婆《ばあ》さんも多い。

「……周りはどうでもいいんだって。君の好きな人に嫌われるのが怖いんだよ僕は」

聞こえてきたそんな明るい声にフッとジーンの顔に笑みが浮かんだ。

ああ、そうだ。本当に付き合うなら周りの連中の言うことなんか気にしてたらキリがない。そんなもの、忠告しなくたってこの一年ジーンと一緒にいたエルマーにはもちろんよく分かっているだろう。

「ああ、どうしよう。お土産《みやげ》は何を持って行こうかな。辺境伯様は何がお好き？」

次に会うのは冬だというのに、既にそんな心配を始めた腕の中の恋人に笑う。細い腰を引き寄せ、ホールドを直す。

「……ほら、それよりも今はダンスに集中しろよ」

ほら、次はお前の好きなスローだ。

ワルツよりもなお眠りそうになるやつ。

ジーンがそう言うと腕の中のエルマーが呆《あき》れたように笑った。この一年で散々見てきた、不作法なジーンを笑ういつもの笑みである。

「……あのひょっとして、僕が激しく動けない原因を昨夜作った方が、どなたかお忘れですか？　次期辺境伯殿」

「了承は取っただろ」

「なるほど。次は限度というものをお教えしてさしあげなければならないようだな」

「「…………」」

む……と顔を見合わせた二人が同時に噴き出した。ただのじゃれあいである。

「いいじゃんスロー。ロマンチックで。僕は大好き」

「風情のわからない田舎者《いなかもの》で申し訳ございません。では、一曲おつきあいくださいますか」

気取った声を出すジーンに「ふふ……」と笑ったエルマーが顎《あご》をキュッと上げた。

「あら、一曲と言わず最後まで付き合ってあげてよろしくてよ」

「……俺は幸運な男だ」

「なんだそれ。あはは」

二人がクルクル回り出す。

美しいカップルが移動する先に人々の視線が集まる。何事かを囁き合うものもいる。

けれどそんなこと微塵《みじん》も気にしないまま、二人はお互いだけをじっと見つめクスクス笑い合って
時々悪態をついて、最後の最後まで一緒になって踊った。

後日談　全ての初まりと彼らのその後

むかしからエルマー・グラントは変わり者だった。

学院のどの生徒とも違う。その他大勢には馴染《なじ》まない。

あのジーン・アスターと同じ。


「なあ、アビゲイルもそう思うだろ」

「……さあ。どうかな」

アビゲイルは窓の外で風に揺れていた真っ黄色のマリーゴールドの花へ何の気なしに向けていた視線を、ショーンの方へ向けた。

「なんだよ。ノリが悪いな」

授業が始まる直前の教室は酷《ひど》く騒がしい。

そりゃそうだ。アビゲイルたちはまだ一年生である。つまりは十四、五歳。みんなまだまだやんちゃ盛りなのだ。

今まで家庭教師に勉強を教えてもらっていた生徒が多いのも、この騒がしさの原因の一つにあるだろう。こんな風に同じ年の子たちと集まる状況に慣れていない。だから皆、春学期に入った今もどこか浮き足立っていた。

そんな連中を、アビゲイルは少し後ろの席から「ふん」とバカを見るような顔で見下ろしていた。

彼の首元にはすでに、学年初めの試験で取った金色のネクタイが輝いている。

教室のあちこちから感じる羨望《せんぼう》の視線に、自尊心が満たされるのを感じた。

一つ前の授業で教授が話していた内容を忘れないうちに書き留める。ラムサスでは、教材の内容ばかりが試験に出るわけじゃない。教授たちの発言には一言一句気を配らなくては、首席の座を今期も守り通すことなんてできないのだ。

首席じゃなくなるくらいなら死んだほうがマシである。家の役に立つため、今までの人生、勉強だけを必死にやってきたのだ。こんなお気楽な奴《やつ》らに負けるなんてこと決してあってはならない。

……いや、まあ、しかし、自分がこいつらに負けることなんてことは万に一つもないだろうな。

アビゲイルは小さく鼻を鳴らして教室の中を見まわした。

実家にいた頃と同じ。アビゲイルの周りではいつのまにか集まってきた取り巻きたちがペラペラバカなおしゃべりに興じている。他も概《おおむ》ね同じだ。

アビゲイルはざわざわとうるさい教室の中を一通り観察して自分の斜め前あたりで目を止めた。

……あいつは、ジーン・アスターか。

アイツが絡まれている光景もいつも通りである。

アスター家の嫡男だというだけでも目立つのに、あの真っ赤な髪。

「フン」

目立ちたがり屋で結構。僕ならあんな野蛮な生まれ丸出しの髪はすぐに染めてしまうけど。と、意地悪なことを考えつつ目を眇《すが》める。

アビゲイルはあの男が気に入らないのだ。なぜかは分からない。アビゲイルと同じくらいハンサムだと言われているのを入学したばかりの頃に聞いたからかもしれない。とにかく周囲の視線を気にせず、アビゲイルに媚《こ》びることもない、思うままに振る舞って人目を集める彼が酷《ひど》く目障りだった。

現にジーン・アスターはその時も、自分の目の前でゲラゲラと笑って彼を揶揄《からか》う少年たちを少しも気にせず「くああ……あふ」なんて欠伸《あくび》をしながら、ウトウトと怠そうに目を瞬《しばたた》かせていた。几帳《きちょう》面《めん》に爪が磨かれた大きな手で頬杖《ほおづえ》をついて、むにゃむにゃと形のよい唇を動かす。

そんな風にしていたら、他の少年たちの不況を買うのは当然だ。案の定ジーン・アスターを揶揄う少年たちの声は次第に大きくなり、使われる言葉の苛烈《かれつ》さも増していった。

そのうち、図体のデカい少年の一人がジーン・アスターの胸ぐらを掴《つか》み上げた。

教室中からちらちらと視線が集まる。けれど、誰も止めるものはいない。

これもいつものことだ。

当然である。

あのアスター辺境伯の息子《むすこ》で、サヌス人との混血。ジーン・アスターという男は、この国の貴族にとってひどく厄介な存在なのだ。扱いに困る、問題そのものみたいな男。本人だって、そのイメージに違《たが》わぬ問題児をやっているのだから、文句はないだろう。

わざわざ身を挺《てい》してジーン・アスターに助け舟を出す奴なんて、この学院には一人もいない。

……ハハ、ざまあないな。

アビゲイルは美しい形の眉《まゆ》を意地悪く歪《ゆが》めてジーンを嘲笑《あざわら》った。

そんな時である。

「……うるさいな」

凛《りん》とした、まだ声変わりもすみきっていない中世的な声がポツリとその場に落ちたのだ。

……なんだって？

汚い言葉でゲラゲラと笑っていた少年が三人、それから先ほどまで素知らぬ顔をしたジーン・アスター、あとは彼らを娯楽として楽しんでいたアビゲイル。

五人の少年たちのポカンとした視線が、声の主へと向けられた。

そこに座っていたのは、一人の華奢《きゃしゃ》な少年だった。アビゲイルの位置から顔は見えない。ただ老人のようなグレーの髪と、そこからチラリと覗《のぞ》く真っ白いうなじばかりが目に残った。

一年生の取る授業にいるのだから、きっと同じ年なのだろう。

彼は背筋をピンと伸ばしたまま、アビゲイルと同じように机の上に分厚い本を広げていた。

「……は？　おい、お前、今なんて言ったんだ？」

ジーン・アスターの胸ぐらを摑んだままの少年が呆然《ぼうぜん》とした声を出す。まさか自分に「うるさい」とそう言ったのか。そんな地味ななりをして、この俺に喧嘩《けんか》を売ってきたのか。そう言わんばかりの声色だった。

「……あと一分だよ」

しかし華奢な少年は、本に視線を落としたまま怯《ひる》むことなく言葉を返したのだ。

「……は？」

「トルーマン教授のクラスを取るのは今期が初めて？　なら覚えておいたほうがいい。魔法式懐中時計を常に握りしめて歩いている紳士だ。あの人は秒単位で動いてる。授業が始まるまであと一分で、トルーマン教授が教室に入ってくるのが授業開始三十秒前。……つまりあと三十秒しか時間がないよ」

カチャリとジャケットのポケットから時計を取り出した彼が言った。

魔法式懐中時計だ。時間のズレが一切ない高級品である。

「だから、あんまりうるさくしない方がいいんじゃないかと思うんだけど……余計なお世話だったらごめんね。でも、お説教がとても厳しい先生だって僕前期で知ってるから」

そこで初めてソイツが顔を上げた。

利発そうな薄い色の瞳《ひとみ》が煌《きら》めいた。

「……あ、ああ。そうか」

あまりに大人びた態度に圧倒された大柄な少年がコクコクと小刻みに頷《うなず》くと、華奢な彼がわざと音を立てるように、懐中時計をパチリと閉じる。

「あと十秒だ」

そして、まるで悪意なんてちっともありませんよと言うような軽やかな声で、そんなことを言うのである。

「十秒？」

「……うん。今はあと九秒。……八、七、六」

秒針を見つめたままの彼が始めたカウントダウンに、ハッとした少年たちがついにジーン・アスターの胸ぐらから手を離した。

「おい、まずい、行こうぜ！」

そして慌てた様子で席に戻っていく。

一番後ろを走っていた一人が「おい、たすかったぜガリ勉君」なんて偉そうな声をかけるのが聞こえた。

「なら、よかった」

そちらに顔を向けた彼がニコと控えめに微笑《ほほえ》む。

その瞬間、アビゲイルにも初めて彼の顔が見えた。

血管が透けそうなほどに白い乾燥した肌に、薄いそばかす。修道女か何かのようにギュッときつく纏《まと》められたグレーの髪と同じ色のまつ毛。生真面目《きまじめ》に引き結ばれた小さな唇は、ちゃんと食事を取ってるのかと聞きたくなるほど色が薄い。

ふと視線を落とせば、ガリ勉くんの細い手には、ぽっこりとした硬いペンダコができていた。

指先にはインクが染みて、ところどころが青くなっている。

アビゲイルは自分とそっくりの彼の手に目を丸めた後、呆然と、けれど夢中になって彼の横顔を見つめた。

――アイツ、ジーン・アスターを庇《かば》ったんだ。まるで、あのバカな男たちを庇った風に見せていたけど。

アビゲイルの位置からは胸ぐらを摑まれ何かを言われたジーン・アスターが、ピクリと反応するのが確かに見えていたのだ。彼の手が握り込まれて、たぶんほんの数秒もすれば取っ組み合いの喧嘩が始まっていたに違いない、そんな状況になっていた。

腐ってもジーン・アスターはあのアスター辺境伯の息子である。野蛮な男だが、あんな有象無象に負けたりはしないだろう。きっと一方的な喧嘩になったはずだ。

あの地味な〝ガリ勉くん〟が口を挟まなければ、教授に目をつけられてひどく叱責されることになったのは誰だったか。つまり彼が本当に助けようとしたのは誰か。側《はた》から見ていたアビゲイルには、それが分かっていた。

控えめな少年の誰にも褒められない機転と勇気に、アビゲイルだけが気がついていたのだ。ドキドキと心臓の音が大きく聞こえていた。なんて大胆なことをする奴なんだろう。バカな奴だ。

素知らぬ顔で本を読み続ける少年の横顔を見て、アビゲイルは自然と口角を上げた。頰が少しばかり紅潮する。なんだか、誰も気がついていないとんでもなく特別なものを自分だけが見つけたような気分だった。

けれど、ふと、自分と同じような顔をして、彼の横顔を見る男がもう一人いることに気がついたのだ。

――ジーン・アスターである。

入学から数ヶ月。どんなに注目されてもどんなに囃《はや》し立てられても、少しも他人に興味を示さなかった彼が、目を丸めてあの少年の白い横顔を見つめていた。

首を伸ばすように顔を上げて、パチパチとした瞬きを繰り返して。

自分を助けた少年が、礼を求めるわけでもなくまた本に視線を戻す様子を、ポカンとして。

それはまるで分厚い真紅色のまつ毛から、小さな星が散るような瞬きだった。

――あ。

「あ」と思ったことを、今でも覚えている。

その胸からポツリと溢《こぼ》れるような「あ」がなんの「あ」だったのかは、はっきりと分からない。

ただ、その日からアビゲイルの視界にグラントという少年がはっきり映り込むようになったのは確かだった。

ラムサスにいた数年間ずっとだ。いっそもう鬱陶《うっとう》しくて腹立たしいほどに、グラントはアビゲイルの視界に映り込み続けた。

誰にも知られず目立たない生活を送っていた彼が、平民唯一の監督生になり、あっという間に学院中から視線を集めるようになるのも、アビゲイルは何故《なぜ》かとても不愉快な気持ちで見ていた。

そしてそんなグラントをジーン・アスターが時折ふと目で追う様子も。

相変わらず一匹狼《おおかみ》を貫くジーン・アスターへ、自身に集まる注目に疲弊したグラントが羨望の眼《まな》差《ざ》しを向け始める様子も、アビゲイルは見ていた。

学院で注目を集める特別な二人が、彼ら自身も気がついていないような些細《ささい》な仕草で、お互いがお互いを特別視し合っている様子を、アビゲイルは側からずっと見ていたのだ。

彼らを見ていると酷く気に食わなくて、気にさわって、胸の内をカリカリと爪で引《ひ》っ掻《か》かれているような気分になった。

そんなアビゲイルの様子を見ていたのだろうか。

取り巻きたちによるグラントへの嫌がらせが始まるのにそう時間はかからなかった。

ざまあないと思う。目の前でグラントが俯《うつむ》いていると、なんだかアビゲイルはホッとした。

「平民のくせに僕を無視するなんて」

だからショーンが「ジーン・アスターに告白をしてこい」なんてバカを言い始めた時も、面白いと思って笑ったのだ。そうだ、コイツがアスターにこっぴどく振られる様子は見ていてひどく胸がすくに違いないと、そんなことを考えた。

わざわざグラントを探して、後をつけた。

そして、思いもよらないものを見たのである。

あのキスだ
その瞬間、アビゲイルは突き飛ばされたような強いショックを感じて、無様にも叫んだ。胸を刃物で刺し貫かれたような気分だった。

それからは、自分のペースを何もかも崩すほど必死になって恋人になったあの二人を追いかける日々だ。

いや、アビゲイルはラムサスにいる間ずっとグラントを追いかけていた。

今思えばあれはおそらく、本当に本当に無様なことであるがアビゲイルの……。

「アビゲイル、アビゲイル！　聞いているのか、アビゲイル！」

アビゲイルは、父の声でハッと目を覚ました。

パチパチと瞬きをする。

ここはどこだろうか。辺りを見渡せば、見慣れた父の執務室であることに気がついて、ああそうかと思う。

そうだ、もう自分はとっくにラムサスを卒業したんじゃないか。

まるで白昼夢でも見ていたような気分だった。

「アスター辺境伯に声をかけられた時の私の気持ちが分かるか。今すぐ消えてしまいたいような気分だったよ。まさかお前にこんな赤っ恥をかかされるとは思わなんだ。国の英雄で国王の親友であるあの方に嫌われてうちがどうなるか、分からないお前じゃないだろう」

「……はい」

アビゲイルは普段自分に甘い父の叱責に頭を垂れて、グッと顔を顰《しか》めた。

思い出すのは、先日の夜会で見たジーン・アスターの姿である。

何を思ったか、今までちっとも姿を見せなかったジーン・アスターが、ラムサス卒業以降、社交界に積極的に姿を見せるようになったのだ。

学生時代のヤンチャな問題児の姿はどこへやら。すっかりと見事な貴公子ぶりを披露する彼に、初めはあれやこれやと口さがない噂話《うわさばなし》をしていたご婦人方がうっとりとし始めるのはあっという間だった。

なんとその人気は今や、アビゲイルを上回るほどである。

女性を味方につけるというのは、その女性の尻《しり》に敷かれている旦那《だんな》も味方につけるということだ。

アビゲイルは、ふと目が合った瞬間、先ほどまで被《かぶ》っていた猫はどこへやら、「べ」と周りから見えないように眉を寄せ舌を出して見せたジーンの姿を思い出し「ぐ」と唸《うな》り声《ごえ》を上げた。

「……何よりな、グラント先生。あの人だよ、アビゲイル」

グラント先生。その言葉に、アビゲイルが決まりの悪い顔を上げた。

そう。エルマー・グラント。なんと実家に戻って仕事を手伝っていたはずの彼は今現在、ラムサスで教師をやっているのだ。

なんでも彼が残したノートにより、一部生徒の成績が信じられないほど上がったのだとか。

以前からエルマー・グラントに目をかけていたトルーマン教授が、「自分の助手にならないか」と直々に声をかけたのだという。

まだ助教授の立場だが、図書館の管理、それから時折忙しい教授陣のピンチヒッターとして登壇しているというのだから驚きだ。

平民の生徒は彼を慕い、貴族の一部生徒は彼に嫌がらせをしていると聞くが、着々と躾《しつけ》……いや、教育が進んでいるとか、いないとか。

……無理もない話である。なんせグラントはあのジーン・アスターを手懐《てなず》けた男だ。そんじょそこらの問題児じゃ、相手にもならないだろう。

史上初平民出身の首席生として、もちろん肩書きは充分であるし、経験さえ積んでしまえば、いつか由緒正しいラムサスの教授になるのも夢じゃない。

ちなみにこれの何が、アビゲイルの問題になるかというと。

「お前の弟が、今年ラムサスに入学したことを知らないわけじゃないな」

アビゲイルの弟が今年新入生として、あの学院の生徒になったせいである。

ラムサスにおいて、教授の権力は絶大だ。

長い間自分を苛《いじ》め抜いてきた男の弟が入学してきたのだ。エルマー・グラントが学年末の単位を渡さないなんていう暴挙に出る可能性は充分にある。

普段隠されている彼の気の強さは、ウインターホリデー前の夜会で痛いほど実感させられているのだ。

「アビゲイル、兄としてお前のすべきことは何か分かるか」

「……必ず謝罪をしておきます」

アビゲイルは今にも嗄《かす》れて消えそうな苦い声で父の言葉に応えた。

「うむ」

父から重たい相槌《あいづち》が返ってきて、ふう、と胸を撫《な》で下《お》ろす。

なんだかんだとアビゲイルに甘い父なので、こんなに酷い問題を起こしても、家から追い出されるなんてことはない。

しかしこれから先、あの二人の成功を間近で見なければならないという仕打ちは、アビゲイルにとって何よりきつい罰になった。

「大丈夫。兄様。グラント先生はとてもいい方だから、僕に意地悪なんてしないよ」

それまで黙って話を聞いていた、アビゲイルとはちっとも似ていない父親似の弟が、眉《まゆ》を下げてそんなことを言う。

ちょうどスプリングホリデーで、屋敷に帰ってきたところなのだ。

この一年足らずで、すっかりあの男にたらし込まれてしまったらしい。一体どんな手を使ったのか。学生時代、最後の一年のあの男の人気を思い出し、アビゲイルは渋い顔になった。何より悔しいのは、弟の言うことが、本当だろうと納得してしまったことだ。アビゲイルから首席を奪ったあの日、こちらを気にする様子もなく飛び去っていった箒《ほうき》の後ろ姿を思い出し、余計に顔を顰める。

「兄様も、グラント先生と仲よくしたらいいんだよ。先生は兄様みたいになんでも知ってるんだ。図書館の本の場所を全部覚えてらっしゃるんじゃないかってみんな噂してるんだよ。今度ね、先輩たちに学生時代のグラント先生のお話を聞かせてもらう約束なんだ」

そんなことを言いながらはにかむ弟に、アビゲイルはついに額を覆った。知っているよ。アイツが誰より勉強家なのは僕が一番よく知っている。なんせ最後の最後でアビゲイルから首席の座を掻《か》っ攫《さら》って行ったのは彼なのだから。

「僕はグラント先生を尊敬してるんだ」

「……そうか」

アビゲイルは弟の言葉に苦いため息をついて、窓の外へ視線を移した。

風に花が揺れている。

ライラックの花だ。


「ほら見ろよ、エルマー。ライラックが満開だぞ」

ガタガタと揺れる馬車の中、風に揺れるカーテンを開けて、ジーンが言った。

「なんだって？」

「ライラック。お前好きだろ」

「……好き、好きだけど……」

僕は今好きな花の香りを楽しむ余裕も、君が僕の好きな花を覚えていてくれたことを喜ぶ余裕もないんだ。この手を見た分かるだろ。

カタカタと膝《ひざ》の上で小刻みに震える指を握りしめて、僕はじとっ、とジーンを睨《にら》みつけた。

そんな僕を見て、彼がひどくおかしそうに笑いながら窓枠に肘《ひじ》をつく。

顎《あご》を反らすように頬杖《ほおづえ》をつき、金色の目をキュッと弓形に細めてこちらを見る。

「あの時の、俺の気持ちが分かったか」

そんな彼の言葉に、ああそういえば突然彼を僕の実家に連れて行くことになった日も、こうして馬車の中で喧嘩《けんか》をしたんだっけと思い出し「うう」と眉を顰《ひそ》めた。

「一体いつの話をしてるんだよ……!!」

僕はワッと顔を覆い、俯いた。「はは」とジーンの楽しげな笑い声が聞こえる。

そう。この馬車の行き先は、アスター家なのだ。つまりはジーンの実家。あのアスター辺境伯の待つ、お屋敷なのである。

「何をそんなに緊張することがあるんだよ。普段何十人もの生徒の前で講義してるんだろ？」

反抗的な貴族の坊ちゃん方が次々躾《しつ》けられてるって聞いたぞ。

「さすがだな。グラント先生」

僕は無言のままゆっくりと顔を上げ、それから空元気を出して「フン」と鼻を鳴らしてみせた。

「そりゃあ、稀代《きたい》の問題児を留年から救った僕ですから」

「……誰が稀代の問題児だって？」

「そもそもアスター辺境伯の話をしている時に、あんなティーンエイジャーたちを引き合いに出さないでいただきたいね！」

卒業後、しばらく文通やほんの数日の逢引《あいびき》を続けていた僕たちは、今日ようやく彼の実家に挨拶《あいさつ》に行けるほどの休暇が取れたのだ。

それも初対面の挨拶だというのにアスター辺境伯のご好意で、スプリングホリデーの二週間、屋敷に滞在させていただくことになった。

僕はもう緊張で、馬車に揺られるこの数日ずっと吐きそうになっている。

それをジーンが笑ってからかい、宥《なだ》め、喧嘩し……なんとも学生時代から成長の見られないやり取りを繰り返しているのである。

ちら、と以前会った時よりどこか大人びたジーンの顔を盗み見た。

すると、僕の視線に気がついた彼が笑い混じりに首を傾《かし》げ、「ん？」と眉を上げる。

「僕の格好変じゃない？」

不安げな僕の言葉に、彼がまたしかたない奴《やつ》を見るような顔で目を細めるのが分かった。

「お前はいつも綺麗《きれい》でかっこいいよ」

昔からずっとそうだ。

「……なんだよそれ」

昔って何だよ。まるで僕がジーンを知る以前から、僕のことを知っていたような口ぶりだ。

そう言うと、彼が「そうだな」と言って笑った。

顔が近づく。

僕は彼の柔らかな唇の感触を黙って受け止めた。

馬車が緩やかに動きを止める。どちらからともなくゆっくりと唇を離して、お互いの目を見つめたまま瞬きをする。

「……君が先に降りて」

「……ふ、はいはい」

ジーンが身軽な動きでひょいと馬車を降りた。

緊張して「はあ」と震える息を吐く僕に、彼が手を差し伸べてくれる。

そっと手を重ねれば、大きな……相変わらず硬い手のひらが僕の手を優しく摑《つか》んで、いつかみたいに力強く引っ張ってくれた。

「エルマーくん！」

屋敷の前で待っていてくださったんだろうか。

辺境伯が、笑顔で腕を広げ僕を出迎えてくれる。その後ろでは、小さな可愛い少年がポッと頬を染めこちらを覗《のぞ》いていた。

「ほら、心配いらないって言っただろ」

ジーンがひどく楽しそうに笑う。

きっと耳まで真っ赤になっているだろう僕はジーンに腕を引かれるまま、彼らの輪の中に加わった。

あとがき

このたびは「恋をした優等生の悪魔的な変貌《へんぼう》」を手に取っていただき、ありがとうございます。

作者のチャトランと申します。普段はBL小説を書いてはネットの海に放流するというがむしゃらな日々を送っているのですが、今作は「海外の児童ファンタジーのような素敵な雰囲気のBL小説を書きたい」という高すぎる目標を掲げ、連載を始めた作品でした。目標に近づけるよう私なりに台詞《せりふ》や文体や個性的な脇役、作中登場する花の意味にも凝ったりして、楽しく書かせていただきました。

そこに冴《さ》えない主人公の変身要素が加わったのは、海外のハイスクールティーンといえばメイクオーバーものでしょ、という安直な考えからです。ただエルマーはメイクオーバーものの主人公らしく、素直で可愛らしい性格にしようと思っていたはずが、元の賢さを利用した強《したた》かで逞《たくま》しい主人公になり。ジーンもメイクオーバーもののお相手らしいスパダリ人気者というよりは、飄々《ひょうひょう》とした気取り屋で、けれど自分の生まれについて悩んだ結果実家から出ることを一人画策するような、年頃の青年らしい攻めになっていました。学院からも世間からも少々浮いている変わり者二人の、出会いと悪巧みから始まる青春を面白がってもらえていたら、とてもとても嬉《うれ》しいです。

また、今作は長い間更新期間を開けてしまった後、なんとか完結まで漕《こ》ぎ着《つ》けた際に想像の何倍もの反応をいただいて驚いた作品でもあります。

今回こうして憧《あこが》れの角川ルビー文庫様から本を出させていただくことになったのも、皆様の応援のおかげだと思っております。改めて、お読みいただき本当にありがとうございました。

Ruby collection

恋《こい》をした優等生《ゆうとうせい》の悪魔的《あくまてき》な変貌《へんぼう》について

2024年5月1日　初版発行

著者　チャトラン
©Chatoran 2024

発行者　山下直久

発行　株式会社KADOKAWA
〒102-8177
東京都千代田区富士見2-13-3
電話：0570-002-301（ナビダイヤル）
https://www.kadokawa.co.jp/

印刷所　株式会社暁印刷

製本所　本間製本株式会社

デザインフォーマット　内川たくや（UCHIKAWADESIGN Inc.）

イラスト　壱也

初出：本作品は「ムーンライトノベルズ」（https://mnlt.syosetu.com/）掲載の作品を加筆修正したものです。

ISBN 978-4-04-114785-6　C0093　Printed in Japan